घोंघा बसंत

(उपन्यास)

इस उपन्यास के सभी पात्र, चरित्र, घटनाएँ काल्पनिक हैं। इनका किसी भी जीवित या मृत व्यक्ति से कोई संबंध नहीं है। लेखक की कामना है कि यह काल्पनिक ही बना रहे।

घोंघा बसंत

रहस्यमयी मणि की खोज में निकले एक प्रोफ़ेसर की कहानी

एस. डी. वैष्णव

हिन्द युग्म

ISBN : 978-93-92820-05-2

प्रकाशक :
हिंद युग्म
सी-31, सेक्टर-20, नोएडा (उ.प्र.)-201301
फ़ोन- +91-120-4374046

मुद्रक : श्री मैत्रे प्रिंटेक प्रा. लि., ए-84, सेक्टर-2, नोएडा
कला-निर्देशन : विजेन्द्र एस विज

पहला संस्करण : 2022
मूल्य : ₹199

Ghongha Basant
A novel by *S. D. Vaishnav*

Published By
Hind Yugm
C-31, Sector-20, Noida (UP)-201301
Phone : +91-120-4374046
Email : sampadak@hindyugm.com
Website : www.hindyugm.com

First Edition : 2022
Price : ₹199

मगालीरियो
के लिए

जिन कवियों, लेखकों का ज़िक्र इस उपन्यास में आया है, उन सब का आभार।

प्रिय पाठको!

यह कहानी फ़िक्शन का बहता दरिया है। इसमें आप उतरें अवश्य, डूबें नहीं। अन्यथा बचाने की जवाबदेही मेरी नहीं होगी। क्योंकि, सारा किया-धरा प्रोफ़ेसर का है। अंत में आपको अफ़सोस हाथ लगे, तो कोई आश्चर्य नहीं! क्योंकि यही कहानी है।

1

शहर की सुरम्य वादियों के बीच साहित्य के एक प्रोफ़ेसर ने अपना घर बना रखा था। वहाँ वह पत्नी सावित्री के साथ रहता था। उनके कोई संतान नहीं थी। पर दोनों सुखद जीवन यापन कर रहे थे।

वसंत का महीना था। प्रोफ़ेसर के घर के इर्द-गिर्द खेत, सरसों के फूलों से भरे पीले दिखाई दे रहे थे। कुछ वृक्षों की शाखाओं पर नए पत्ते आने लगे थे। आम के वृक्ष बौरों से लदने शुरू हो चुके थे। प्रोफ़ेसर ने दालान के गमलों में कुछ सुगंधित पुष्पों से लकदक मेक्सिकन रुवेलिया सिम्प्लेक्स और डेजर्ट पेटूनिया के पौधे लगा रखे थे।

रात का पहला पहर। ठंडी बयार चल रही थी। सुहावने मौसम में सरसों के फूलों से आती सौंधी महक से सौंदर्य के देवता कामदेव प्रोफ़ेसर के मन को राग-रंग से भर रहे थे। कामदेव के पुत्र ऋतुराज वसंत के मदमाते यौवन को देखकर प्रोफ़ेसर को देव की कविता याद आई, तो उसने रीतिकाल पढ़ना शुरू किया। अगले दिन उसे कॉलेज में यही अध्याय पढ़ाना था।

डार द्रुम पलना बिछौना नव पल्लव के
सुमन झिंगूला सोहैं तन छबि भारी दै।

प्रोफ़ेसर बड़े चाव से रस ले-लेकर अपने विद्यार्थियों को रसमय किया करता था। देव का वसंत वर्णन पूरा करने के बाद वह बिहारी तक जा पहुँचा। बिहारी की नायिका का नख-शिख पढ़ते-पढ़ते उसे झेंप आने लगी, तो किताब अपनी चट्टान की मानिंद उभरी हुई तोंद पर रखकर सो गया।

जिस तरह घोंघा शंख के अंदर-बाहर होता रहता है, उसकी तोंद भी वैसे ही हो रही थी। प्रोफ़ेसर धीरे-धीरे स्वप्नलोक में चला गया। बिहारी ने एक दोहा फेंका। दोहा श्रृंगार का था। प्रोफ़ेसर को भक्ति और नीति पर बात करना कम पसंद था। वह कई दिनों से एक अच्छी कहानी लिखने की सोच रहा था। कई काग़ज़ रंग चुका था, पर कहानी मूर्त रूप नहीं ले पा रही थी। आज जब

स्वप्न में बिहारी ने दोहा उसके मानस पटल पर रखा, तो उसे एक प्रेम कहानी बनती दिखाई पड़ी। लेकिन बता दूँ कि प्रोफ़ेसर स्वप्न में है और आप कहानी तब तक ही सुन सकेंगे, जब तक स्वप्न चलता रहेगा या उसकी पत्नी आकर सुबह उसकी तोंद में हाँक नहीं भर देगी।

प्रोफ़ेसर समुद्र किनारे चला गया है। वहाँ रेत पर बैठा वह अपनी जवानी के दिनों में खोया हुआ था। इधर समुद्री लहरों के साथ बहकर दो घोंघे प्रोफ़ेसर के पास आ टपके। वह खोया हुआ अवश्य था पर उसकी नज़रें अनिमेष उन पर जमी हुई थीं। दोनों शंख से बाहर निकलकर एक-दूसरे के क़रीब आने के प्रयास में थे।

प्रोफ़ेसर सोच रहा था कि इनके रीढ़ की हड्डी नहीं होती, फिर भी अथाह सागर नाप लेते हैं। मनुष्य के रीढ़ की हड्डी होती है, पर क्या फ़ायदा? उसे याद हो आया, वह भी कभी अपनी प्रेमिका के साथ यहीं रेत पर बैठा-बैठा, उसे वसंत पर कविताएँ सुनाया करता था। प्रेमिका ने ही उसका नाम बसंत रखा था।

रात के क़रीब दो बज गए। प्रोफ़ेसर के चेहरे पर पानी की छोटी-छोटी बूँदें उग आई थीं। इसका अभिप्रेत यह है कि समुद्र किनारे कुछ विशेष घटने वाला है। अन्यथा बात तो श्रृंगार की चल रही थी। आप से गुज़ारिश है कि अंत तक समुद्र किनारे पर ही टिके रहें, अन्यथा संशय पैदा होने की संभावना रहेगी। क्योंकि, मैं और आप लेखक नहीं... पाठक हैं। और जो लेखक है, उनका हाल-ए-नज़र आपके सामने है।

ख़ैर, इधर दोनों घोंघे क़रीब आ चुके हैं। वे धूप सेकना चाहते हैं। प्रोफ़ेसर ने सोचा- 'शायद नर और मादा होंगे! तट पर रोमांस करने आए होंगे। बिना वीज़ा के ये कई देशों के तटों पर घूम आते हैं। एक मैं हूँ! कभी प्रेमिका को देश से बाहर न ले जा पाया। ख़ाली घनानंद बना रहा।'

सहसा प्रोफ़ेसर को झटका लगा। उसने घोंघे के मुँह से मनुष्य की आवाज़ सुनी।

"तुम्हें पता है! कई जन्म पूर्व मैं अंकोरवाट के हिंदू राजा की राज नर्तकी हुआ करती थी। वहाँ सभा में बसंत नाम का एक विद्वान कवि भी था। वह मुझ पर आसक्त था। एक बार मीकांग नदी में प्रातः स्नान के समय उसे एक

सर्प मणि हाथ लगी। बड़ी रहस्यमयी थी वह मणि। उस मणि के प्रभाव से ही मुझे पूर्व जन्मों की सारी घटनाएँ याद हैं। अपना मृत्यु समय निकट जानकर कवि ने वह मणि मेरे हाथ में रख दी थी।"

"क्या तुम्हें पता है कि वह रहस्यमयी मणि अब कहाँ है?"

"हाँ... सिमरिप नदी के तट से कुछ दूरी पर खमेर साम्राज्य का भव्य महल बना हुआ है। वहाँ पर चोल शैली की..."

मादा घोंघा मणि का सही ठिकाना बताती, इससे पहले समुद्र से उठी एक ज़ोरदार लहर दोनों को पानी में खींच ले गई।

प्रोफ़ेसर ने झटके से उनको पकड़ने की नाकाम कोशिश की। उसके हाथ सिर्फ़ रेत आई। वह औंधे मुँह गिर पड़ा। उसके मुँह में पानी भर गया। घबराहट के मारे वह जाग गया। स्वप्न भंग हो गया। वह उठ बैठा। पानी पिया, अपना हुलिया दुरुस्त किया। उसे फिर देव की कविता याद आई-

चाहत उठाई
उठि गई सो निगोड़ी नींद
सोय गए भाग मेरे जागिवा जगन में...

स्वप्नलोक में ग़ोता लगा रहे प्रोफ़ेसर की घोंघे से मुलाक़ात ने उसे चक्कर में डाल दिया। उसने सोचा- 'सपने सच भी तो होते हैं! मन में सपनों का पलना भी ज़रूरी है, कड़ी मेहनत उन्हें हक़ीक़त में तब्दील कर सकती है।'

दिन उगने वाला था। सुबह पर छाया झीना अँधेरा ढह रहा था। प्रोफ़ेसर को अब नींद कहाँ! उसने पत्नी को चाय बनाने के लिए उठा दिया और घर के अहाते में चहलक़दमी करने लगा। चहलक़दमी करते हुए वह धीरे-धीरे ख़यालों में गुम हो गया।

'कॉलेज जाना है। रीतिकाल पढ़ाना है। वसंत पंचमी आ रही है। बच्चे अवश्य कहीं भ्रमण की योजना बना रहे होंगे! पर उन्हें कहाँ लेकर जाऊँ! कंबोडिया! मणि... हाँ!

'मेरा नाम भी बसंत। उस नर्तकी से मेरा कोई संबंध तो नहीं! मैं तो उससे कुछ पूछ ही नहीं पाया। कमबख़्त लहर! थोड़ी देर और ठहर जाती तो... मीकांग नदी... सिमरिप शहर... आज भी मौजूद होंगे!'

प्रोफ़ेसर इसी उधेड़बुन में कॉलेज पहुँचा। उसे कोई सुधबुध नहीं थी। बस एक द्वंद्व भीतर चल रहा था। वह क्लास में पहुँचा। बच्चों से कहा कि आज कोई वसंत पर कविता सुनाए। क्लास का सबसे होशियार लड़का खड़ा हुआ और कविता सुनाना शुरू किया-

"बरस जाए इस वसंत भी, कुछ चाँदनी इस ओर
यह तुम्हारा श्वेत आँचल, दुग्ध धवल चितचोर।"

चाँदनी शब्द सुनते ही क्लास की चाँदनी नाम की लड़की खड़ी हो गई।

"सर! यह हर रोज़ मुझे इसी तरह चिढ़ाता रहता है।"

"श्रीमान! क्या कविता में शब्दों के पर्याय होते हैं?"

"नहीं। तुम आगे बोलना जारी रखो।"

इधर चाँदनी के पास बैठी लड़की ने चाँदनी को चिकोटी काटी। वह धीमे से बुदबुदाई- "घोंघा बसंत।"

प्रोफ़ेसर को झटका लगा- 'घोंघा बसंत! इनको कैसे पता चला मेरे स्वप्न के बारे में! कहीं उस मणि के बारे में इनको पता तो नहीं चल गया!'

प्रोफ़ेसर कॉलेज के बाद घर के लिए निकला। दिमाग़ में कई सारे विचारों का जमघट लगा हुआ था। मस्तिष्क फटा जा रहा था, पर प्रोफ़ेसर दिमाग़ पर ज़ोर दिए जा रहा था। अचानक उसकी नज़रों के सामने अँधेरा छा गया। उसकी गाड़ी एक चारपहिया वाहन से जा टकराई। कुछ देर बाद प्रोफ़ेसर ने स्वयं को एक अस्पताल के बिस्तर पर पाया। पास के स्टैंड पर बोतल उल्टी लटक रही है। सेलाइन में रह-रहकर पानी की बूँदें गिर रही हैं।

मिलने आने वालों का अस्पताल में ताँता लगा हुआ है। प्रोफ़ेसर स्वप्न में जाना चाहता है कि कोई-न-कोई मिलने आ जाता है। शाम के वक़्त क्लास के कुछ बच्चे पहुँचे। चाँदनी भी आई थी।

बच्चे कुछ देर प्रोफ़ेसर से उनका हाल-चाल पूछते रहे। जब जाने लगे तब प्रोफ़ेसर ने चाँदनी से पूछा- "चाँदनी! तुमने क्लास में 'घोंघा बसंत' क्यों बोला?"

"सर, मैंने नहीं... निर्झरा ने बोला।"

"हाँ... तो निर्झरा, तुम बताओ। क्यों बोला ऐसा?"

निर्झरा स्तब्ध! सोच में पड़ गई कि अब प्रोफ़ेसर को 'घोंघा बसंत' का

मानक हिंदी शब्दकोश का अर्थ कैसे बताए! उसने कनखियों से चाँदनी को देखा। वह दाँतों को पीसते हुए चुपचाप खड़ी रही।

तभी कुछ और रिश्तेदार मिलने आ गए। इधर बच्चे खिसक लिए।

उस मणि का ठिकाना और आगे का रहस्य प्रोफ़ेसर के स्वप्न पर निर्भर करता है। और बिना स्वप्न के आगे आपको कुछ बता पाना मेरी हद में नहीं है। मुझे अफ़सोस है।

उधर अस्पताल के बाहर बच्चे ठहाके पर ठहाके मारे जा रहे हैं।

घोंघा बसंत! घोंघा बसंत! घोंघा बसंत!

***

2

वसंत का महीना बीत चुका था। ग्रीष्म के दिन शुरू हो चुके थे। इधर कई दिनों से मैं प्रोफ़ेसर के स्वप्न के इंतज़ार में था, क्योंकि रहस्यमयी मणि का ठिकाना प्रोफ़ेसर के स्वप्न पर निर्भर था।

उधर आपने देखा कि अस्पताल में प्रोफ़ेसर अपने ज़ख़्म से नहीं, बल्कि नींद और स्वप्न के मध्य की दूरी से उपजी पीड़ा से बिलबिला रहा था।

कुछ दिन अस्पताल में खपाने के बाद प्रोफ़ेसर घर लौट आया। कई दिनों तक उसे स्वप्न नहीं आया। वह आए दिन समुद्र किनारे जाता रहा, पर दोनों घोंघे उसे दिखाई नहीं दिए। धीरे-धीरे सात माह बीत गए। इधर उसकी सेवानिवृत्ति का समय भी क़रीब आ रहा था।

शीतकाल का समय था। प्रोफ़ेसर ने अपनी पत्नी से कहा कि मेरे सो जाने के बाद मुझे कोई उठाए नहीं। जब मेरी नींद पूरी होगी, तब मैं प्रातःकाल स्वतः ही उठ जाया करूँगा। पत्नी भी हैरान रहने लगी। पर सोचा- 'इनका रिटायरमेंट नज़दीक है। अच्छे-ख़ासे पैसे मिलेंगे। नया बाज़ूबंद, नेकलेस... और भी बहुत कुछ ख़रीदना है। अभी कुछ कहना उचित नहीं होगा।'

इधर अब प्रोफ़ेसर पर बिहारी से ज़्यादा उस रहस्यमयी मणि का जादू छाया रहने लगा। उसने रीतिकाल पढ़ना-पढ़ाना लगभग बंद कर दिया था।

एक दिन उसने मिस्ट्री और थ्रिलर से परिपूर्ण स्टीवेंसन के उपन्यास 'ट्रेजर आइलैंड' का हिंदी अनुवाद उठाया। उपन्यास डरावना था। उपन्यास का नायक साँप के ज़हर का नशा करता था, जिससे उसकी आँखें ख़तरनाक और नीली पड़ गई थीं। एकबारगी प्रोफ़ेसर को सिकुड़न और सिहरन पैदा हुई। उसके रोंगटे खड़े हो गए। उसने उठकर पानी पिया। घर के दरवाज़े और खिड़कियों की कुंडी ठीक से जाँची। दूसरे कमरे में देखा, उसकी पत्नी औंधे मुँह खर्राटे मार रही थी। उसने फिर पढ़ना शुरू किया। पढ़ते-पढ़ते नींद की आग़ोश से होते हुए वह स्वप्नलोक में पहुँच गया।

अब प्रोफ़ेसर समुद्र के किनारे था। वहाँ उसने एक विचित्र दृश्य देखा। शीतकाल में एक बूढ़ा मछुआरा अपना महीन जाल फैला रहा था। वह अपने जाल से मछलियों को निकालकर वापस समुद्र में फेंक रहा था और जाल में फँसे घोंघों को अपनी टोकरी में भर रहा था। समुद्र किनारे उसका लॉज था, जहाँ वह घोंघों को पकाकर खाता था।

यह सब देखकर प्रोफ़ेसर स्तब्ध था। वह मछुआरे के पास गया। उसकी टोकरी लगभग पूरी भर चुकी थी। आज संयोगवश दोनों घोंघे मछुआरे की क़ैद में थे। वे तड़प रहे थे। नर घोंघे ने मादा से कहा, "तुम पर तो उस रहस्यमयी मणि का प्रभाव है। तुम बता सकती हो कि क्या यह मछुआरा हमें मार देगा ?"

"नहीं! मणि ने मुझे बताया था कि जब मैं समुद्री जीव के रूप में जन्म लूँगी और मेरे प्राण संकट में होंगे, तब मेरा अपना कोई मनुष्य रूप में मेरी सहायता करेगा।"

यह सुनकर प्रोफ़ेसर अवाक् रह गया। वह मछुआरे से दोस्ती गाँठने लगा। वह मछुआरे के पीछे-पीछे उसकी लॉज तक आ गया। उसने देखा कि लॉज में एक छोटी लाइब्रेरी बनी हुई थी। वहाँ ढेर सारे उपन्यास रखे हुए थे और एक कोने में शराब की कई ख़ाली बोतलें पड़ी हुई थीं। चारों ओर बार्लो वाइन की सुगंध बिखरी हुई थी। सोचा, शायद मछुआरे को पीने का शौक़ होगा। उसने मछुआरे के सामने एक शर्त रख दी।

"क्या तुम्हें शराब पसंद है ?"

"हाँ! बहुत ज़्यादा। तले हुए घोंघे के साथ मुझे शराब पीना पसंद है।"

"यदि तुम घोंघों से भरी यह टोकरी मुझे देते हो, तो मैं तुम्हें मनपसंद इतालवी शराब ख़रीदकर दे सकता हूँ। बार्लो। और रोसो। और साथ में कुछ धन भी दूँगा।"

बूढ़ा मछुआरा सोच में पड़ गया- 'घोंघे तो मैं और भी पकड़ सकता हूँ। ऐसा अवसर फिर हाथ नहीं आएगा। इतालवी शराब! धन! ज़्यादा तकाज़ा करना भी ठीक नहीं होगा।' मछुआरे ने सौदा पटा लिया।

प्रोफ़ेसर ने टोकरी उठा ली। उसे समुद्र तट पर ले आया। तट पर हल्की धूप खिली हुई थी। उसने टोकरी रेत पर उड़ेल दी। दोनों घोंघे सबसे अलग बैठकर सुस्ताने लगे।

"तुम एक बार उस रहस्यमयी मणि के ठिकाने के बारे में बता रही थी!" नर घोंघे ने पूछा।

"हाँ! याद है। वहाँ पर बौद्ध धर्म की महायान शाखा के देवता अवलोकितेश्वर की चोल शैली की मूर्ति लगी हुई है, जिसकी प्रतिदिन पूजा होती है। वह मूर्ति बरगद के एक रहस्यमय पेड़ के नीचे स्थित है। और वह मणि उसी मूर्ति के नीचे एक संदूक़ में बंद है। पर बिना उस पेड़ की इजाज़त के मणि तक नहीं पहुँचा जा सकता। उसके लिए एक मंत्र का उच्चारण करना पड़ेगा।"

"वह मंत्र क्या है?"

"वह मंत्र मैं अभी नहीं बता सकती। यदि वह मंत्र किसी और को समय से पूर्व बताऊँगी, तो मेरी मृत्यु हो जाएगी।"

"तो क्या कोई मनुष्य उस मणि तक नहीं पहुँच पाएगा?"

"अवश्य पहुँचेगा। खमेर साम्राज्य के उस महल में रहस्यमय पेड़ के मंत्र का राज़ छिपा हुआ है। मणि को प्राप्त करने वाले को उस महल में जाने पर सब कुछ हाथ लग जाएगा। जैसे ही कोई उस मणि को प्राप्त करेगा, मेरी और उसकी मृत्यु एक साथ हो जाएगी। परंतु जो उसे प्राप्त करेगा, अगले जन्म में वह खमेर साम्राज्य का सम्राट बनेगा और मैं उसे एक सुंदर राजकुमारी के रूप में प्राप्त होऊँगी।"

मृत्यु की बात सुनकर प्रोफ़ेसर अंदर तक काँप उठा। उसकी हड्डियाँ ठंडी पड़ गईं। मगर अगले ही पल उसे सुंदर राजकुमारी और खमेर साम्राज्य नज़र आया।

इधर सूर्य क्षितिज की ओर बढ़ रहा था। तट पर कोहरा छाने लगा था। प्रोफ़ेसर विचारों में खोया हुआ था। रेत पर कई घोंघे चहलक़दमी करते हुए पानी की ओर बढ़ रहे थे। एक घोंघे ने प्रोफ़ेसर के पैर पर काट खाया। प्रोफ़ेसर ज़ोर से चिल्लाया। दर्द के मारे वह जाग गया। उसका स्वप्न टूट गया। उसके चिल्लाने से उसकी पत्नी भी उठ बैठी।

प्रोफ़ेसर ने एकटक अपनी पत्नी की ओर देखा, जिसे पीछे छोड़कर वह एक लंबी यात्रा पर निकलने वाला था। अब उसे विश्वास हो गया कि वही उस नर्तकी का प्रेमी बसंत है। अब उसकी भी मौत निकट है, और कोई भी

उसे उसकी नियति से बचा नहीं सकता। कुछ भी हो, वह मणि प्राप्त करके ही रहेगा। उसकी आँखों में फिर उस सुंदर राजकुमारी का प्रतिबिंब उभर आया।

मौत के डर से सपनों को रौंदा नहीं जा सकता। मृत्यु शाश्वत सत्य है। अमरेंद्र ने ठीक ही कहा है-

'मध्य निशा की नींद, मृत्यु है; जीवन मध्य दिवस है
योगी हो, या नर हो, सुर हो, किसका इस पर बस है।'

उसी दिन उसने बीमा एजेंट को बुलाकर दोनों का संयुक्त बीमा करवाया ताकि उसकी मृत्यु के बाद सारी रक़म पत्नी को मिल सके। वह एक तीर से दो निशाने साध रहा था। अंततः प्रोफ़ेसर ने फ़ैसला किया कि सेवानिवृत्ति के तुरंत बाद वह समुद्री मार्ग से मणि की खोज में निकल पड़ेगा।

***

3

धीरे-धीरे प्रोफ़ेसर के रिटायरमेंट का दिन आ पहुँचा। उस दिन वह अपने विद्यार्थियों और स्टाफ़ के साथियों के साथ बहुत भावुक हो रहा था। कोई विद्यार्थी माला पहना रहा था, तो कोई उपहार दे रहा था। चाँदनी ने भी प्रोफ़ेसर की प्रशंसा में लंबा-चौड़ा पुल बाँध दिया। प्रोफ़ेसर की आँखों से आँसू बह निकले।

विभाग का एक साथी प्रोफ़ेसर के पास आकर बोला- "सर! जब भी विभाग कोई साहित्यिक कार्यक्रम करेगा, आपका वक्तव्य और आतिथ्य हमेशा रहेगा। ऐसी हम आशा करते हैं।"

प्रोफ़ेसर सोच रहा था- 'इन सबको कैसे बताऊँ कि मैं अब इनसे कभी मिल नहीं पाऊँगा। यह अंतिम अवसर है, जो भी वैचारिक उद्‌बोधन, वक्तव्य चाहते हो; आज ही करवा लो। कल किसने देखा!'

प्रोफ़ेसर ने आज अपनी ओर से वह सब कुछ बोला, जो विद्यार्थियों को लाभान्वित कर सके। बिहारी के कुछ नीति और भक्ति के दोहे भी रखे। आज श्रृंगार का अवसर न था। लगे हाथ उसने जैसे किसी दैवीय शक्ति के प्रभाव से सबको घर पर शाम के भोज का निमंत्रण भी दे दिया। छात्रों ने ज़ोरदार तालियाँ पीट दीं। सब इसी घोषणा की ताक में थे। पर निर्झरा थोड़े संकोच में थी कि कहीं प्रोफ़ेसर शाम को घर पर फिर न पूछ ले कि तुमने 'घोंघा बसंत' क्यों बोला! 'अगर पूछा, तो कोई गोलमाल जवाब दे दूँगी। उन्हें मुँह पर घोंघा बसंत कहना भी ठीक नहीं होगा। ओखली में सिर दिया, तो मूसल से क्या डरना! ख़ैर, जो भी होगा; देखा जाएगा। स्वादिष्ट भोजन का अवसर छोड़ना उचित नहीं होगा। पता नहीं, फिर कब ऐसा अवसर आएगा!'

शाम का वक़्त है। प्रोफ़ेसर के घर के अहाते में मेहमानों का जमघट लगा हुआ है। कौन क्या उपहार लाया या कौन लिफ़ाफ़ा लाया, इससे प्रोफ़ेसर को कोई फ़र्क़ नहीं पड़ रहा। उसे तो सिर्फ़ सुंदर राजकुमारी का बार-बार ख़याल आ रहा था। अब उसे मरने का भी डर नहीं रहा। जो निश्चित है, वह होकर

रहेगा। सहसा उसकी नज़रें चाँदनी और निर्झरा पर पड़ीं। वे दोनों कोने में दुबकी भोजन का लुत्फ़ उठा रही थीं। उनको देखकर प्रोफ़ेसर के कान में एक ही ध्वनि गूँजती है- घोंघा बसंत... घोंघा बसंत...

वह आहिस्ता-आहिस्ता दोनों के पास पहुँच गया। निर्झरा तो सहमी हुई थी कि प्रोफ़ेसर शांति से भोजन भी गले उतरने देगा या नहीं!

"भोजन कैसा लगा निर्झरा?" प्रोफ़ेसर ने पूछा।

"सर, हम आपके लिए उपहार लाए हैं।" चाँदनी बीच में ही बोल पड़ी।

"नहीं, नहीं। तुम बच्चों से कोई उपहार नहीं लूँगा।"

वातावरण में थोड़ी-सी ख़ामोशी थी। सन्नाटा था। सब एक-दूसरे के मन की बात को ताड़ रहे थे।

"निर्झरा! उस दिन तुमने घोंघा बसंत क्यों बोला?"

निर्झरा मन-ही-मन बुदबुदाई- 'कैसा आदमी है! बाल की खाल निकाल रहा है। वाकई में घोंघा बसंत है। चिराग़ तले अँधेरा!'

"अरे सर! बसंत नहीं, 'वसंत' बोला था, वसंत। वसंत ऋतु के बारे में।"

"हाँ, पर क्यों बोला था? वही तो पूछ रहा हूँ।"

"सर! मुझे वसंत में तले हुए घोंघे खाना बहुत पसंद है। पर आप यह बात किसी को बताइएगा मत।"

"नॉनवेज!"

"जी सर!"

"निर्झरा, इधर आओ, आइसक्रीम खाते हैं।" चाँदनी इस बहाने उसे दूसरी ओर ले गई।

इधर प्रोफ़ेसर फिर सदमे में आ गया। उसे आश्चर्य हुआ कि इन लड़कियों को मेरे स्वप्न के बारे में कैसे पता चल जाता है! यह संयोग मात्र तो नहीं! इन दोनों से दूर रहना ही ठीक होगा। इस विषय पर इनसे ज़्यादा बात की, तो बात चारों ओर फैल भी सकती है। घर का भेदी लंका ढाहे।

***

4

कुछ दिन और बीते। एक रात वह देर तक पत्नी से बातें करता रहा। पत्नी भी सोच रही थी कि रिटायरमेंट के बाद इनको क्या हो गया है! इन दिनों अजीब तरह की बातें करते हैं। भाग्य... नीति और ज्ञान की बातें! पहले तो इस तरह कभी रात भर जागते ही नहीं थे!

इधर प्रोफ़ेसर समझ नहीं पा रहा है, पत्नी को कैसे बताऊँ कि मैं हमेशा के लिए तुम्हें छोड़कर जाने वाला हूँ। तुम्हारा और मेरा साथ यहाँ तक ही था। कैसे बताऊँ कि मैं मणि की खोज और सुंदर राजकुमारी के लिए किसी दूसरे देश जा रहा हूँ! वह खमेर साम्राज्य मुझे अपनी ओर खींच रहा है। और मृत्यु का रहस्य कैसे बताऊँ! और यदि बता भी दिया, तो वह मुझे ही मूर्ख समझेगी और मुझ पर ही हँसेगी। और यदि वहाँ नहीं गया, तो ज़िंदगी की कोई बड़ी हार हमेशा सालती रहेगी।

आख़िरकार प्रोफ़ेसर ने हिम्मत करके मुँह खोला।

"सावित्री! मैं कुछ दिन के लिए तीर्थ यात्रा पर जाना चाहता हूँ। थोड़ा आध्यात्मिक हो आऊँ। धर्म-पुण्य का कार्य भी हो जाएगा। अगर तुम कहो तो चार धाम हो आऊँ!"

"स्वामी! इसमें मुझे क्या आपत्ति हो सकती है। आपने ज़िंदगी भर कमाई की है। अब कुछ समय अपने लिए भी निकालिए। चार धाम हो आइए।"

बातें करते-करते दोनों की आँख लग गई। रात्रि का अंतिम पहर चल रहा था। उसी समय स्वप्न आया। स्वप्न तो आया, पर इस बार प्रोफ़ेसर को नहीं, उसकी पत्नी को। स्वप्न चल रहा है। स्वप्न देखिए-

सावित्री प्रोफ़ेसर को हँसी-ख़ुशी यात्रा पर रवाना कर रही है। लेकिन आगे उसे स्वप्न में बड़ा आश्चर्य होता है। वह देख रही है कि उसके पति की तीर्थ यात्रा के पड़ाव में कहीं कोई मंदिर नज़र नहीं आ रहा है। कहीं कोई चार धाम नहीं! उसने देखा- अचानक प्रोफ़ेसर एक समुद्री मालवाहक पोत पर पहुँच

जाता है। उस पर सवार होकर वह किसी दूसरे देश की लंबी यात्रा पर निकल पड़ा है। पोत पर कुछ और यात्री भी हैं। वहाँ पर एक छोटा-सा पब भी बना हुआ है। रशियन वोदका की भीनी-भीनी ख़ुशबू पोत पर बिखरी हुई है। समुद्री अंधकार में भी पोत रोशनी में नहाया हुआ है। हल्की बूँदाबाँदी शुरू हो चुकी है। कुछ युवक-युवतियाँ, वोदका की मस्ती में सब झूम रहे हैं। वोदका की महक प्रोफ़ेसर को भी अपनी गिरफ़्त में लेने की कोशिश कर रही है।

पोत लगभग समुद्र के बीचोबीच पहुँच चुका है। उसमें सोना और चरस लदा हुआ है। इस बात से सभी यात्री अनभिज्ञ हैं। मध्यरात्रि का समय हो गया है। हवाएँ तेज़ हो चली हैं। आँधी की आशंका है। पोत का नायक सभी को सावधान करता है। प्रोफ़ेसर पर भी वोदका का रंग चढ़ चुका है। पोत पर नाच रहीं युवतियों में उसे सुंदर राजकुमारी नज़र आ रही है। वह जवान हो गया है और एक तुर्क युवती से गलबाहियाँ कर रहा है... मदमस्त होकर झूम रहा है। गा रहा है- छकते दारू। उड़ाते मौज।

सावित्री ने देखा, पोत पर अचानक समुद्री लुटेरों का हमला होता है। लुटेरे कुछ यात्रियों को बंदी बना लेते हैं और कुछ को मौत के घाट उतार देते हैं। सारा सोना और चरस लूट लेते हैं। प्रोफ़ेसर भी बंदी बना लिया गया है। पूरा पोत रक्त-रंजित हो गया है। पोत अपना नियंत्रण खो चुका है। धीरे-धीरे उसमें पानी भरना शुरू हो गया है। प्रोफ़ेसर 'बचाओ! बचाओ!' चिल्ला रहा है। पोत डूबने को होता है कि सावित्री की साँसें तेज़ हो जाती हैं। वह प्रोफ़ेसर को बचाने दौड़ती है। उसका गला पसीने से तर हो गया है। उसे घबराहट महसूस होती है। 'स्वामी! स्वामी!' पुकारती हुई, उठ बैठती है। उसका स्वप्न टूट जाता है।

अब उसने देखा कि वह घर पर ही है। प्रोफ़ेसर भी उठ गया है। वह उसकी पीठ पर हाथ घुमा रहा है। फिर पानी का गिलास लाकर देता है। अब सावित्री को पता चल गया है कि वह स्वप्न में थी। उसका पति सही-सलामत है। अब वह होश में है।

इधर प्रोफ़ेसर भी समझ गया कि सावित्री ने कोई डरावना सपना देखा होगा! वह सोचता है- 'इससे बड़े डरावने सपने तो मैं स्वयं देखता हूँ और कई डरावने उपन्यास पढ़ता हूँ।'

प्रोफ़ेसर सोच रहा है कि डरावना सपना आया है, पर उसे नहीं पता कि सपने में क्या आया है!

दिन फूटने वाला है। प्रोफ़ेसर सुबह के भ्रमण पर निकल गया। जब घूमकर वापस आया, तब सावित्री ने चाय बनाकर दी। वह भी चाय का कप लेकर पति के साथ बैठ गई।

"अजी सुनिए!"

"कहो, क्या बात है?"

"आपको रेल या बस से यात्रा करना पसंद है या हवाई जहाज़ से?" सावित्री ने चुटकी ली।

"नहीं-नहीं, मुझे तो सिर्फ़ समुद्री जहाज़ से यात्रा करना पसंद है। पानी की लहरों पर जब जहाज़ चलता है, तो कितना आनंद मिलता है! कितना रोमांचक सफ़र होता है!"

यह सुनकर सावित्री के दिल पर ज़ोर का झटका लगा। उसने महसूस किया कि अवश्य रात वाला स्वप्न सच हो सकता है। ये मुझसे ज़रूर कोई बात छुपा रहे हैं।

सावित्री के दिमाग़ में उथल-पुथल मची हुई है। आख़िर वह करे भी तो क्या! उसने उठकर अलमारी खोली और जीवन बीमा के काग़ज़ात चेक किए। ओह! डेथ क्लेम! किसी एक की मौत पर सारा रुपया दूसरे को मिल जाएगा! उसके आश्चर्य की कोई हद नहीं रही। बीमा के काग़ज़ देखकर उसकी शंका और गहरी होती जा रही थी।

एकबारगी सावित्री की आँखें नम हो गईं। पुराने दिनों की स्मृति उसके मानस पटल पर तैरने लगी। कई सारे चित्र उसकी नज़रों के सामने से गुज़र रहे थे। उसे याद हो आया, जब वह जवान थी और एक दिन ट्रेन से यात्रा कर रही थी। उस दिन वह थोड़े अवसाद में थी। बहुत कुछ था मन में मुंबई से इंदौर के लिए निकलते वक़्त। ट्रेन नदी पर बने पुल को पार कर रही थी। अचानक पैर फिसलने से वह नदी में गिर गई थी। तब प्रोफ़ेसर ने उसके पीछे-पीछे धड़ाम से छलाँग लगाकर उसे बचा लिया था।

असंख्य यात्री उमड़ पड़े थे चींटियों की तरह पुल पर। देखते-ही-देखते ट्रेन का स्टाफ़ आ गया उनकी मदद करने। टॉर्च, रस्सी, ट्यूब सब कुछ

उपलब्ध था। ख़ूब सारा पानी भर गया था उसके पेट में। तब प्रोफ़ेसर उसे हॉस्पिटल लेकर आए, इलाज करवाया। औपचारिक परिचय के बाद उन दोनों में प्रेम हो गया था। उन दिनों प्रोफ़ेसर वास्तव में यंग, स्टाइलिश और बहुत हैंडसम थे। तब से आज तक प्रोफ़ेसर ने उसे ख़ूब प्यार दिया। पर अब इनको क्या हो गया है!

सावित्री को ऐसा आभास हो रहा था कि आज उसके ज़ख़्मों पर रुई के फ़ाहे तक रखने वाला कोई उसके साथ नहीं था। कई मौसम बीत जाने के बाद उसका जीवन जैसे पतझड़ में आकर ठहर गया था।

अपने अतीत का स्मरण करते हुए सावित्री दर्द भरी कंदराओं में खोने लगी, तो नम आँखों से गंगा फूट पड़ी।

"यह क्या सावित्री, तुम्हारी आँखों में आँसू!" प्रोफ़ेसर ने पूछा।

"मेरे प्रति आपका आकर्षण अब वैसा नहीं रहा जो पहले था।" उसने रूँधे गले से उत्तर दिया।

"मैडम जी! आपकी ये झील से भी गहरी आँखें मुझे आज से नहीं, तब से पसंद हैं; जब आपने नदी में छलाँग लगाई थी। मैं तो शुक्रगुज़ार हूँ उस दिन का, जिस दिन तुमसे मुलाक़ात हुई।"

प्रोफ़ेसर ने दो क़दम आगे बढ़ते हुए सावित्री को अपने गले लगा लिया। उसे सावित्री की आँखों से झरते हुए पानी में कालिदास की शकुंतला नज़र आ रही थी। प्रोफ़ेसर को भी वह ट्रेन वाला वाक़या याद हो आया, पर वह करे भी तो क्या! उसे मेघदूत के यक्ष का दुख स्वयं का दुख लग रहा था।

एक तरफ़ ताउम्र साथ निभाने वाली सावित्री खड़ी है, तो दूसरी ओर अज्ञात, अनजान एक शख़्स है; जिसे पाने की वह कल्पना ही कर सकता है। और जिसे पाने का हेतु मात्र एक स्वप्न ही तो है! यदि स्वप्न सच नहीं हुआ, तो धन भी जाएगा और धर्म भी। कहीं जीवन के एकमात्र अवलंब, सावित्री को भी न खो दूँ। प्रोफ़ेसर के मन में विचारों का द्वंद्व चलने लगा।

प्रोफ़ेसर ने ड्योढ़ी से बाहर की ओर देखा। पहाड़ों से उतरकर धुंध भरे बादल उपत्यका की ओर छिटक रहे थे। इठलाते बादलों को देखकर उसे पाश की कविता का स्मरण हो आया- *सबसे ख़तरनाक होता है/ हमारे सपनों का मर जाना!*

इस वक़्त उसे सबसे ख़तरनाक सावित्री की आँखें लग रही थीं, जो सब कुछ देखती हुई भी बर्फ़ की भाँति जमी हुई थीं। एक ऐसी औरत की आँखें जिसकी नज़र दुनिया को मुहब्बत से चूमना जानती है। पर पाश ने कविता ऐसे ही नहीं लिख दी। कविता के भी अपने कई मायने होते हैं। वह कविता उसे बार-बार बेचैन कर रही थी- बहुत ख़तरनाक होता है हमारे सपनों का मर जाना। मगर प्रोफ़ेसर को साँसों से ज़्यादा अपने हौसले पर विश्वास था। किसी भी क़ीमत पर वह अपने सपने को मरने नहीं देना चाहता था।

उसने सावित्री को आश्वस्त किया कि वह जल्द ही यात्रा से लौट आएगा। सावित्री के मुँह में शब्द दब गए थे। उसने साड़ी के पल्लू से अपनी आँखों को पोंछ लिया। धीरे-धीरे पहाड़ साफ़ दिखाई देने लगे थे। बादल आसमान की ओर उड़े जा रहे थे। उनका रंग कुछ मटमैला हो चला था।

अंततः सावित्री ने हथियार डाल दिए। दोनों ओर असमंजस की स्थिति बनी हुई है। ना तो सावित्री खुलकर पूछ पा रही है और ना ही प्रोफ़ेसर स्पष्ट बता पा रहा है कि वह यात्रा पर क्यों जा रहा है! दोनों ओर सन्नाटा पसर गया था।

अगली सुबह यात्रा पर निकलने के लिए प्रोफ़ेसर ने रात को ही अपना सारा तामझाम जमा लिया। सावित्री के लिए तो वह रात ज़िंदगी में आने वाले झंझावातों से कम नहीं थी।

***

5

प्रोफ़ेसर ने समुद्री मार्ग से यात्रा करने के लिए, कुछ दिन पूर्व ही जब वरिष्ठ नागरिकों के लिए विशेष पैकेज उपलब्ध हो रहे थे, तब कोलकाता पोर्ट से क्रूज़ बुक करवा लिया था।

प्रोफ़ेसर अपने लक्ष्य प्राप्ति के उद्देश्य से अपने पथ पर निकल पड़ा है। चार दिन की यात्रा बस से पूरी करने के उपरांत वह कोलकाता के श्यामा प्रसाद मुखर्जी बंदरगाह पहुँचा। यहीं से उसे समुद्री मार्ग से यात्रा प्रारंभ करनी थी। नियत समय पर वह जहाज़ में बैठ गया। जहाज़ बहुत विशालकाय था, जिसमें असंख्य यात्री भरे पड़े थे। जहाज़ पर कुछ विदेशी यात्री भी सवार थे। उनमें यूनानी और लैटिन भाषा बोलने वाले कैथोलिक, कुछ अरबी-फ़ारसी और शेष हिंदुस्तान के यात्री थे।

तीन मंज़िला जहाज़ लगभग 125 मीटर लंबा था। अलग-अलग रेंज के कमरे बने हुए थे। हर मंज़िल पर एक बार बना हुआ था। दो रेस्तराँ- एक तीसरी मंज़िल पर तथा एक पहली मंज़िल पर। एक छोटी-सी लाइब्रेरी के अलावा स्पा की सुविधा भी थी। ऊपर डेक पर यात्रियों के लिए खुली जगह थी और एक स्विमिंग पूल भी बना हुआ था। कुल मिलाकर सारी सुख-सुविधाएँ उपलब्ध थीं जहाज़ पर।

जहाज़ पर दो मस्तूल लगे हुए थे। प्रोफ़ेसर जहाज़ के अग्र भाग में खड़ा होकर कंबोडिया की ओर फैली अथाह जलराशि को निहार रहा था। वहाँ पर हल्की धूप खिली हुई थी। गुनगुनी धूप धीरे-धीरे तेज़ होती हुई, काव्य प्रेमियों को हमेशा आकर्षित करती है। प्रोफ़ेसर के अंदर बैठा लेखक छटपटाने लगा। उसने सोचा- 'सफ़र लंबा है, कब मैं कंबोडिया पहुँचूँगा? कब मुझे वह मणि प्राप्त होगी? कब मैं खमेर साम्राज्य का सम्राट बनूँगा? पता नहीं! भविष्य किसने देखा है! आज जो है, उस यात्रा का आनंद लिया जाए। यदि मणि नहीं मिली, तो कम-से-कम रोमांचकारी यात्रा तो ज़ेहन में संचित रहेगी ही!'

यही सोचकर, उसने अपनी डायरी निकाली और आगे वाले मस्तूल के पास बने लाउंज पर बैठकर कुछ लिखने लग गया।

यात्रा के पन्ने : कंबोडिया वाया अंडमान-निकोबार

सूर्य की किरणें नीले आसमानी जल में अपनी रश्मियाँ बिखेर रही थीं। जहाज़ पानी के ऊपर बिछी हुई चाँदी की परतों को चीरते हुए चला जा रहा था। जहाज़ का कैप्टन जिसका नाम विल्सन हॉग था, रह-रहकर माइक पर यात्रियों के लिए दिशा-निर्देश जारी कर रहा था। समुद्र के रास्ते कोलकाता से अंडमान और फिर वहाँ से कंबोडिया का यह सफ़र हमें महँगा पड़ता है, लेकिन आपको बता दूँ कि यह मेरी पहली समुद्री यात्रा है। इसे आप मात्र यात्रा ना समझें, एक अनुभव है समुद्र के रोमांचकारी सफ़र का। ये ख़ूबसूरत पल बेहद क़ीमती होते हैं और हर यात्री के लिए अनमोल भी। समुद्र की यात्रा किसी स्वप्न के सच होने से कम नहीं है।

अंडमान पहुँचने में कम-से-कम साठ घंटे लगेंगे, ऐसा हमें पहले ही बता दिया गया था। वहाँ अंडमान के छोटे-छोटे द्वीपों और आकर्षित करने वाले पर्यटन स्थलों को देखने के लिए जहाज़ दो दिन ठहरेगा। मुझे अंडमान से एक हज़ार किलोमीटर की दूरी दूसरे जहाज़ से तय करते हुए कंबोडिया के कोह कोंग बीच साइड रिजॉर्ट पहुँचना है।

वहाँ पहुँचकर मेरा पहला मक़सद खमेर साम्राज्य के उस भव्य महल तक पहुँचना है। फिर वह रहस्यमयी मणि, सुंदर राजकुमारी। और सावित्री! क्या मृत्यु के बाद खमेर साम्राज्य का सम्राट बनने के बाद सावित्री की यादें मेरे ज़ेहन में ज़िंदा रह पाएँगी! यदि ऐसा संभव हुआ, तो सावित्री को भी मैं कंबोडिया ले आऊँगा, वह भी हमारे साथ ही रहेगी। मैं जीते जी उसके लिए ज़्यादा कुछ कर नहीं पाया, शायद सम्राट बनने के उपरांत उसे ख़ुशियाँ दे पाऊँ। परंतु दूर के ढोल सुहावने लगते हैं। मंज़िल अभी बहुत दूर है। पता नहीं कब बंशी बजेगी, कब राधा नाचेगी।

बहरहाल, साठ घंटे की यात्रा मेरे लिए रोमांच से भरपूर रहने वाली है। क्रूज़ में रात को रुकने का अपना अलग ही मज़ा है। इस क्रूज़ में डॉरमेट्री के साथ फ्रेंच स्टाइल के बंक और पॉड्स भी हैं। यात्रा के लिहाज़ से समुद्री मार्ग

सड़क और हवाई यात्रा से सस्ता है, परंतु समय थोड़ा ज़्यादा लगता है। जहाँ सड़कें अक्सर घुमावदार और टेढ़ी-मेढ़ी होती हैं, वहीं जल का तल हमेशा सीधा और एक-सा बना रहता है। आप स्वयं महसूस कर सकते हैं कि मैं कितने आराम से लाउंज पर बैठा, अपनी डायरी लिख रहा हूँ। मैं ज़िंदा रहूँ ना रहूँ, कम-से-कम यह सफ़र इस डायरी के माध्यम से आप सबके बीच अवश्य रहेगा।

इतना लिखकर प्रोफ़ेसर ने एक लंबी साँस ली और कुछ पल के लिए गर्दन को पीछे की ओर टिकाकर अनिमेष आसमान की ओर देखता रहा।

प्रोफ़ेसर अपने विचारों में मग्न था। इतने में वह क्या देखता है कि एक बूढ़ा व्यक्ति जिसकी उम्र सत्तर वर्ष के क़रीब होगी, उसके पास आकर खड़ा हो गया। उसने प्रोफ़ेसर की ओर ध्यान दिए बिना ही अपने कंधे पर लटक रहे चमड़े के मज़बूत बैग से एक बड़ा काग़ज़ निकाला और उसे खोलकर सामने एक टेबल पर बिछा दिया।

प्रोफ़ेसर ने उस व्यक्ति की तरफ़ ग़ौर किया, उसे महसूस हुआ कि इस व्यक्ति की शक्ल हू-ब-हू वैसी ही थी, जैसी उस मछुआरे की थी, जिससे उसकी स्वप्न में समुद्र तट पर मुलाक़ात हुई थी और जिसे कुछ पैसे और इतालवी शराब देकर, उसने घोंघों से भरी टोकरी का सौदा किया था। वैसे ही लंबे बाल, बढ़ी हुई दाढ़ी। लेकिन उसे अच्छी तरह से पहचान पाना मुश्किल हो रहा था।

प्रोफ़ेसर ने सोचा- 'हो सकता है यह उसका हमशक्ल हो! वह तो मुझे स्वप्न में मिला था। फिर यह सब कुछ तो मेरी आँखों के सामने घटित हो रहा हैं। नहीं-नहीं! यह व्यक्ति वह मछुआरा नहीं हो सकता। परंतु टेबल पर इसने काग़ज़ क्या बिछाया हुआ है!' प्रोफ़ेसर ने काग़ज़ पर नज़र गड़ाने की कोशिश की ही थी, इतने में बूढ़े व्यक्ति ने काग़ज़ को पुनः समेट लिया। प्रोफ़ेसर असमंजस में पड़ गया कि इससे बात करे या नहीं।

प्रोफ़ेसर सोच ही रहा था, तभी जहाज़ में लगे स्पीकर पर दोपहर के भोजन की घोषणा हुई। बूढ़ा व्यक्ति सीढ़ियों से उतरकर पहली मंज़िल पर अपने कमरे में चला गया। फिर कुछ ही देर में हाथ-मुँह धोकर, भोजन के लिए रेस्तराँ में आ गया।

प्रोफ़ेसर का कमरा दूसरे माले पर था। वह भी अपनी डायरी कमरे में रखकर, उस व्यक्ति को ढूँढता हुआ पहले माले के रेस्तराँ तक आ पहुँचा। वहाँ उसने देखा कि वह बूढ़ा व्यक्ति भोजन कर रहा था। प्रोफ़ेसर को आश्चर्य हुआ। उसने देखा, भोजन करते वक़्त भी वह बैग उसके कंधे पर ही लटक रहा था।

प्रोफ़ेसर की शंका और गहरी हुई। ऐसा क्या है उस काग़ज़ में! यही सोचता हुआ दबे क़दमों से वह तीसरे माले पर बने रेस्तराँ में आ गया, फिर भोजन के उपरांत अपने कमरे में चला गया।

कमरे में आकर प्रोफ़ेसर ने यह सारा घटनाक्रम डायरी में लिख लिया। अब धीरे-धीरे उसकी आँखें भारी हो रही थीं। उसने बिस्तर के पास बनी खिड़की का काँच ऊपर किया, बाहर से शीतल हवा के झोंके आ रहे थे। जहाज़ जब कभी छोटे-छोटे टापुओं के पास से गुज़रता, तब यात्रियों का मन करता कि कुछ देर यहीं ठहरा जाए, पर जहाज़ अपनी गति पर क़ायम रहता।

प्रोफ़ेसर ने अपने दोनों हाथों को सिर के नीचे रख, आँखें भींच लीं और पैर पसार दिए। रह-रहकर उसकी नींद उड़ जाती थी, क्योंकि आँखों के सामने वही मछुआरा तैर आता था। आख़िर धीरे-धीरे शीतल हवा के झोंकों ने उसे नींद की आग़ोश में पहुँचा ही दिया।

दो घंटे की नींद पूरी कर वह उठा। आँखें मसलीं। उसने सुना, बाहर से यात्रियों की आवाज़ आ रही थी। कमरे का दरवाज़ा खोला। यात्री ऊपर डेक पर खुले में चाय पीने और शाम के सुहावने मौसम का लुत्फ़ लेने के लिए जा रहे थे। उसने फटाफट मुँह धोया और ऊपर डेक की ओर भागा। उसने देखा, बूढ़ा व्यक्ति अपना बैग कंधे पर टाँगे, चाय की चुस्कियाँ ले रहा था।

प्रोफ़ेसर ने भी चाय का कप उठा लिया और रेलिंग के सहारे एकदम पीछे की ओर खड़ी एक महिला, जिसकी उम्र पचपन वर्ष के आस-पास होगी मगरो दिखने में उम्र के इस पड़ाव पर भी तंदुरुस्त थी, के पास जाकर खड़ा हो गया। चाय का घूँट लेते हुए उसने महिला से बातचीत शुरू की।

"हेलो!"

"हेलोऽऽऽ!" बड़ी मधुरता थी महिला की आवाज़ में।

उसने हाथ प्रोफ़ेसर की ओर बढ़ाया। प्रोफ़ेसर ने भी महिला का हाथ

कसकर पकड़ा। फिर पुनः ज़ोर देकर अभिवादन की मुद्रा में दो बार हेलो-हेलो बोला।

प्रोफ़ेसर ने महिला से बात शुरू तो की, परंतु उसकी एक आँख बूढ़े व्यक्ति की ओर जमी हुई थी।

"कहाँ से हो आप?" प्रोफ़ेसर ने बात आगे बढ़ाई।

"सॉरी! कैन यू एक्स्प्लेन इन इंग्लिश?" महिला ने अँग्रेज़ी में बात शुरू की।

'ओह! यहाँ तो अँग्रेज़ी का लफड़ा है।' प्रोफ़ेसर ने सोचा।

"सॉरी! वेयर आर यू फ्रॉम?"

"वॉरसॉ।" एक हल्की मुस्कान के साथ महिला ने जवाब दिया।

'ओऽऽऽ! पोलिश लेडी! व्हॉट ए ब्यूटीफ़ुल कंट्री!' प्रोफ़ेसर मन-ही-मन बुदबुदाया।

"एंड यू?" महिला ने पूछा।

"आई बिलॉन्ग फ्रॉम हियर... इंडिया।"

"नाइस टू मीट यू!" महिला ने होंठों पर मुस्कान लाते हुए जवाब दिया।

प्रोफ़ेसर देर तक महिला से गुफ़्तगू में उलझा रहा। पता नहीं क्यों, उसे महिला से वार्ता में रस की अनुभूति हो रही थी। शायद, एक तो प्रोफ़ेसर अकेला यात्रा पर था। सावित्री से दूर। उसे भी यात्रा में कंपनी चाहिए थी। ऊपर से ठहरा साहित्य का व्यक्ति। रस तो उसमें कूट-कूटकर भरा था ही।

इतनी सारी वार्ता में उसने महिला का सारा ख़ाका छान लिया। इस मुलाक़ात में उसने यह जान लिया कि पोलिश महिला जीवन में अकेली है। उसके आगे-पीछे कोई नहीं है। पोलैंड में सारी संपत्ति की एकमात्र वही मालकिन है। और वह इन दिनों अकेली भारत की यात्रा पर आई हुई है। अब वह सात दिन अंडमान-निकोबार की यात्रा पर जा रही है।

***

6

माहौल में ठंडक घुल गई थी। धीरे-धीरे अँधेरा भी छाने लगा था। कैप्टन ने ऊपरी डेक की सारी लाइट्स ऑन कर दी, जिससे जहाज़ रंग-बिरंगी रोशनी में नहा उठा। शाम का भोजन डेक पर ही होना था। यात्री इधर-उधर चहलक़दमी कर रहे थे। प्रोफ़ेसर अभी तक च्विंगम की तरह वहीं चिपका हुआ था। कुछ पल के लिए तो प्रोफ़ेसर उस महिला में इतना तल्लीन हो गया कि उसे बूढ़े व्यक्ति का ख़याल भी न रहा।

सहसा प्रोफ़ेसर को याद आया, उसने महिला का नाम तो पूछा ही नहीं!

"आपने अपना नाम नहीं बताया।"

इस पर महिला ने अपनी आँखें आसमान की ओर कीं। इधर प्रोफ़ेसर ने अपना माथा पकड़ लिया। उसने तुरंत अपनी ग़लती दुरुस्त की।

"आई मीन, यू डिड नॉट टेल योर नेम।"

"यू डिड नॉट इवन आस्क मी।"

महिला के इस जवाब के साथ दोनों एक साथ हँस पड़े।

"बाय द वे, माय नेम इज़ एलेक्जेंड्रा।"

"एंड आई एम प्रोफ़ेसर बसंत।"

बातों-बातों में प्रोफ़ेसर ने महिला से मोबाइल नंबर का भी आदान-प्रदान कर लिया। अपनी पत्नी सावित्री और कंबोडिया की यात्रा को छोड़कर उसने अपने बारे में भी महिला को बहुत कुछ बता दिया।

समुद्र में अँधेरा गहरा गया। डेक पर खाना लग चुका था। यात्रियों ने भोजन शुरू कर दिया था। प्रोफ़ेसर और महिला एक साथ बैठकर भोजन करने लगे। प्रोफ़ेसर की नज़र बूढ़े व्यक्ति पर पड़ी। उसकी टेबल पर बीयर का गिलास भरा पड़ा था। वह फ्राई फ़िश के छोटे-छोटे पीस के साथ बीयर के घूँट मार रहा था।

पोलिश महिला भी बीयर की शौक़ीन थी, पर प्रोफ़ेसर के साथ असमंजस

में थी कि क्या करे! बीयर मँगवाए या नहीं। उसने धीरे से प्रोफ़ेसर को टटोलने की कोशिश की।

"डू यू लाइक बीयर?" महिला ने पूछा।

प्रोफ़ेसर की एक आँख बंद हो गई। पर उसने झट से महिला के मन की बात को ताड़ लिया। सोचा- 'बीयर तो पीता नहीं हूँ। पर जब मरना ही निश्चित है, तो क्यों ना ज़िंदगी के अंतिम दिनों में यह शौक़ भी पूरा हो जाए। सावित्री यहाँ कौन-सा देख रही है! एक गिलास पीने में क्या हर्ज है! इसकी ख़ुमारी भी पता चल ही जाएगी। सुना तो बहुत है, आज देखते हैं कि इसका रंग कैसा चढ़ता है।' यही सोचकर उसने जवाब दिया, "येस! व्हाय नॉट?"

उसने वेटर को आवाज़ लगाई और दो बीयर के लिए इशारा किया। बीयर आई। महिला ने दोनों के गिलास भर दिए। बीयर के साथ में ग्रीन सलाद और कुछ स्नैक्स भी। प्रोफ़ेसर ने धीरे से पहला घूँट हलक में उतारा। उसका गला ठंडक से तर हो गया। एकबारगी तो पूरे शरीर में झुनझुनी छूट गई। महिला को पता न चले कि उसने पहली बार इसका स्वाद चखा है, इसलिए उसने पूरी सावधानी बरती। तनकर बैठा रहा।

प्रोफ़ेसर की एक आँख महिला की आँखों की गहराई में थी, तो दूसरी आँख बूढ़े व्यक्ति के उस चमड़े के थैले को स्कैन करती हुई उस काग़ज़ की थाह ले रही थी। एक के बाद एक गिलास ख़ाली होते गए। धीरे-धीरे रंग चढ़ता गया। प्रोफ़ेसर अब बूढ़े व्यक्ति को भूलकर पूरी तरह महिला के चेहरे पर टँगा हुआ था। अब महिला के चेहरे में उसे खमेर साम्राज्य की वह नर्तकी यानी अपनी प्रेमिका नज़र आने लगी थी।

डेक पर से लोग खाना खाकर नीचे कमरे की ओर जाने लगे थे। इधर प्रोफ़ेसर का सिर भारी होने लगा। बीयर और सलाद से ही उसका पेट भर गया। रही-सही कसर महिला के साथ ने पूरी कर दी। अब खाने की किसे पड़ी थी!

पहली बार में ही प्रोफ़ेसर को तन्नाटी आ गई। उसे बीयर की ख़ुमारी का एहसास हो गया। अब उसके क़दम आसमान पर थे। ज़मीं से कुछ ऊपर उठे हुए। साथी महिला ने उसे सहारा दिया। महिला को आश्चर्य हुआ कि पुरुष होकर इतना जल्दी लड़खड़ा गया! ख़ैर, उसने प्रोफ़ेसर के हाथ को अपने

कंधे पर रखा और अपने एक हाथ से उसकी बॉडी को सँभाला। फिर उसे अपने कमरे में ले आई।

रात के ग्यारह बजे आए थे। प्रोफ़ेसर को बिस्तर पर सुला दिया। उसने भी कुछ खाया नहीं था, पर अब उसे भी झपकी आने लगी थी। वह भी प्रोफ़ेसर के पास ही निढाल हो गई।

रात के तीन बजे के क़रीब प्रोफ़ेसर की नींद खुली। उसका गला सूख रहा था। उसे प्यास लगी थी और भूख भी। अचानक उसने देखा कि पोलिश महिला भी उसके साथ बिस्तर पर एक ओर सो रही है। पर यह उसके कमरे में कब, कैसे आई! उसने नज़र दौड़ाई। यह कमरा तो उसका नहीं है! फिर वह यहाँ पर क्या कर रहा है!

एक पल के लिए वह फ़्लैशबैक में गया। उसे सब याद आ गया। वह समझ गया कि रात को अवश्य कुछ गड़बड़ हुई है। पर अभी उसे भूख सता रही थी। उसने महिला को झिंझोड़ा।

"एलेक्स! एलेक्स! गेट अप एलेक्स!"

अँगड़ाई लेती हुई वह उठ बैठी। उसने एक लंबी साँस ली, अपने बालों को ठीक किया। हल्की आँखें खोलकर प्रोफ़ेसर से मुख़ातिब हुई।

"व्हॉट हैपेंड ?" महिला ने बड़े सहज भाव से पूछा।

"सॉरी फ़ॉर वेकिंग यू अप लेट नाइट!"

"नेवर माइंड। नाउ टेल मी।"

"नथिंग इंपॉर्टेंट। जस्ट आई एम हंग्री।"

वह सारा माजरा समझ गई। बिस्तर से उठी। प्रोफ़ेसर को पानी पिलाया, फिर अपने बैग से कुछ खाने का सामान निकालकर उसे दिया।

प्रोफ़ेसर ने एकटक उसकी ओर देखा। बिखरे हुए बालों में, रात के इस पहर में भी वह कितनी खिली-खिली लग रही थी।

"एलेक्स, थैंक यू सो मच!" प्रोफ़ेसर ने आभार प्रकट किया।

"बट, व्हॉट फ़ॉर ?"

"फ़ॉर टेकिंग केयर ऑफ़ मी इन द इवनिंग। बाय द वे। थिंग्स हैड बिकम टू मच ऐट नाइट। वेल नॉट सो मच ड्रिंकिंग हैबिट्स।"

"डोंट वरी! इट हैपंस सम टाइम्स।"

"कैन आई गो टू माय रूम नाउ ?" प्रोफ़ेसर ने पूछा।

"ऐज़ यू लाइक।" महिला ने चाहते हुए भी प्रोफ़ेसर को रोकने का प्रयास नहीं किया।

"ओके... सी यू ऐट द रेस्ट्राँ ऑवर मॉर्निंग टी।"

"व्हॉय नॉट! आई विल कम ऑन टाइम।"

प्रोफ़ेसर अपने कमरे में लौट आया। उसने अपने ऊपर चादर तान ली। आँखें बंद करने पर भी नींद नहीं। उनमें अनगिनत सपने, विचार, द्वंद्व, सावित्री, एलेक्स, सुंदर राजकुमारी, खमेर साम्राज्य... बहुत कुछ कैमरे की रील की भाँति चल रहा था। उसके मस्तिष्क की नसों में ऐसा उबाल मचा हुआ था, मानो अभी किसी पर्वत से कोई ज्वालामुखी फटकर चारों तरफ़ लावा ही लावा बिखेर देगा।

सावित्री के लिए तो पीछे वैसे भी बहुत कुछ छोड़कर आया हूँ। एलेक्स भी किसी राजकुमारी से कम नहीं लगती। परंतु खमेर साम्राज्य का सम्राट भी तो बनना है! कितना विशाल है खमेर साम्राज्य! अगर कुछ नहीं मिला, तो एलेक्स के पास वॉरसॉ चला जाऊँगा।

यही सब सोचते-सोचते उसकी आँख लग गई।

थोड़ी देर में दिन उगने वाला है। इधर प्रोफ़ेसर स्वप्नलोक में चला गया है। वह वॉरसॉ की सड़कों पर एलेक्जेंड्रा की कमर में हाथ डाले घूम रहा है। कारपैथी पर्वत की सुरम्य वादियों में उसके साथ डांस कर रहा है। गीत गा रहा है... वॉरसॉ के भव्य कैसल में उसके साथ अंतरंग पल बिता रहा है। सहसा उसकी नज़र कैसल की एक दीवार पर बने स्वस्तिक पर पड़ी।

सुबह के सात बज गए थे। उधर एलेक्स सुबह की चाय के लिए तैयार हो रही थी। और इधर स्वप्न ने प्रोफ़ेसर को अभी तक बाँध रखा था। सुबह के आते मंद-मंद पवन और स्वप्न उसे और गहरी नींद में ले गए। खिड़की से झरती सूर्य की रश्मियाँ सीधे उसके चेहरे पर गिर रही थीं। वह रस में डूबा हुआ था। भ्रमर की भाँति कभी कलियों पर बैठ रहा था, कभी उड़ रहा था।

सुबह का स्वप्न और गहरा हो रहा था। उसे अभी यह ख़बर मिली है कि वॉरसॉ में उसके पोलिश महिला के साथ समय बिताने की सावित्री को भनक लग चुकी है। वह बहुत व्यथित है। 'मैं यहाँ इसके साथ हूँ, यह जानकर

सावित्री क्या सोच रही होगी मेरे बारे में! पर क्या करूँ! यह भी तो मुझ पर आसक्त है। मैं बाद में सावित्री को सब कुछ समझा दूँगा। इन ख़ूबसूरत पलों में सावित्री बीच में कहाँ से आ गई!'

उसे पुनः स्वस्तिक नज़र आया। स्वस्तिक को देखकर प्रोफ़ेसर ने अंत:स्थल से प्रणाम किया- 'वाह! यहाँ पर भी स्वस्तिक! भारत की संस्कृति पूरे विश्व में फैली हुई है।' उसका सीना गर्व से चौड़ा हो गया।

उसने एलेक्स की ओर देखा। घनघोर काली घटा के समान बिखरे उसके बालों में उसने अँगुलियाँ डालीं। वह उसके रक्तिम अधरों तक पहुँचने ही वाला था कि उसे हिटलर की याद आई- विश्वयुद्ध, नाजी, क़त्लेआम, कुछ लोग जहाज़ों में बैठकर समुद्री रास्ते से यूरोप और एशिया के दूसरे देशों में शरण के लिए भाग रहे हैं, चारों ओर हाहाकार मचा हुआ है।

उसने देखा, नाजियों ने कैसल पर भी धावा बोल दिया है। स्वयं हिटलर कैसल के अंदर घुस आया है। उसने प्रोफ़ेसर की छाती पर एक पैर रखकर, उस पर बंदूक़ तान दी। अब उसे बचाने वाला कोई नहीं। हिटलर के सिपाहियों ने एलेक्स को भी पकड़ लिया है। वह हिटलर से अपनी और एलेक्स की जान बख़्श देने की याचना कर रहा है। पर हिटलर मानने को तैयार नहीं। वह आग की तरह जल रहा था। उसने अपने सिपाहियों से कहा कि इस कमरे में कुछ और लोगों को ठूँसकर विषैली गैस भरकर दरवाज़े को बाहर से बंद कर दो। सिपाहियों ने उसके आदेश की पालना की। विषैली गैस से सब का दम घुटने लगा।

स्वप्न चल रहा है।

उधर एलेक्स कब से रेस्तराँ में उसका चाय के लिए इंतज़ार कर रही थी। बहुत देर हो गई, इसलिए वह प्रोफ़ेसर को उठाने उसके दरवाज़े तक आई। उसने बाहर से दरवाज़ा खटखटाया।

इधर स्वप्न जारी है। विषैली गैस से पूरे कमरे में धुआँ-धुआँ हो गया। कुछ दिखाई नहीं दे रहा था। प्रोफ़ेसर का भी दम घुटने लगा। मौत के अंतिम क्षणों में भी वह एलेक्स... एलेक्स पुकार रहा था। अब उसकी भी साँसें टूटने ही वाली थीं कि यकायक उसका स्वप्न टूट गया।

वह उठ बैठा। घबराया हुआ था। लंबी-लंबी साँसें अंदर लेकर, बाहर

छोड़ रहा था। उसका चेहरा, गला, कुर्ता सब पसीने से तर हो गए थे।

उसने घड़ी में देखा, सुबह के आठ बज गए थे। बाहर से खट-खट की आवाज़ आ रही थी। उसे याद हो आया कि सुबह एलेक्स से चाय पर मिलना था। उसने फुर्ती से अपना हुलिया दुरुस्त किया और दरवाज़ा खोला। उसने देखा, दिन में भी बाहर चाँदनी छिटक रही थी। सामने एलेक्स खड़ी थी। जैस्मिन और कुवैती इत्र की मादकता लिए ख़ुशबू ने उसके मन को प्रफुल्लित कर दिया।

***

7

प्रोफ़ेसर अपने बचपन की स्मृतियों में चला गया। उन्हें याद करते हुए वह सोच रहा है-

'छात्र जीवन में मोगरा के फूल को सफ़ेद रुमाल में लपेटकर, अपनी जेब में रखता था। यह पिताजी का सुझाव था कि ऐसा करने से धन, संपत्ति और संपन्नता प्राप्त होती है। परंतु मुझे जैस्मिन की सुगंध ही पसंद थी। लेकिन उस समय पिताजी ने इस पर रोक लगा रखी थी। उनका मानना था कि इसकी सुगंध शुक्र के ताक़तवर स्वरूप से संबंध रखती है। अतः इसका प्रयोग केवल विवाह के उपरांत ही करना उचित रहता है।

'मैं कई बार सोचता रहा, विवाह के बाद इस फूल की सुगंध का क्या औचित्य होगा! जाँच-पड़ताल की। पता चला, इसकी सुगंध बहुत कम उम्र में शारीरिक आकर्षण बढ़ा सकती है। फिर कई बार पिताजी से छुप-छुप कर इन फूलों का उपयोग किया। मन में एक डर भी रहता था कि पिताजी को मेरी इस करतूत का पता ना चल जाए।

'फूलों को आज़माने के तौर पर, कई बार रिस्क भी उठाया। परंतु उसका कोई विशेष सकारात्मक परिणाम नहीं निकला। मैं घनानंद ही बना रहा। कुछ हाथ नहीं आया। उस दौर में केवड़ा, मोगरा, चमेली, गुलाब आदि कई फूलों को आज़माकर देखा, कुछ हुआ नहीं।

'गुलाब का फूल स्कूल लेकर जाओ, तो शिक्षकों का डर भी रहता था। ऊपर से फ़िज़िकल टीचर तो हमेशा अपने साथ पता नहीं किस पेड़ की ताज़ा फ्लैक्सिबल लकड़ी तोड़कर लाते और समय-समय पर विद्यार्थियों को सेवाएँ देते रहते थे। मैंने हर पल सावधानी बरती। उन से बचता रहा। पर फूलों ने कोई फ़ायदा नहीं पहुँचाया। बाद के वर्षों में अवसाद ने घेरा, तो मन को शांत करने के लिए रातरानी का पौधा घर में लाकर लगाया। कई सालों बाद जाकर ट्रेन वाली घटना में सावित्री से मुलाक़ात हुई। फूलों ने कोई सहयोग नहीं किया।

'आज एलेक्स के बदन से आती जैस्मिन की भीनी-भीनी सुगंध मुझे अतीत में खींच ले गई। समझ नहीं आ रहा, यह कैसा आकर्षण है! कहीं जीवन के अंतिम दिनों में शुक्र का प्रभाव तो नहीं हो रहा मुझ पर! बड़ी अजब-सी उलझन है!'

प्रोफ़ेसर अतीत के गलियारों में खो-सा गया था। एलेक्स ने चुटकी बजाकर उसकी स्थिरता भंग की।

"हेलो! वेयर आर यू लॉस्ट? डू यू वांट टू कीप सिटिंग हियर?"

एक झटके में प्रोफ़ेसर वर्तमान में आ गया।

"ओह सॉरी! कम ऑन।"

"हाउ लॉन्ग हैव आई बीन वेटिंग फ़ॉर यू? कंटिन्युअसली नॉकिंग द डोर।"

"येस! आई कैन अंडरस्टैंड। आई स्लेप्ट अ लिटिल।"

प्रोफ़ेसर ने अपनी बात ख़त्म की, फिर दोनों रेस्तराँ की ओर चल पड़े।

व्यक्ति जब प्रेम में होता है, कितना कुछ अलग होता है। सारी दुनिया एक ओर, वह एक ओर। कई बार राह बदल जाती है। जाना कहाँ होता है, कहाँ चला जाता है। प्रेम की सुगंध ही अलग तरह की होती है। यह केवड़ा, मोगरा और जैस्मिन से भिन्न प्रकार की सुगंध होती है। इसी सुगंध में दुनिया के तमाम रंग नज़र आते हैं। व्यक्ति हमेशा खिला-खिला रहता है। किसी की क़ैद में होकर भी, वहाँ हमेशा प्रकाश महसूस करता है।

प्रोफ़ेसर को ही देख लीजिए। जिस उद्देश्य से निकला था, वह तो भूल ही गया है। रहस्यमयी मणि... राजकुमारी... मछुआरा। कुछ भी तो उसके दिमाग़ में नहीं चल रहा अभी। सिवाय प्रेम के। दुनिया की तमाम राहें जहाँ जाना चाहती हैं, उसका एकमात्र अंतिम पड़ाव प्रेम ही है।

जहाज़ को चलते-चलते चौबीस घंटे पूरे हो चुके थे। प्रोफ़ेसर और एलेक्स चाय का कप लेकर बैठ गए। प्रोफ़ेसर ने सोचा कि अपने दिल की बात एलेक्स को बताए। फिर सोचने लगा- 'क्या यह इसके लिए सही समय है! कहीं मैं जल्दबाज़ी में तो नहीं हूँ! अभी तो यह कुछ दिन और साथ में रहेगी। सही वक़्त आने पर बता दूँगा कि मैं तुम्हें चाहने लगा हूँ। क्यों ना तब तक उसके दिल की भी थाह ले लूँ! उसके दिल में मेरे लिए जगह है भी या नहीं।

‘कई बार हम ख़ाली मुगालते में रहते हैं। उसका परिणाम कुछ अलग होता है। और उसके विपरीत कई बार इंतज़ार का फल मीठा होता है। इसलिए कुछ इंतज़ार और सही।’

चाय पीते-पीते प्रोफ़ेसर ने देखा कि वहीं पास में एक छोटी लाइब्रेरी बनी हुई थी। वहाँ कई भाषाओं की पुस्तकें रखी हुई थीं। वह उठा। कुछ पुस्तकें टटोली। रजिस्टर में एंट्री करवाकर, एक नॉवेल उठा लाया- ‘द मूनस्टोन’। उस पर थोड़ी गर्द पड़ी थी, जेब से रुमाल निकालकर उसे साफ़ किया।

चाय पीते हुऐ एलेक्स ने प्रोफ़ेसर से कहा कि वह रात को ठीक से सो नहीं पाई, इसलिए वह लंच तक सोना चाहती है। चाय पीकर प्रोफ़ेसर उसे कमरे तक छोड़ने गया।

“कम फ़ॉर लंच ऑन टाइम। प्लीज़ डू नॉट मेक मी वेट।” एलेक्स ने जाते हुए प्रोफ़ेसर से कहा।

“येस! श्योर!”

लंच पर मिलने का कहकर प्रोफ़ेसर कमरे में लौट आया। सबसे पहले उसने डायरी निकाली और यात्रा से हटकर कुछ भिन्न तरह से कल शाम से लेकर अब तक का सारा क़िस्सा शब्दबद्ध कर लिया।

‘जहाज़ अभी एक टापू के पास से गुज़र रहा था। टापू पूरी तरह से पेड़-पौधों से आच्छादित था। ‘ट्रेजर आइलैंड’ में भी इसी तरह के टापू का ज़िक्र किया गया है। उस टापू पर बेशक़ीमती ख़ज़ाना गड़ा हुआ होता है। वहाँ पर ज़हरीले साँपों का ठिकाना होने एवं सुनसान जगह होने के कारण, उस ख़ज़ाने को प्राप्त करना आसान नहीं था। साँपों के ज़हर से बचने के लिए, नायक ने धीरे-धीरे साँपों के ज़हर का नशा करना शुरू कर दिया था। इससे उसकी आँखें नीली पड़ गई थीं।’

नीली आँखों से प्रोफ़ेसर को याद आया, वह ‘मूनस्टोन’ उठाकर लाया था। सफ़ेद मूनस्टोन तो उसने देखा है, नीला नहीं। जिन जातकों की कुंडली चंद्रदेव की अशुभता के कारण पीड़ित होती है, वे पीड़ा मुक्ति के लिए मूनस्टोन धारण करते हैं।

यही सोचते-सोचते प्रोफ़ेसर ने पढ़ने के लिए मूनस्टोन उठाया।

द मूनस्टोन

(कहानी समुद्र में खो गए एक चमत्कारी सेमीप्रीशियस जेमस्टोन की)

यह बात किताब के कवर पेज पर लिखी हुई थी। इसे पढ़कर प्रोफ़ेसर के मन में पूरा उपन्यास जल्द-से-जल्द पढ़ जाने का जुनून घर कर गया। उसने बिस्तर में लेटे-लेटे पढ़ना शुरू किया।

मूनस्टोन यानी चंद्रमणि। इसे हिंदी में गौदंती और चंद्रकांत भी कहा जाता है। यह मन को शांत करने के लिए पहना जाता है। इसलिए इसे महिलाओं के लिए प्रोटेक्टिव रत्न भी माना जाता है।

'अरे वाह! फिर तो एक सावित्री के लिए भी लेना पड़ेगा। अगर ज़िंदा वापस गया तो! उसके मन को भी शांति कहाँ है!' मूनस्टोन के बहाने प्रोफ़ेसर के मन में सावित्री का विचार आया।

'पर एलेक्स के साथ भी तो जा सकता हूँ!' उसके दिमाग़ में फिर एक नया विचार उठा। 'ओह! मेरे साथ यह सब क्या हो रहा है! एक बार उपन्यास तो पूरा पढ़ लूँ।'

प्रोफ़ेसर लंच तक आधा उपन्यास पढ़ गया, लेकिन लेखक अब तक मूनस्टोन की उपयोगिता के साथ, इधर-उधर की बातें ही कर रहा था। प्रोफ़ेसर जादुई उपन्यास होने के जिस विचार से किताब उठाकर लाया था, वैसा अब तक कुछ उसके हाथ नहीं आया था। शेष उपन्यास रात को पढ़ने का सोचकर, वह तीसरे माले पर लंच के लिए चला गया।

एलेक्स वहीं मौजूद थी। वह प्रोफ़ेसर का इंतज़ार कर रही थी। उसे विश्वास था कि वह लंच पर सही समय आ जाएगा।

भोजन करते वक़्त प्रोफ़ेसर की नज़र एलेक्स के दाहिने हाथ की अँगुली पर पड़ी। उसने गोल्ड की बनी अँगूठी में सफ़ेद जेमस्टोन पहन रखा था। प्रोफ़ेसर को याद आया, उसने उपन्यास में पढ़ा था कि जेमस्टोन को गोल्ड

से बनी हुई अँगूठी में नहीं पहनना चाहिए। अन्यथा उसके विपरीत परिणाम सामने आते हैं। यह तो स्त्री-पुरुष संबंधों में प्रगाढ़ता और मन की शांति के लिए सिल्वर से बनी अँगूठी में पहना जाता है। फिर एलेक्स ने इसे गोल्ड से बनी अँगूठी में क्यों पहन रखा है! बड़े आश्चर्य की बात है।

"एलेक्स! डू यू बिलीव इन वेयरिंग जेमस्टोन?"

"नो! नथिंग लाइक दैट जस्ट ऐज ऐन ओर्नामेंट।"

"डू यू नो इट्स यूज़फ़ुलनेस?"

"नो! दिस रिंग वाज़ गिफ़्टेड बाय माय हस्बैंड ऐट द टाइम ऑफ़ मैरिज। यट आफ़्टर सेपरेशन आई एम वेयरिंग इट।"

"इफ़ यू डोंट माइंड कैन आई आस्क यू वन थिंग?"

एलेक्स ने आश्चर्य से प्रोफ़ेसर की ओर देखा। फिर बोली- "आस्क।"

"द रीजन फ़ॉर योर सेपरेशन?"

"ही वाज़ अ बिट वल्गर। आई कुड नेवर सेटल विद हिम। सो टेन ईयर्स अगो आई डिसाइडेड टू गेट सेपरेटेड।"

दोनों का खाना समाप्त हो चुका था। दोनों ने डटकर खाया था। प्रोफ़ेसर को अब नींद आने लगी थी। एलेक्स की दुख भरी दास्तान लेकर वह कमरे में लौट आया।

एक अकेली महिला का जीवन किन-किन परिस्थितियों, तकलीफ़ों से होकर गुज़रता है, यह एलेक्स ही समझ सकती है। हमेशा अकेलापन काटने को दौड़ता है। ऐसा लगता है, जैसे ज़िंदगी किसी मोम के घोड़े पर बैठकर आग का दरिया पार कर रही हो। एलेक्स के बारे में सोचते-सोचते उसकी आँख लग गई।

***

8

प्रोफ़ेसर आज देर शाम तक गहरी नींद में सोया रहा। बीती रात को ठीक से सो नहीं पाया था। उसकी कसर अभी पूरी हो गई।

वह सात बजे के क़रीब उठा। दरवाज़ा खोलकर बाहर देखा, गलियारे में सन्नाटा पसरा था। उसे समझ में आ गया कि सभी यात्री डेक पर गए होंगे। पर एलेक्स ने मुझे उठाया क्यों नहीं! वह जाते समय मेरे दरवाज़े को खटखटाकर भी तो जा सकती थी।

यही सोचते-सोचते उसने मुँह धोया, अपने बालों को सँवारा और मुखमंडल को थोड़ा अलंकृत किया। सफ़ेद कुर्ता-पाजामा पहनकर आईने के सामने खड़ा हुआ।

उसने सोचा- 'प्रोफ़ेसर ना होता, राजनेता होता तो लग्ज़री ज़िंदगी होती। नौकर-चाकर, धन-दौलत क्या कुछ नहीं होता मेरे पास। रोज़ भक्तों को उल्लू बनाता, दंड पेलता, तर माल खाता।

'यहाँ देखो, रिटायरमेंट के पैसों के लिए कितने चक्कर काटने पड़े मुझे, तब जाकर पैसा मिला। ऑफ़िस में बाबू की जी-हुज़ूरी नहीं करो, तो फ़ाइल कई दिनों तक धूल खाती रहती है। कई बार तो फ़ाइल को दीमकें चाट जाती हैं। और कई बार तो पेंशन की राशि मिलना शुरू नहीं होती कि आदमी उठ जाता है। फ़ाइलें भी अपना अस्तित्व खो देती हैं।

'राजनेता बनता। बहुत अच्छा काम था। भीड़ इकट्ठी करता, उसका हिस्सा बनता। कुछ दिन धरना-प्रदर्शन करता। पुलिस की लाठियाँ खाता। जेल जाता, पर किसानों, मज़दूरों, ग़रीबों और असहाय लोगों के लिए हमेशा खड़ा रहता। महिलाओं के हितों, अधिकारों की आवाज़ पुरज़ोर बुलंद करता। महिलाएँ मुझे फूल-मालाओं से लाद देतीं। वाह! वाह! कितना सुंदर दृश्य होता। इससे सुंदर नज़ारा तो हो ही नहीं सकता। कितना अद्भुत!'

महिलाओं के ज़िक्र से उसे याद आया, एक महिला डेक पर उसका

इंतज़ार कर रही होगी। उसने कमरे को ताला जड़ा। सीढ़ियाँ चढ़ते हुए उसने सोचा कि आज वह बीयर नहीं पिएगा। मामला गड़बड़ हो सकता है। सिर्फ़ भोजन का लुत्फ़ उठाएगा।

वह डेक पर पहुँचा। वहाँ पाश्चात्य संगीत मधुर धुनें छेड़ रहा था। महिला-पुरुष एक-दूसरे की बाँहों में बाँहें डाले डांस कर रहे थे।

प्रोफ़ेसर ने नज़र दौड़ाई। एलेक्स कहीं नज़र नहीं आ रही थी। वापस नीचे की ओर भागा। सीढ़ियाँ उतरते हुए उसने देखा, सामने से एलेक्स आ रही थी। आसमानी साड़ी और स्लीवलेस ब्लाउज के ऊपर आगे की ओर झूलते हुए बाल, प्रोफ़ेसर को उलझाने के लिए काफ़ी थे।

"आई वाज़ लुकिंग फ़ॉर यू ऑन डेक।" प्रोफ़ेसर ने कहा।

"सॉरी! यू वर लेट इन द मॉर्निंग, राइट नाउ आई एम अ लिटिल लेट।"

दोनों डेक पर पहुँचकर लाउंज पर बैठ गए। फिर डांस देखने लगे।

प्रोफ़ेसर के मन में विचार आया, काश! उसे भी डांस आता। थोड़ा पेट अंदर की ओर होता, तो एलेक्स को डांस के लिए बोलता। कभी डांस सीखने का अवसर ही नहीं आया। और ऊपर से यह यूरोपीयन डांस! अपने बस की बात नहीं है।

प्रोफ़ेसर ने अनिमेष नज़रें एलेक्स पर गड़ाईं।

"व्हॉट आर यू लुकिंग फ़ॉर, मिस्टर प्रोफ़ेसर?" एलेक्स ने पूछा।

"लुकिंग इंडियन वुमन इन साड़ी। लाइक मून कमिंग ऑन डेक।"

"थैंक्स फ़ॉर द कॉम्प्लिमेंट! बाय द वे, आई लाइक साड़ी अ लॉट।"

जैस्मिन की सुगंध किसी मादक नशे की मानिंद दोनों को एक-दूसरे की ओर खींच रही थी। लेकिन पहले कौन पहल करे! हर बार बात ज़ुबाँ पर आकर ठहर जाती थी। ऊपर से, समंदर से उठकर आती शीतल हवाएँ वातावरण को मदमस्त बनाने के साथ ही आग में घी का काम कर रही थीं। इधर प्रेम से भीगे प्रोफ़ेसर पर खुसरो का रंग चढ़ा। वह खुसरो को डेक पर उतार लाया।

खुसरो दरिया प्रेम का, उल्टी वाकी धार
जो उतरा सो डूब गया, जो डूबा सो पार

प्रोफ़ेसर को समझ नहीं आ रहा कि डूबना है या तैरना है! एलेक्स प्रोफ़ेसर

की मन:स्थिति को समझ रही थी। फिर भी पूछा, "डू यू वांट टू डांस?"

'ओह! इसने तो मेरे मन की बात कह दी। अब क्या करूँ! क़िस्मत साथ नहीं दे रही, वरना आज कमर की नाप ले ही लेता।' प्रोफ़ेसर ने मन-ही-मन सोचा।

"नो! आई विल अवॉइड इट टुडे।" प्रोफ़ेसर ने सोचकर जवाब दिया।

"कम ऑन। लेट्स हैव अ ग्लास ऑफ़ व्हिस्की।" एलेक्स ने कहा।

"आई विल सिट विद यू। टुडे आई कांट टेक।"

"बट व्हॉय?" एलेक्स ने आश्चर्य भरी नज़रों से पूछा।

"टुडे आई वांट टू रीड अ नॉवल आफ़्टर ईटिंग।" प्रोफ़ेसर ने अपनी बात रखी।

"व्हॉय नॉट, यू कैन रीड। व्हॉट इज़ रॉन्ग विद अ स्मॉल ग्लास ऑफ़ व्हिस्की?"

प्रोफ़ेसर को ख़याल आया, बीयर से हाल-बेहाल हो गया था। व्हिस्की का एक पेग पता नहीं क्या रंग लाएगा। मुझे नॉवेल पढ़ना है। अब कैसे मना करूँ!

इस बीच उसे पाओलो कोएलो याद आए।

उन्होंने कहा था- 'याद रखिए, जहाँ कहीं भी आपका दिल है; वहीं आप ख़ज़ाना पाएँगे।'

'दिल तो मेरा यहीं है। पर ख़ज़ाना कहाँ है? उसके लिए जोखिम तो उठाना ही पड़ेगा। कोएलो कहकर चले गए, मुझे फँसा गए। क्या पता, जोखिम लेने से ही कोई चमत्कार हो जाए! कोई अनपेक्षित चमत्कार!'

अंतत: कोएलो ने प्रोफ़ेसर को एक पेग के लिए राज़ी कर ही लिया।

उसने कहा, "ओके... ऐज यू थिंक इट्स फेयर बट जस्ट अ पेग।"

यह सुनकर एलेक्स के चेहरे पर मुस्कान तैर गई।

उसने वेटर को आवाज़ लगाई।

"येस मैम।"

"इज़ व्हिस्की अवेलेबल?"

"येस! अवेलेबल।"

"व्हिच वन?"

"बर्बन, टेनेसी, स्कॉच एंड मेनी मोर।" वेटर ने जवाब दिया।

"ओके... देन सेंड हाफ़ अ बॉटल ऑफ़ स्कॉच।"

प्रोफ़ेसर सोच रहा है कि एक-एक पेग का बोलकर आधी बोतल क्यों मँगा रही है! अब प्रोफ़ेसर को क्या मालूम, यूरोपियंस, चाहे पुरुष हों या महिला, साल भर में कई लीटर शराब पी जाते हैं।

वेटर आधी बोतल स्कॉच की ले आया। उसने एक-एक पेग बनाकर दे दिया।

पहला पेग शुरू हुआ। दोनों ने जाम टकराया- चियर्स... चियर्स...

पहले डेक पर हवाएँ सन्न-सन्न करते हुए चल रही थीं, अब मौसम का मिज़ाज थोड़ा बदला। मौसम की तबियत भी थोड़ी रंगीन और रूमानी हुई।

फिर संगीत की धुन भी बदली।

माहौल को देखते हुए, पंकज उधास बोल उठे- 'सबको मालूम है मैं शराबी नहीं, फिर भी कोई पिलाए तो मैं क्या करूँ।'

अनवर भाई! बिल्कुल सही लिखा। क्या करें! यह चीज़ ही कुछ ऐसी है। कोई थोड़ी-सी मनुहार कर दे, बस फिर रहा नहीं जाता।

एलेक्स ने कहा, "जस्ट डू नॉट ड्रिंक हैस्टली। इफ़ यू ड्रिंक थ्रू रिलैक्सेशन, यू विल बेनिफिट मोर एंड यू विल आल्सो गेट बेटर स्लीप।"

प्रोफ़ेसर ने मन में सोचा- 'पेग तो एक पीना है, अब इसमें रिलैक्स क्या होना। और कम्बख़्त नींद किसे लेनी है! आज तो जागरण करूँगा, तब जाकर उपन्यास पढ़ पाऊँगा। और एलेक्स, तुम्हें पंकज जी की बात मैं कैसे समझाऊँ कि मेरी रग-रग में मुहब्बत का नशा है, शराब का नहीं। यह शराब का नशा तुम्हारी आँखों की गहराई से ज़्यादा नशीला नहीं है। डुबाना चाहती हो, तो वहाँ डुबाओ।'

बातों-बातों में प्रोफ़ेसर ने अपना पेग गटक लिया। एलेक्स की बहुत रिक्वेस्ट के बाद भी उसने अपने ऊपर नियंत्रण कर ही लिया। इधर एलेक्स एक के बाद एक चार पेग चढ़ा गई। पाँचवें पर प्रोफ़ेसर ने उसे जाने नहीं दिया, रोक दिया। और खाना मँगवा दिया। खाना खाकर उठे, तब एलेक्स थोड़ी लड़खड़ा गई।

प्रोफ़ेसर ने अपने काँपते हाथों से उसे सहारा दिया। उसे अपने कमरे में ले

आया। उसे डर था कि कहीं रात को इसे कोई दिक़्क़त ना आ जाए।

बिस्तर पर पड़ी-पड़ी थोड़ी देर तक वह बड़बड़ाती रही, फिर एकदम शांति। प्रोफ़ेसर ने भी राहत की साँस ली।

अब उसने नॉवेल उठाया। सिर के नीचे तकिया लगाया और पढ़ना शुरू किया।

लेखक ने लिखा था-

...अब तक मैं आपको मूनस्टोन की उपयोगिता के बारे में बहुत कुछ बता चुका हूँ, लेकिन असल बात आपको अब बताता हूँ। इसके चमत्कारी गुण के बारे में जानकर आप हैरान रह जाएँगे कि दुनिया में ऐसा भी मूनस्टोन है!

तो आप सुनिए!

यह कोई नाम मात्र का ऐसा-वैसा जेमस्टोन नहीं है, यह चमत्कारी जेमस्टोन है। यह पहली बार फ़िलीपींस के समुद्र तट पर मछलियाँ पकड़ते हुए मछुआरों को मिला था। लेकिन उन्हें इसकी उपयोगिता की कोई जानकारी नहीं थी।

बाद में जब वहाँ के राजा को मछुआरों के पास इस तरह का कोई जेमस्टोन होने का पता चला, तो उसने इन मछुआरों को बंदी बनाकर एक साल के लिए कारागार में डाल दिया और उनसे वह जेमस्टोन ले लिया। फिर उसे तराश करके अपने महल में रखवा दिया। तराशने पर वही जेमस्टोन 'मूनस्टोन' कहलाया।

नीले मूनस्टोन के प्रभाव से राजा का वैभव बढ़ने लगा। देश-दुनिया में इसकी चर्चा होने लगी। इस बात की ख़बर अंडमान-निकोबार द्वीप के कुछ आदिम समुद्री लुटेरों को लगी। उन्हें इस बात का पता था कि समुद्र में यात्रा करने वालों के लिए, इस तरह का नीला मूनस्टोन बहुत उपयोगी होता है। उन्होंने योजना बनाई और अमावस की काली रात को इसे राजा के महल से लूट लिया। राजा के सैनिकों ने समुद्र में भागते लुटेरों का कई मील तक पीछा किया, लेकिन लुटेरे भागने में कामयाब रहे।

लेकिन कहते हैं कि भाग्य मुहरबंद लिफ़ाफ़े की तरह होता है, उसकी सड़क एकतरफ़ा जाती है। मूनस्टोन को प्राप्त करने वाले की नीयत बिल्कुल

साफ़ होनी चाहिए। राजा ने मछुआरों से जबरन उसे प्राप्त किया और राजा से लुटेरों ने। वह किसी के हिस्से नहीं आया। वह जिसकी क़िस्मत में लिखा होगा, वहीं टिकेगा।

लुटेरे समुद्र में कई मील का सफ़र तय करते हुए, अंडमान-निकोबार की ओर आ रहे थे, तभी उनका जहाज़ किसी चट्टान से टकराकर दुर्घटनाग्रस्त हो गया। सभी लुटेरों की मौत हो गई और वह मूनस्टोन समुद्र की गहराई में कहीं खो गया।

अतीत के गर्भ में जो था, वह मैंने आपको बता दिया है। अब आपके पास खोने को कुछ नहीं है, पाने को बहुत कुछ है। यदि आपके अंदर असफलता का डर नहीं है, तो आप उठिए। चल दीजिए अपनी मंज़िल की ओर। शायद कहीं वह चमत्कारी मूनस्टोन बाँहें फैलाए आपका इंतज़ार कर रहा हो! और हाँ। अगर मिल जाए, तो इस सफलता से मुझे भी अवगत अवश्य कराएँ!

आपका...
विल्की कॉलिंस
1868, यूके

उपन्यास ख़त्म हुआ। प्रोफ़ेसर ने उसे एक ओर टेबल पर रख दिया। रात के दो बज गए थे, पर अभी तक उसे नींद नहीं आ रही थी। डायरी लिखने बैठ गया और अब तक की यात्रा का सारा विवरण शब्दबद्ध कर लिया।

एक पल उसने एलेक्स की ओर देखा, वह गहरी नींद में थी। उसके कान के झुमके बालों की लड़ों में उलझे हुए थे।

सोने से पहले उसने कमरे की खिड़की खोलकर बाहर देखा, समुद्र में गहरा सन्नाटा पसरा था। उसने वापस खिड़की बंद कर दी। अब वह सोने की कोशिश करने लगा। पर नींद कहाँ!

समुद्री लुटेरे! ये लोग तो आज भी लूटपाट करते ही होंगे! प्रोफ़ेसर का मानस उद्वेलित हुआ जा रहा था। उसे कॉलिंस याद आए।

'द मूनस्टोन'
1868, यूके

‘उपन्यास को लिखे हुए आज कितने साल हो गए? कम-से-कम डेढ़ सौ साल! कॉलिंस साहब! मान लो वह मूनस्टोन मुझे मिल जाए, तो आपको कहाँ सूचित करूँगा? आप अगर ज़िंदा होते, तो अवश्य आप तक यह ख़बर पहुँचाता कि वह मूनस्टोन मुझे मिल गया है।

‘एक बात सोचने की है, क्या इस उपन्यास को पढ़कर इतने सालों में किसी ने मूनस्टोन की खोज नहीं की होगी! हो सकता है कोशिशें की गई हों और किसी को मिल भी गया हो! यह भी हो सकता है कि किसी की क़िस्मत में मूनस्टोन हो ही नहीं, तो शायद आज भी वह समुद्र की गहराई में कहीं लीन होगा, शांत भाव से।

‘होने को कुछ भी हो सकता है। अगर एक क्षण के लिए आप सोच लें कि इस काम को मुझे मूर्त रूप देना है, तो आप उस कार्य में अवश्य सफलता हासिल कर लेंगे। दृढ़ निश्चय और आपकी इच्छाशक्ति उस क्षण सोचे गए आपके सपने को हक़ीक़त में तब्दील कर देती है।

‘अंडमान-निकोबार तो जा ही रहा हूँ, उस तट पर भी भ्रमण कर आऊँगा जिस ओर समुद्री लुटेरों का जहाज़ दुर्घटनाग्रस्त हुआ था। मूनस्टोन को खोजने का प्रयास भी करूँगा। यदि मिल गया, तो उसे सावित्री को सौंपकर मैं वॉरसॉ निकल जाऊँगा। मुझे कुछ नहीं चाहिए, बस सावित्री ख़ुश रहे।’

अपने दोनों हाथ छाती पर रखकर प्रोफ़ेसर यह सब सोच ही रहा था कि उसे नींद आ गई।

***

9

सुबह के पाँच बजे के क़रीब प्रोफ़ेसर स्वप्नलोक में चला गया। इस बार का स्वप्न प्रोफ़ेसर को झकझोरने वाला है। उसकी साँसें बहुत तेज़ी से ऊपर-नीचे हो रही थीं। अब वह समुद्र किनारे पर है। देखिए, क्या होता है-

'ओह! यह क्या बाल्कन द्वीप!'

'शिनिनास बीच! यह तो एथेंस का समुद्री तट है।'

'अरे हाँ। याद आया, यह तो वही समुद्री तट है, जहाँ मैंने एक बार स्वप्न में मछुआरे से घोंघों से भरी टोकरी ख़रीदी थी।'

'इसका आशय यह है कि मैं उस समय स्वप्न में यूनान में चला आया था। मतलब मछुआरा यूनानी था।'

प्रोफ़ेसर समुद्री तट पर खड़ा-खड़ा विचारों में उलझा हुआ है। अब उसने देखा कि जब उसने घोंघों से भरी टोकरी रेत पर उड़ेल दी थी, तब सब घोंघे पानी में चले गए थे। लेकिन उसके कुछ दिनों बाद मछुआरे ने घोंघे पकड़ने के लिए पुनः अपना महीन जाल पानी में फैलाया। उस दिन अन्य घोंघों के साथ वे दोनों घोंघे भी मछुआरे के जाल में फँस गए थे।

मछुआरा अपनी टोकरी लॉज में ले आया। उसने टोकरी टेबल पर रख दी। घोंघों को पकाने के लिए उसने कड़ाही में तेल चढ़ाया ही था कि उसने एक घोंघे के मुँह से मनुष्य की आवाज़ सुनी।

एक बार तो मछुआरा भी काँप गया, लेकिन उसने हिम्मत नहीं हारी। उसके जीवन में इस तरह की घटना कभी घटित नहीं हुई थी। कोने में दुबक कर उसने उनकी बातें सुनी।

"यह मछुआरा तो कड़ाही में तेल चढ़ा रहा है। हमें तलकर खा जाएगा।" नर घोंघे ने दुखी मन से कहा।

इधर मादा घोंघे की नज़र मछुआरे की लॉज में बनी छोटी लाइब्रेरी पर पड़ी। उसने तुरंत अपना दिमाग़ दौड़ाया।

"अरे देखो! वह क्या रखा है!"

"क्या रखा है?" नर घोंघे ने आश्चर्य से पूछा।

"अरे! द मूनस्टोन!"

"द मूनस्टोन! यह क्या है?" नर घोंघे ने जिज्ञासा प्रकट की।

"मूनस्टोन मतलब 'चंद्रमणि'।"

"चंद्रमणि! अरे, तुम स्पष्ट बताओ आख़िर कहना क्या चाहती हो।"

"अरे! इस किताब में एक चमत्कारी जेमस्टोन की कहानी है, जो समुद्र में कहीं खो गया था।"

"अब यह जेमस्टोन क्या है?"

"अरे, वही मूनस्टोन।"

"मूनस्टोन... चंद्रमणि... जेमस्टोन क्या है यह सब? तुम साफ़-साफ़ बताओ कि माजरा क्या है?" मादा की बातें सुनकर नर घोंघे का दिमाग़ चकराने लगा।

"यह नीले रंग का एक तरह का बहुत ही मूल्यवान पत्थर है, जो समुद्र की अतल गहराइयों में पड़ा हुआ है।"

"क्या यह हीरे से भी क़ीमती होता है?"

"यह हीरे से तो क़ीमती नहीं, परंतु पूरी दुनिया में इस तरह का चमत्कारी मूनस्टोन एक ही है। यह जिसको मिल जाए, वह धन-धान्य और वैभव से परिपूर्ण हो जाता है। इसलिए यह मूनस्टोन हीरे से भी क़ीमती है।"

"लेकिन इसका हमें क्या फ़ायदा?"

"यह मूनस्टोन भले ही हमारे लिए उपयोगी नहीं है, परंतु इस मछुआरे का भला तो हो ही सकता है। देखो उसे, कैसे अकेला लॉज में जीवन यापन कर रहा है!"

"पर हम मछुआरे की मदद कैसे कर सकते हैं?" नर घोंघे ने पूछा।

"मुझे उस चमत्कारी मूनस्टोन का पता मालूम है।"

"कहाँ है वह मूनस्टोन?" नर ने उत्सुकता दिखाई।

"घोंघे के रूप में जन्म लेने के बाद मैं कंबोडिया के समुद्री तट से यात्रा करते हुए भारत के अंडमान-निकोबार तट से गुज़र रही थी, तब मेरी नज़र उस मूनस्टोन पर पड़ी।"

इधर दोनों घोंघों की बातें सुनकर मछुआरा भावुक हो गया। उसकी आँखों में आँसू आ गए। मछुआरा सोच में पड़ गया- 'ये छोटे-छोटे समुद्री जीव होकर भी मेरे लिए इतना सोच रहे हैं, और मैं हूँ कि इनको मारने चला था। नहीं-नहीं, मैं इनको वापस समुद्र में फेंक दूँगा।'

"क्या अब भी मूनस्टोन वहीं पड़ा हुआ है?"

"हाँ, अब भी वहीं पड़ा हुआ है।"

"परंतु इतने मूल्यवान पत्थर को समुद्र में किसने फेंका?"

"यह एक बहुत बड़ी कहानी है, जिसकी सारी घटनाएँ इस किताब में लिखी हुई हैं।"

"पर यह बूढ़ा मछुआरा उसे कैसे प्राप्त करेगा?"

"तुम नहीं जानते, यूनान के लोग कितने साहसी होते हैं। तुम स्पार्टन्स के बारे में भी कुछ नहीं जानते हो।"

घोंघों की बातें सुनकर भावुक हुए मछुआरे की नसों में स्पार्टा के योद्धाओं की ऊर्जा समा गई। वह उठा और घोंघों से भरी टोकरी समुद्र में ख़ाली कर आया।

वापस लॉज में आकर मछुआरे ने 'द मूनस्टोन' उठाया और उसे पूरा पढ़ा। उपन्यास पढ़ने के बाद उसने भारत की यात्रा पर निकलने का निश्चय किया और अंडमान-निकोबार तक की यात्रा का एक व्यवस्थित मानचित्र तैयार किया। उपन्यास पढ़कर उसे घोंघों की बात पर भी विश्वास हो गया था।

इधर स्वप्न में यह सारा घटनाक्रम देखकर प्रोफ़ेसर के होश उड़ गए। उसे स्पार्टा के अचिलीज और पेट्रोक्लस जैसे महान योद्धा याद आए।

प्रोफ़ेसर की आँखों के सामने एक पल के लिए स्पार्टा की सुंदर राजकुमारी हेलन का चेहरा तैरने लगा।

कहते हैं, हेलन इतनी ख़ूबसूरत थी कि कोई उससे शादी नहीं करना चाहता था। लोगों को ऐसा लगता था कि उसकी ख़ूबसूरती ही उनकी मौत का कारण बन सकती है। उसकी सुंदरता से प्रभावित होकर देवता तक उससे मिलने आते थे।

प्रोफ़ेसर ने सोचा- 'काश! आज हेलन होती, तो मैं भी उसके दिव्य रूप सौंदर्य के दर्शन कर लेता।

'काश! मैं राजा मैनिलौस होता, तो हेलन से विवाह रचाता और हेलन का अपहरण करने वाले पड़ोसी देश के राजा प्रियाम पर हमला बोलता। उसे नेस्तनाबूद कर देता। उसके देश पर यूनानी साम्राज्य का झंडा लहराता।'

प्रोफ़ेसर प्रेम के सागर में ग़ोते लगा ही रहा था कि उसे स्पार्टा और ट्रॉय का युद्ध याद आया। फिर उसे राजा लियोनिडैस याद आए। उनके थ्री हंड्रेड वॉरियर्स याद आए। एक पल के लिए वह हेलन को भूल गया। उसे पर्शिया के राजा जरक्सीज की विशाल सेना यूनान में घुसती नज़र आई।

प्रोफ़ेसर भी अपने आपको स्पार्टा के राजा लियोनिडैस की सेना में शामिल कर लेता है। रक्षा कवच पहनकर शस्त्र उठा लेता है।

हाथ में शस्त्र उठाकर प्रोफ़ेसर स्वयं को अचिलीज की भाँति महसूस कर रहा है। उसे लग रहा है कि उसे भी देवताओं ने दिव्य शस्त्र और कवच प्रदान किया है।

जरक्सीज की सेना सँकरे रास्ते से यूनान में प्रवेश कर रही है। पहले दिन के युद्ध में जरक्सीज की सेना को मात्र तीन सौ योद्धाओं से मुँह की खानी पड़ी। लेकिन अगले दिन जरक्सीज की चालाकी काम आई। उसने घर के भेदी से मिलकर यूनान में घुसने का दूसरा रास्ता पता कर लिया। फिर अगले दिन उसकी सेना ने दोनों ओर से लियोनिडैस की सेना को घेरकर उस पर धावा बोल दिया।

दोनों तरफ़ से बरसात की तड़तड़ाहट करती बूँदों की मानिंद जरक्सीज की सेना ने तीर बरसाने शुरू किए। एक-एक करके लियोनिडैस के योद्धा मरने लगे, सेना कमज़ोर पड़ने लगी।

तीव्र गति से एक साथ कई तीर प्रोफ़ेसर पर भी बरसने लगे। लड़ते-लड़ते उसकी ढाल तीरों को रोकने में असहाय-सी हो गई थी।

अचानक भनभनाता आया एक तीर रक्षा कवच को चीरते हुए, प्रोफ़ेसर की छाती में जा धँसा। दर्द से कराहते हुए, वह नीचे खाई में जा गिरा।

खाई में गिरा प्रोफ़ेसर कराह रहा है। वहाँ से गुज़र रहे जरक्सीज की सेना के घोड़े उसकी छाती पर एक के बाद एक पैर रखते हुए निकल रहे हैं।

सेना के साथ काले मज़बूत घोड़े पर बैठकर आगे बढ़ रहे जरक्सीज ने अपना ख़ूँखार चेहरा प्रोफ़ेसर को दिखाया।

"यूनान पर जरक्सीज का राज होगा अब।" कहते हुए उसने अपने घोड़े के आगे के दोनों पैर ऊपर उठाकर प्रोफ़ेसर की छाती में इतनी ज़ोर से मारे कि हेलन नाम की एक चीख़ हवा के संग बह गई- "हेलन... हेऽऽऽलन!"

जहाज़ पर प्रोफ़ेसर का कमरा कुछ पल के लिए इस नाम की ध्वनि से गूँजता रहा। उसका स्वप्न टूट गया। आवाज़ सुनकर एलेक्स भी उठ बैठी। उसे लगा कि शायद प्रोफ़ेसर ने उसे उठाने के लिए आवाज़ दी है। लेकिन जैसे ही उसने प्रोफ़ेसर के चेहरे को पसीने से तर देखा, वह समझ गई कि अवश्य ही उसने कोई डरावना सपना देखा है।

एलेक्स ने उठकर प्रोफ़ेसर को पानी पिलाया। प्रोफ़ेसर रात को बहुत देर से सोया था। स्वप्न की वजह से सुबह जल्दी उठ जाने के कारण उसकी आँखें लाल हो रही थीं। उसकी नींद अब तक पूरी नहीं हुई थी।

***

10

सपने वो नहीं हैं जो प्रोफ़ेसर देख रहा है। सपने वो हैं जिनके बारे में आगे से आगे जानने की जिज्ञासाएँ और उन्हें पूरा करने के सफ़र के बीच में खड़ी ढेर सारी चुनौतियाँ हैं, जिनका हार-जीत की चिंता किए बग़ैर प्रोफ़ेसर बड़े उत्साह के साथ सामना कर रहा है। प्रोफ़ेसर थोड़ी देर तक गुमसुम बैठा रहा। फिर उठकर कमरे का दरवाज़ा खोलकर बाहर देखा, कहीं मछुआरा तो नहीं खड़ा वहाँ। बाहर सब कुछ शांत था। यात्री अभी तक बिस्तर में दुबके पड़े थे।

प्रोफ़ेसर वापस आकर एलेक्स के पास बिस्तर पर बैठ गया। अब उसे विश्वास हो गया कि चमड़े का बैग लिए घूम रहा व्यक्ति वही बूढ़ा मछुआरा है। और उसके बैग में वही नक़्शा होगा, जिसे उसने डेक पर फैलाया था।

प्रोफ़ेसर सोचने लगा- 'यूनान के लोग चाहे कितने भी साहसी हों, परंतु मैं भी इतनी आसानी से हार मानने वाला नहीं हूँ। एक अकेला मछुआरा ही नहीं है, जिसे मूनस्टोन के बारे में मालूम हो। मुझे भी उसका ठिकाना मालूम है। मूनस्टोन मेरे देश की सीमा में है, किसी बाहरी व्यक्ति को इतनी क़ीमती चीज़ कैसे ले जाने दूँगा! उस पर पहला हक़ मेरा है। मैं उसे प्राप्त करके ही रहूँगा।

'परंतु एक बात मेरी समझ में नहीं आ रही कि ये दोनों घोंघे इस तरह की क़ीमती चीज़ों के बारे में हर किसी को क्यों बता देते हैं?'

उसे याद आया कि घोंघे ने ही तो उसे रहस्यमयी मणि के बारे में बताया था। और अब मछुआरे को भी मूनस्टोन के बारे में बता दिया।

'दोनों घोंघे आख़िर उस तट पर कर क्या रहे हैं! वहाँ से आगे क्यों नहीं बढ़ जाते!'

'परंतु वे दोनों आगे जाएँगे भी कहाँ? जहाँ भी जाएँगे, कोई-न-कोई उन्हें पकड़ ही लेगा और वे अपनी जान बचाने के लिए इन क़ीमती चीज़ों के बारे में उन्हें बता ही देंगे।'

'अच्छा होता, मैं उनको अपने साथ ले आता। परंतु साथ कैसे लाता! मैं

तो स्वप्न में था तब। लेकिन जब मैं यहाँ से वापस जाऊँगा, तब उनको पकड़ लाऊँगा। हो सकता है उनके पास और किसी ख़ज़ाने की जानकारी हो, क्योंकि उस मादा घोंघे पर तो रहस्यमयी मणि का प्रभाव है। उनको पकड़कर लाना ही ठीक होगा, वरना किए-धरे पर पानी फिर जाएगा।'

प्रोफ़ेसर के दिमाग़ में विचारों का जाल पूरी तरह से फैल चुका था। इधर एलेक्स को उसके चेहरे पर चिंता की लकीरें तैरती हुई नज़र आईं।

"व्हॉट हैपेंड ?" एलेक्स ने पूछा।

"नथिंग। हैड अ स्केयरी ड्रीम इन द मॉर्निंग।"

"ओके... डोंट वरी। नाउ आई विल कम आफ़्टर गेटिंग रेडी, टिल देन यू आलसो गेट रेडी। देन वी विल गो फ़ॉर ब्रेकफ़ास्ट एंड टी।"

"नो ! आई स्लेप्ट लेट ऐट नाइट, सो आई विल स्लीप अ लिटिल लॉन्गर। यू गो टेक अ शावर।" प्रोफ़ेसर ने अपनी असमर्थता जताई।

"हाउ लॉन्ग विल यू स्लीप ?"

"स्लीप... ऐट लीस्ट 2 आवर्स।"

"ओके। आई विल कम।" कहते हुए वह उठी और अपने बालों में फँसे झुमके को ठीक किया। एक झुमका कान में नहीं था। उसे वह बिस्तर पर ढूँढने लगी।

"व्हॉट हैपेंड एलेक्स ?" प्रोफ़ेसर ने पूछा।

"माय ईयररिंग फेल समव्हेयर ऑन द बेड।"

"ओह ! कान का झुमका। अच्छा हुआ यहाँ गिरा, बरेली के बाज़ार में नहीं गिरा।" प्रोफ़ेसर धीरे से बड़बड़ाया।

"व्हॉट ?"

"नथिंग।"

प्रोफ़ेसर ने झुमका ढूँढने में उसकी मदद की। झुमका मिल गया। प्रोफ़ेसर ने आगे बढ़ते हुए, उसके कान में पहना दिया। वह अपने कमरे में नहाने के लिए जाने लगी, तभी प्रोफ़ेसर ने उसे पीछे से आवाज़ लगाई- "आई विल कीप द डोर ओपन, कम एंड पिक मी अप।"

प्रोफ़ेसर बिस्तर में औंधे मुँह गिर गया। वह एलेक्स के झुमकों के बारे में सोच रहा था कि उसे विचार आया- 'झुमका बरेली के बाज़ार में ही क्यों

गिरता है? क्या वहाँ आसानी से वापस मिल जाता है? तभी तो इलाहाबाद या वाराणसी के बाज़ार में नहीं गिरता। शायद बरेली से झुमके का कोई ख़ास वास्ता होगा। राजस्थान के रेगिस्तान में तो नहीं गिरता! अगर कभी गिर जाए, तो नायिका नायक पर भड़क सकती है। वह नायक से कहेगी- 'मैंने तुम्हें कहा था कि यूपी घूम कर आते हैं, पर तुम यहाँ रेगिस्तान में लेकर आए। सोने का झुमका खो गया। बरेली में गिरा होता, तो मिलने की संभावना रहती। अब ढूँढो यहाँ रेत में आँखें फाड़कर। नहीं तो बनवाओ नया झुमका।'

'इधर अब आप ही बताइए, नायक क्या करे? वह सोचेगा- होम करते हाथ जल गए। लेकिन अब नायिका रूठ ना जाए, इसलिए झुमका तो बनवाना ही पड़ेगा। कंगाली में आटा गीला। लेकिन नायिका से रेगिस्तान में ज़्यादा तकरार करना ठीक नहीं। एक झुमके की ख़ातिर रोमांस का मामला बिगड़ सकता है।'

प्रोफ़ेसर को नायक की दयनीय स्थिति पर दया आ रही थी। उसके बारे में सोचते-सोचते उसकी आँख लग गई।

***

11

रात दस बजे के क़रीब साठ घंटे की यात्रा पूरी करके, जहाज़ पोर्ट ब्लेयर के समुद्री तट पर पहुँचेगा। वहाँ से सीधे यात्रियों को पहले से बुक की गई होटल ले जाया जाएगा।

इधर एलेक्स नहा-धोकर एक घंटे में ही वापस प्रोफ़ेसर के कमरे में आ गई। तब प्रोफ़ेसर खर्राटे मार रहा था।

उसने सोचा- 'कब दो घंटे पूरे होंगे! कब प्रोफ़ेसर उठेगा! कब साथ में चाय पिएँगे!' तभी उसकी नज़र टेबल पर रखे उपन्यास और डायरी पर पड़ी। वह बिस्तर के पास रखी चेयर पर बैठ गई। कुछ पल उसने उपन्यास के पन्नों को टटोला, फिर प्रोफ़ेसर की डायरी उठाई।

उसने डायरी का एक पन्ना पढ़ा। उसे बड़ा इंट्रेस्टिंग लगा। फिर धीरे-धीरे वह एक के बाद एक प्रोफ़ेसर की डायरी में लिखा सब कुछ पढ़ गई। फिर डायरी को टेबल पर पुनः व्यवस्थित रख दिया, ताकि प्रोफ़ेसर को इसका पता ना चले कि उसने डायरी को हाथ लगाया था।

उसने प्रोफ़ेसर की ओर देखा और मन-ही-मन सोचा- '...तो महाशय यह सब लिख रहे थे। प्रोफ़ेसर लगता तो बड़ा दिलफ़रेब है। और ज़िंदादिल भी। परंतु यह सावित्री कौन है? यह मणि का क्या रहस्य है? और बूढ़ा मछुआरा कौन है? इन सब के बारे में तो प्रोफ़ेसर ने मुझसे कभी ज़िक्र भी नहीं किया। इस डायरी के हिसाब से तो कोई रहस्यमय घटनाक्रम अवश्य चल रहा है। ख़ैर। बहुत कुछ तो मैं जान ही चुकी हूँ, बाक़ी समय आने पर प्रोफ़ेसर उगल ही देगा।'

अब उसने प्रोफ़ेसर को उठाने का प्रयास किया। उसके सोने का समय भी समाप्त हो चुका था। उसने प्रोफ़ेसर को झिंझोड़ा।

"प्रोफ़ेसर! गेट अप नाउ।"

एलेक्स की आवाज़ सुनकर प्रोफ़ेसर उठ बैठा।

"ओह! एलेक्स यू! व्हेन डिड यू कम?"

"जस्ट अराइव्ड।"

"वेलडन, यू वोक मी अप ऑन टाइम। अदरवाइज़ आई वुड हैव स्लेप्ट।"

"नेवर माइंड। गेट रेडी क्विकली, देन लेट्स गो टू टेक टी।"

प्रोफ़ेसर जल्दी-जल्दी तैयार हुआ, फिर दोनों रेस्तराँ में चाय पीने चले गए।

दोनों रेस्तराँ में चाय का कप हाथ में लेकर एक-दूसरे के सामने बैठ गए। प्रोफ़ेसर के चेहरे पर कुछ उदासी और मायूसी के भाव तैर रहे थे। चेहरे पर बार-बार सलवटें उभरकर आ रही थीं। एलेक्स सब कुछ समझ रही थी कि प्रोफ़ेसर अवश्य बूढ़े मछुआरे और मूनस्टोन को लेकर चिंतित है।

उसने सोचा- 'क्या डायरी के बारे में अभी पूछना ठीक होगा? और मैं हिंदी बोलना, पढ़ना-लिखना जानती हूँ, इस रहस्य से अभी पर्दा उठाना क्या ठीक होगा? नहीं-नहीं, अभी कुछ दिन और इंतज़ार करना और करवाना ठीक होगा। समय आने पर प्रोफ़ेसर को सब कुछ बता दूँगी।'

"टुडे यू आर लुकिंग अ लिटिल वरीड?" एलेक्स ने अपने प्रश्न के साथ दोनों के बीच टेबल पर पसरे सन्नाटे को भंग किया।

प्रोफ़ेसर के दिमाग़ में पहले से ही वह मछुआरा और मूनस्टोन आतंक मचा रहे थे। इधर से एलेक्स के प्रश्न ने उसे और हवा दी। उसके प्रश्न के साथ ही वह 'मछुआरा' भी कंधे पर बैग टाँगे रेस्तराँ में आ निकला। उसे देखकर प्रोफ़ेसर की धड़कनें तेज़ हो गईं। शायद पहले माले पर चाय ख़त्म हो गई होगी, इसलिए वह चाय लेने आया था। मछुआरा वहाँ ज़्यादा देर तक नहीं रुका। चाय का कप लेकर वह वापस पहले माले पर चला गया। प्रोफ़ेसर जाते हुए मछुआरे को पीछे से देखता रहा।

एलेक्स का प्रश्न अब तक प्रोफ़ेसर पर मँडरा रहा था। अब उसने जवाब दिया- "नो! इट्स नथिंग लाइक दैट। वोक अप फ्रॉम स्लीप, सो आईज़ आर गेटिंग हेवियर।"

"देन फ़िनिश द टी फ़ास्ट, योर मूड विल बी फ़ाइन। इफ़ यू वांट, गेट अनदर टी।"

“नो! वन इज़ इनफ़।”

एलेक्स ने एक बार फिर माहौल को बदलने की कोशिश की। उसने फिर एक नया प्रश्न फेंका।

“टुडे यू डिड नॉट ब्रिंग द डायरी विद यू?”

यह सुनकर प्रोफ़ेसर यकायक अवाक् रह गया। एलेक्स आज डायरी के लिए क्यों पूछ रही है! पहले तो कभी नहीं पूछा। उसके मन में हलचल हुई। उसने सोचकर जवाब दिया- “जस्ट लाइक दैट। आई फ़ॉरगॉट टू ब्रिंग दैट इन अ हरी।”

“ओके। व्हॉट डू यू कीप राइटिंग इन द डायरी?”

“नथिंग। कीप राइटिंग फ़िक्शन।”

“बाय द वे, व्हॉय आर यू आस्किंग अबाउट डायरी टुडे?” प्रोफ़ेसर ने संदेह की नज़र से प्रश्न किया।

“नथिंग! जस्ट आस्क्ड।”

“नो! देयर इज़ डेफिनेटली समथिंग।” प्रोफ़ेसर ने फिर उस पर संदेह किया।

“डिड यू सी द ओल्ड मैन ऑन द शिप, हु हेड जस्ट कम टू गेट टी?”

“येस! बट व्हॉट इज़ द मैटर?”

“ओके, लिसन। व्हेनएवर ही अपीयर्स ऑन द शिप, द बैग हैंग्स ओवर हिज़ शोल्डर। एंड अदर इज़ यू! द डायरी इज़ ऑलवेज़ विद यू टू।” एलेक्स ने अपनी बात स्पष्ट की।

“येस, बट इट इज़ अ कोइंसिडेंस।”

एलेक्स के प्रश्न के साथ ही प्रोफ़ेसर को चाँदनी और निर्झरा याद आ गईं।

‘एक वे दोनों थीं, जो मेरे और घोंघों के पीछे पड़ गई थीं। दूसरी यह है, जो डायरी और बूढ़े व्यक्ति के पीछे पड़ गई है। एक से पीछा छूटा नहीं कि दूसरा तैयार। आख़िर मैं जाऊँ तो जाऊँ कहाँ? मेरी और घोंघों की स्थिति एक जैसी हो गई है।

‘रहस्यमयी मणि, खमेर साम्राज्य, सुंदर राजकुमारी और मूनस्टोन! इन सब को प्राप्त करना इतना आसान भी नहीं हैं। एक के बाद एक समस्या आकर सामने खड़ी हो जाती है। अच्छा हुआ जो घोंघे ने बूढ़े मछुआरे को

सिर्फ़ मूनस्टोन के बारे में बताया, रहस्यमयी मणि के बारे में नहीं बताया! वरना बूढ़ा मछुआरा भी मेरी तरह खमेर साम्राज्य और मणि प्राप्त करने वालों की फ़ेहरिस्त में शामिल हो जाता। यह कैसी दुविधा है!'

कुछ पल प्रोफ़ेसर विचारों में उलझ गया। एलेक्स ने फिर चुटकी बजाई। प्रोफ़ेसर तुरंत चाय की टेबल पर आ गया।

एलेक्स आगे और कुछ प्रश्न करती, उससे पहले ही प्रोफ़ेसर बात को दूर तक खींच ले गया।

"एलेक्स! टुडे इज़ द लास्ट डे ऑन द शिप। वी विल रीच पोर्ट ब्लेयर बाय टेन पीएम।"

"येऽस! आई एम इक्साइटेड टू रोअम अराउंड द बीचेज़ देअर।"

"येस, व्हॉय नॉट! मी टू।"

एलेक्स ने कहा, "लेट्स देन वॉक ऑन द डेक अबोव एंड इन्जॉय द लवली वेदर फ़ॉर अ व्हाइल।"

***

12

वे दोनों डेक पर चले गए। वहाँ पर दोनों लाउंज पर बैठ गए। अधिकांश यात्री डेक पर ही मौजूद थे। जहाज़ जैसे-जैसे अंडमान की ओर बढ़ रहा था, समुद्र में ठंडक बढ़ती जा रही थी। हवाएँ तेज़ी से चलने लगी थीं। मस्तूल पर लगे कपड़े फड़फड़ा रहे थे, जिससे अंदाज़ा लगाया जा सकता था कि हवा का रुख़ किस ओर है और हवा कितनी तेज़ गति से चल रही है।

आसमान में बादल भी छाए हुए थे। तेज़ हवा के कारण जहाज़ भी पानी पर बलखाते हुए चल रहा था।

कई बार समुद्री तूफ़ान के कारण पानी में गर्त बनने लगते हैं और जहाज़ उसमें समा जाता है। इसलिए कैप्टन ने जहाज़ की गति पहले से थोड़ी कम करवा दी, ताकि जहाज़ पर पूरा नियंत्रण बना रहे। अन्यथा लहरों के थपेड़ों में जहाज़ अपनी दिशा भटक सकता है और दुर्घटना होने की आशंका भी बनी रहती है।

"एलेक्स! व्हॉट अबाउट द वेदर?" प्रोफ़ेसर ने पूछा।

"द वेदर इज़ व्हॉट यू आर थिंकिंग- रोमांटिक!"

'ओह! यह तो मन को भी पढ़ना जानती है। यह कोई जादूगर है!' प्रोफ़ेसर स्तब्ध रह गया। उसने शर्माते हुए मुँह खोला, "नो! आई मीन दैट..."

"व्हॉटएवर यू मीन, जस्ट लेट इट बी। एंड ईट दिस।" यह कहते हुए एलेक्स ने अपने हैंडबैग से स्वादिष्ट बिस्किट और वेफ़र्स निकालकर प्रोफ़ेसर को खाने को दिए।

"वाऽऽऽह! थैंक यू सो मच!" प्रोफ़ेसर ने कृतज्ञता ज़ाहिर की।

"ऑलवेज़ वेलकम!"

समुद्र में अब लहरें और ज़्यादा ऊपर उठने लगी थीं। अभी-अभी पास से थाई यात्रियों से भरा जहाज़ गुज़रा था। दोनों जहाज़ों के यात्रियों ने हाथ हिलाकर एक-दूसरे का अभिवादन किया।

आसमान में काले-काले बादल छा जाने के कारण, जहाज़ पर भी दिन में अँधेरा उग आया था। प्रोफ़ेसर को तेज़ आँधी के आसार दिख रहे थे। उसे टाइटैनिक जहाज़ याद आया। किस तरह टाइटैनिक बर्फ़ की एक बड़ी शिला से टकराकर पानी में डूब गया था। उसे वह नायक भी याद आया, जिसने नायिका को बचाने के लिए स्वयं मौत को गले लगा लिया था। किस तरह वह नायिका के दिल पर एक अमिट छाप छोड़ गया। एक-एक करके सारे चित्र प्रोफ़ेसर की आँखों के सामने घूमने लगे।

एक पल के लिए प्रोफ़ेसर को लगा- पता नहीं! जब देखो तब मौत कहीं ना कहीं, किसी न किसी रूप में मेरे सामने आकर खड़ी हो ही जाती है। कुछ अच्छा तो घटित हो ही नहीं रहा। मौत तो आनी ही है, पर क्या मणि प्राप्त करने से पहले ही आ जाएगी! बस से यात्रा करो तो एक्सीडेंट होने का ख़तरा, हवाई जहाज़ से यात्रा करो तो उसके क्रैश होने का डर और यहाँ समुद्र में जहाज़ के डूबने का ख़तरा। यात्रा कहीं सुरक्षित तो है ही नहीं। तो यात्री क्या करे! डर के मारे यात्रा तो नहीं रोकी जा सकती। कहा भी है- डर के आगे जीत है। तो आगे बढ़े चलो, यात्रा के मार्ग पर।

प्रोफ़ेसर ने एलेक्स की ओर देखा। हवा के कारण उसके बाल उड़-उड़ कर उसके चेहरे को ढक रहे थे। वह उन्हें अपने एक हाथ से बार-बार चेहरे से हटा रही थी। लाउंज पर बैठे-बैठे प्रोफ़ेसर के शरीर में ऐंठन होने लगी थी। उसने एलेक्स से कहा, "कम ऑन... स्टैंड ऑन द रेलिंग।"

हवा के कारण वेफ़र्स का पैकेट अब तक प्रोफ़ेसर के हाथ में फड़फड़ा रहा था। उसने जल्दी से वेफ़र्स ख़त्म करके कचरा डस्टबिन में डाल दिया। मुँह को रुमाल से साफ़ करके पानी पिया, फिर रेलिंग के पास आकर खड़ा हो गया।

प्रोफ़ेसर ने एलेक्स को देखकर सोचा- 'अकेलेपन से भरी होने के बाद भी उसके चेहरे पर हर पल मुस्कान तैरती रहती है। हमेशा ख़ुशमिज़ाज नज़र आती है। पर ऐसे दिल में पल-पल कितना दर्द रिसता रहता है, किसी कुएँ में रिसते पानी की तरह। मुस्कराते चेहरों के पीछे भी कितना दर्द, तकलीफ़ छुपी होती है, समझना बहुत मुश्किल होता है। दर्द के लिए ज़रूरी नहीं कि किसी के चेहरे पर पीड़ा नज़र आए, कई बार ख़ामोश ज़ुबाँ अंदर से बहुत

आहत होती है।

'स्त्री उस रबर की तरह होती है जो पेंसिल से लिखे अक्षरों को मिटाते-मिटाते स्वयं ही घिसता रहता है। उसका अस्तित्व अक्षरों के मिटने के साथ ही धीरे-धीरे मिटता रहता है। उसके जो अधिकार हैं, वो तो उसे मिलने ही चाहिए।'

प्रोफ़ेसर को प्रसाद की नायिका चंपा का कथन याद आया- 'क्या स्त्री होना पाप है?'

'नहीं-नहीं, स्त्री होना पाप नहीं है। किसी भी क्षण यह सोचना पाप है कि स्त्री होना पाप है। पुरुष का तो अस्तित्व ही स्त्री के होने से है। इसलिए स्त्री होना पाप नहीं, बल्कि स्त्री होना हिमालय होना है। उसमें आकाश-सा विस्तार है, समुद्र-सी गहराई है और हिमालय-सी विशालता है, स्थिरता है।'

प्रोफ़ेसर फिर विचारों में उलझ गया था। एलेक्स ने उसकी स्थिरता भंग की।

"प्रोफ़ेसर! वेयर डू यू गेट लॉस्ट अगेन एंड अगेन?"

इधर प्रोफ़ेसर टाइटैनिक की यात्रा करते हुए वापस एलेक्स के पास लौट आया।

"एलेक्स! आई वाज़ थिंकिंग अबाउट द टाइटैनिक शिप क्रैश। हैव यू सीन द टाइटैनिक मूवी?"

"येस, आई हैव सीन।"

"व्हॉट अ डेंजरस एक्सीडेंट। मेनी पीपल वर किल्ड।"

"बट व्हॉय आर यू रिमेंबरिंग दैट इंसीडेंट टुडे?"

"टाइटैनिक वाज़ रिमाइंडेड ऑफ़ सीइंग दिस शिप इन द मिडल ऑफ़ द सी लाइक दिस।"

"ओह! बट इट हैड हिट द रॉक ऑफ़ आइस। एंड दिस शिप इज़ गोइंग स्ट्रेट एंड इज़ी।"

"एलेक्स! एक्सीडेंट कैन हैपन एनीवे। सच अ डेंजरस एनवायरमेंट। रेन... विंड... वेव्स... डार्कनेस आर ऑल इनफ़ टू इनडेंजर अ शिप।"

"ओके! दिस एनवायरमेंट इज़ फ्राइट्निंग यू।"

"देन व्हॉट इज़ दिस!" प्रोफ़ेसर ने जवाब दिया।

"डू नॉट बी अफ्रेड, नथिंग विल हैपन टू दिस शिप। वी विल रीच अंडमान कंफ़र्टेबली।"

"यू आर रियली करेजियस।"

"ओऽह! थैंक यू! बाय द वे, रिमेंबरिंग टाइटैनिक यू जस्ट रिमेंबर्ड द एक्सीडेंट! नथिंग एल्स?"

इधर प्रोफ़ेसर सोच में पड़ गया। और कुछ! ऐसी और क्या घटना हुई, जिसे याद रखा जाए। उसे आश्चर्य हुआ कि ऐसी कौन-सी घटना है जो जहाज़ के डूबने से भी बड़ी महत्त्वपूर्ण है!

यही सोचते हुए प्रोफ़ेसर फ़्लैशबैक में चला गया।

वह पूरी मूवी के एक-एक सीन को स्कैन करने लगा। धीरे-धीरे प्रोफ़ेसर वहाँ तक आ पहुँचा, जहाँ नायक-नायिका दोनों आलिंगनबद्ध थे। नायक सब सीमाओं को लाँघकर आगे निकल चुका था। नायिका आहें भर रही थी। नायिका की हथेलियाँ गर्माहट के मारे पसीने से तर हो गई थीं। पसीने से भीगी हथेलियाँ उसने काँच पर रगड़ दीं। काँच पर अँगुलियों के निशान बन गए थे।

इधर समुद्र में भी हवाएँ कमज़ोर पड़ने लगी थीं। धीरे-धीरे काले बादल भी छँटने लगे थे। प्रोफ़ेसर रेलिंग पकड़कर खड़ा था। उसने अपने हाथ वहाँ से हटाकर देखे, उसकी हथेलियाँ भी पानी से भीग चुकी थीं।

प्रोफ़ेसर ने एलेक्स की ओर देखा, उसने भी नज़रें झुका ली थीं। अभी-अभी उठे झंझावात से एक स्पंदन धीरे-धीरे दोनों की साँसों में उतर गया था।

दोनों के दिल-ओ-दिमाग़ में उठा स्पंदन आग की लपटों में तब्दील होता, उससे पहले ही जहाज़ के कैप्टन ने लंच के लिए माइक पर संदेश दिया। दोनों के अंदर प्रेम की जो हूक उठी थी, उसे कैप्टन की आवाज़ ने दबा दिया। बात ज़ुबाँ पर आते-आते रह गई।

सामने अथाह समुद्र हिलोरें मार रहा था, पर नावें हैं कि तट से हिली ही नहीं। प्रोफ़ेसर तो लहरों के विपरीत नाव चलाने का माद्दा रखता है, परंतु आज नाव तट से हिल ही नहीं रही, तो फिर वह क्या करे! ख़ैर, कोई बात नहीं। ज्वार तो समुद्र में उठता रहता है। अगली बार वह अवसर खोएगा नहीं।

दोनों डेक से नीचे उतरकर रेस्तराँ में आ गए। हाथ-मुँह धोकर खाना खाने बैठ गए। जहाज़ के कैप्टन ने सभी यात्रियों तक संदेश भिजवाया कि

आज दोपहर का लंच जहाज़ पर अंतिम भोजन है। डिनर सब का होटल में ही होगा। रात दस बजे तक हम पोर्ट ब्लेयर पहुँच जाएँगे, इसलिए सभी यात्री अपने-अपने कमरों में बिखरा सामान दस बजे से पहले बैग में व्यवस्थित भर लें। कोई भी सामान पीछे छूट ना जाए।

भोजन करते हुए जहाज़ के कैप्टन के संदेश पर एलेक्स को मज़ाक़ सूझा।

उसने प्रोफ़ेसर से कहा, "प्रोफ़ेसर, डोंट फ़ॉरगेट योर डायरी एंड रिमाइंड द ओल्ड पर्सन नॉट टू फ़ॉरगेट हिज़ बैग।"

प्रोफ़ेसर अपनी भौंहें चढ़ाकर बोला, "आर यू रिमाइंडिंग ऑर जोकिंग?" एक पल के लिए प्रोफ़ेसर की आँखें गहरी और चेहरा स्थिर हो गया।

"हे! व्हॉट आर यू टॉकिंग! रिअली रिमाइंडिंग यू।"

"देन इट्स ओके।" कहते हुए प्रोफ़ेसर ने निवाला मुँह में रखा।

"आई विल रिमाइंड यू वन मोर टाइम बिफोर रीचिंग अंडमान।" एलेक्स ने बात आगे बढ़ाते हुए प्रोफ़ेसर को फिर से कुरेदने की कोशिश की।

"व्हॉट इज़ द नीड ऑफ़ इट? आई विल पैक ऑल द स्कैटर्ड थिंग्स बिफोर टेन ओ'क्लॉक। बट व्हॉय आर यू बिहाइंड द डायरी?"

प्रोफ़ेसर ने सोचा कि वह उससे कुछ उगलवा लेगा, लेकिन एलेक्स के जवाब ने उसे सकते में डाल दिया।

"यू आर ऑलवेज कैरिंग इट विद यू एज इफ़ देयर इज़ अ ट्रेजर हिडन इन इट। अ मिस्ट्रियस ट्रेजर!"

यह सुनकर प्रोफ़ेसर के चेहरे पर चिंता की रेखाएँ उभर आईं। वह सोच में पड़ गया कि कहीं यह एलेक्स कोई जादूगर तो नहीं है! बार-बार बूढ़े व्यक्ति और मेरी डायरी को बातों के बीच में लेकर आ जाती है। मुझे सावधान रहने की ज़रूरत है। उसने एलेक्स को डायरी के बारे में फिर आश्वस्त किया।

"नो, देयर इज़ नो ट्रेजर इन द डायरी। आई टोल्ड यू दैट आई कीप राइटिंग फ़िक्शन टू अवॉइड द बॉर्डम ऑफ़ टाइम।"

"येस! आई रिमेंबर, यू टोल्ड।"

एलेक्स देख रही थी- प्रोफ़ेसर के चारों ओर कौतूहल से परिपूर्ण माहौल बन गया है। वह अपने ही बनाए जाल में फँसता जा रहा है। एक दिन सच

अवश्य बाहर आ जाएगा।

"प्रोफ़ेसर! बाय द वे, आई एम जोकिंग।"

"येस, आई नो।"

एक मुस्कराती नज़र से उसने एलेक्स को देखा, पर उसका मन उसे हर पल चौकन्ना रहने को आगाह कर रहा था।

"प्रोफ़ेसर! व्हाइल राइटिंग फ़िक्शन, यू शुड आलसो इन्क्लूड मिस्ट्री इन इट, सो दैट द रीडर रिमेन्स टाइड टू द कॉम्पजिशन।"

प्रोफ़ेसर ने एक पल को आँखें बंद करके अपना सिर नीचे झुका लिया। बालों में अँगुलियाँ फेरने लगा। 'क्या हो रहा है यह सब! यह कोई भूत-प्रेत तो नहीं है! ऐसा लगता है, जैसे डायरी के एक-एक पन्ने की यात्रा करके यहाँ मेरे सामने आकर बैठ गई है। सारा पहाड़ मेरे सामने मिस्ट्री का ही तो खड़ा है! इसी चुनौती से तो मैं दो-दो हाथ कर रहा हूँ। यह अवश्य ही कोई विचित्र महिला है! सामने वाले के मन में क्या चल रहा है, उसे भी स्कैन कर लेती है। बूढ़े मछुआरे को तो मैंने स्वप्न में देखा था। उसे मैं जानता हूँ, पर वह मुझे नहीं जानता। यह बात तो ठीक है कि वह मुझसे अनजान है। पर एलेक्स का क्या करें!'

इधर एलेक्स एक आँख से प्रोफ़ेसर के चेहरे के बनते-बिगड़ते भावों को देख रही थी। प्रोफ़ेसर द्वंद्व में इतना उलझ गया था कि वह बालों में ज़ोर-ज़ोर से खुजाने लगा, जिससे सफ़ेद-सफ़ेद दाने उसके कपड़ों पर गिरने लगे। वह भूल गया कि एलेक्स भी सामने बैठी है, वह क्या सोच रही होगी! उसके सिर में आगे चाँद निकला हुआ था, वह भी लाल हो आया।

सिर खुजाते-खुजाते उसे तुरंत याद आया कि अभी वह कहाँ बैठा है! उसने अपने आप को तुरंत व्यवस्थित कर लिया। कपड़ों पर गिरी खाज को साफ़ किया। उसने सोचा कि यह मैं क्या कर बैठा! अपनी नज़रों को नीचे रखते हुए, उसने हड़बड़ी में अपना खाना समाप्त किया।

एलेक्स उससे पहले ही उठ गई थी। वह भी उसके पीछे-पीछे हाथ-मुँह धोने चला गया। वहाँ एकांत में उसने बालों को जमकर खुजाया। बालों में जमी खोरी के साथ कई बाल टूट कर नीचे गिर गए। इसके बाद उसने अपने बालों में पानी डालकर कंघी से उन्हें ठीक से जमाया। फिर वापस आकर भोजन की

टेबल पर एलेक्स के साथ बैठ गया। एलेक्स ने आइसक्रीम मँगवा रखी थी। प्रोफ़ेसर भी उसके साथ आइसक्रीम का लुत्फ़ उठाने लगा। वे आइसक्रीम खा ही रहे थे कि वेटर ने रेस्तराँ में सफ़ाई का हवाला देते हुए उन्हें वहाँ से उठ जाने को कहा।

आइसक्रीम खाते-खाते प्रोफ़ेसर ने जेब से पाँच सौ रुपये निकालकर वेटर के हाथ में थमाते हुए कहा, "यह तुम्हारी बख़्शीश।"

प्रोफ़ेसर से कड़क पाँच सौ का एकमुश्त गाँधी छाप नोट पाकर वेटर का चेहरा खिल उठा। पत्थर के वज़न से नोट का वज़न वाक़ई में बहुत अधिक होता है। वेटर ने बड़ी विनम्रता से कहा, "सर, आप आराम से आइसक्रीम ख़त्म कर लीजिए, फिर मैं सफ़ाई शुरू करता हूँ।"

एलेक्स प्रोफ़ेसर को देख रही थी। वह सब समझ रही थी कि प्रोफ़ेसर आइसक्रीम ख़त्म किए बिना उठेगा नहीं। आइसक्रीम ख़त्म करने के बाद प्रोफ़ेसर ने सोचा- 'एलेक्स का आगे क्या विचार है, उसके मन की थाह ले लूँ।'

"एलेक्स! आई एम नॉट फीलिंग स्लीपी। व्हॉट इज़ योर प्लान?"

"कम ऑन। सिट इन माय रूम। लेट्स गॉसिप फॉर अ व्हाइल। वी हैव टू स्लीप इन द होटल आफ़्टर हैविंग डिनर ऐट नाइट।" उसने जवाब दिया।

"ओके, यू गो। आई एम कमिंग इन टेन मिनिट्स।"

यह कहकर प्रोफ़ेसर रेस्तराँ में गया और एक नींबू माँग लाया। फिर अपने कमरे में जाकर नींबू का रस निकालकर उसने अपने सिर में लगाया, ताकि सारी खोरी निकल जाए।

एलेक्स के रूम में जाने से पहले उसने सोचा कि अब तक का घटनाक्रम डायरी में लिख लूँ, फिर ही वहाँ जाऊँ। यही सोचकर वह डायरी लिखने बैठ गया। डायरी लिखते-लिखते उसे आधा घंटा हो गया। उधर एलेक्स उसका इंतज़ार कर रही थी। और इधर अब आधे घंटे बाद प्रोफ़ेसर की आँखें भारी होने लगी थीं। उसने सोचा- 'अभी वहाँ जाऊँगा तो एलेक्स डायरी के बारे में सौ तरह की बातें करेगी। और ऊपर से सब कुछ इंग्लिश में। वहाँ कौन दिमाग़ खपाएगा! इससे बेहतर है कि थोड़ी देर यहीं आराम कर लूँ। यही सोचकर प्रोफ़ेसर ने पैर पसार दिए।'

जब बहुत देर तक प्रोफ़ेसर एलेक्स के रूम में नहीं गया, तो वह स्वयं उसे लेने आ गई। उसने बाहर से दरवाज़ा खटखटाया।

इधर प्रोफ़ेसर को नींद आने ही वाली थी कि अचानक खट-खट की आवाज़ से उसकी नींद में व्यवधान पड़ा।

"हू इज़ देयर ?" प्रोफ़ेसर ने बिस्तर में पड़े-पड़े ही पूछा।

"एलेक्स।" बाहर से आवाज़ आई।

यह नाम सुनते ही वह फटाक से बिस्तर से उठा और दरवाज़ा खोला। मन में तो सोच रहा था कि यह अब ख़ून पिएगी। पर कोई बहाना भी तो नहीं बना सकता।

"एलेक्स यू!" प्रोफ़ेसर ने बनावटी चेहरा बनाते हुए आश्चर्य से पूछा। जैसे उसे कुछ मालूम ही न हो।

"प्रोफ़ेसर! यू आर कमिंग नाउ ?"

"आई वाज़ जस्ट कमिंग। सॉरी!"

"ओके।"

प्रोफ़ेसर के चेहरे पर नींद जमी हुई देखकर उसने पूछा, "यू वांट टू स्लीप ?"

"नो-नो, देयर वाज़ अ लाइट नेप।"

"वोन्ट यू आस्क मी टू कम इन ?"

"ओह येस! व्हॉय नॉट ? वेलकम! कम ऑन।"

एलेक्स प्रोफ़ेसर के बिस्तर में पीठ के पीछे तकिए का सहारा लगा कर बैठ गई। प्रोफ़ेसर की नज़र टेबल पर रखे उपन्यास मूनस्टोन और डायरी पर पड़ी। उसने तुरंत उन्हें वहाँ से उठाकर बैग में रख दिया। उसके दिमाग़ में इन्हीं बातों के घोड़े दौड़ रहे थे कि अगर एलेक्स इनको देखेगी तो फिर से तहक़ीक़ात शुरू कर देगी।

इधर एलेक्स तो प्रोफ़ेसर की गतिविधि देख ही रही थी, पर उसने डायरी और उपन्यास को लेकर प्रोफ़ेसर को छेड़ना अब ठीक नहीं समझा।

वह कुवैती और हिना का इत्र लगाकर आई थी, जिसका जादू प्रोफ़ेसर के मन में उसके प्रति एक अजीब क़िस्म का सम्मोहन पैदा कर रहा था। इत्र की महक पूरे कमरे में फैल चुकी थी और प्रोफ़ेसर की आँखों से नींद कोसों

दूर चली गई थी। वह सोच ही रहा था कि बात कहाँ से शुरू करूँ, इतने में एलेक्स ने बात आगे बढ़ा दी।

"प्रोफ़ेसर! डू यू नो दैट द होटल वेयर वी आर गोइंग टू स्टे इज़ इनहैबिटेड बाय फैंटम स्पिरिट्स?"

"नो! हू टोल्ड यू?"

"येस्टरडे ए मैन वाज़ टॉकिंग अबाउट दिस ऑन द डेक।"

"ओके। डू यू बिलीव इन ऑल दीज़ थिंग्स?"

"नो! नेवर।"

"देन व्हॉय आर यू आस्किंग?"

"सिंपली जस्ट आस्क्ड। बट प्रोफ़ेसर, कैन देयर बी नो सच थिंग! आई मीन घोस्ट। फैंटम?"

"आई आल्सो डू नॉट बिलीव इन ऑल दीज़ थिंग्स। सो, आई डोंट थिंक एनीथिंग लाइक दैट वुड हैपन।"

प्रोफ़ेसर ने बोल तो दिया कि उसे भूत-प्रेत में विश्वास नहीं है, लेकिन ठीक उसी समय उसे पाओलो कोएलो की बात याद आई- 'दुनिया में कोई भी चीज़ कभी भी पूरी तरह से ग़लत नहीं होती। यहाँ तक कि रुकी हुई घड़ी भी दिन में दो बार सही होती है।'

अब विज्ञान की बातों को माने या पाओलो कोएलो की बात को, प्रोफ़ेसर को कुछ समझ नहीं आ रहा था।

इधर भूत-प्रेत की बातों में एलेक्स को रस आने लगा था। वह उनके बारे में और जानने को उत्सुक थी, परंतु प्रोफ़ेसर ने भूत-प्रेत के अस्तित्व पर ही प्रश्नचिह्न लगा दिया। एक तरह से पूर्ण विराम।

प्रोफ़ेसर सोच रहा था- 'मेरे रूम में आई है, तो प्यार-मुहब्बत की बात करती; परंतु इसने तो भूत पुराण शुरू कर दिया। जितना मैं आसक्त हूँ, उतनी यह भी है या नहीं, इसका पता मुझे कैसे चलेगा!'

इधर बातों-बातों में एलेक्स का दुपट्टा कंधे से नीचे सरक आया। उसके उन्नत और पुष्ट वक्ष की सरहदें बाहर की ओर झाँक रही थीं। प्रोफ़ेसर को लगा, जैसे वे उसे युद्ध के लिए आमंत्रित कर रहे हैं, परंतु वह स्वयं अपने आप पर नियंत्रण बनाए हुए था। उसने खिड़की से बाहर की ओर देखा। छोटे-छोटे

टापू समुद्र से बाहर निकले हुए नज़र आ रहे थे। शायद अब अंडमान क़रीब आ रहा था। प्रोफ़ेसर कुछ पल के लिए वहाँ विश्राम करना चाहता था, पर जहाज़ अपनी गति पर क़ायम था। और वह रहीम के कहे पर।

दोनों बातों में इतने मशग़ूल हुए कि शाम के पाँच बज आए। एलेक्स ने अपने दुपट्टे को ठीक करते हुए प्रोफ़ेसर से डेक पर चलने को कहा।

प्रोफ़ेसर की आँखों में अभी भी पिंजरे से बाहर निकलने के लिए फड़फड़ाते कबूतर बसे थे। वह उन्हें आज़ाद कर देना चाहता था। उसी पल उसे वह काला तिल याद आया। वो काला तिल, जिसे कभी उसने पिंजरे से कबूतरों को आज़ाद करते वक़्त देखा था। जिसके मोहपाश में वह कई सालों तक बँधा रहा। और फिर उसने गढ़ी थी एक कविता- 'काला पत्थर'।

कंधे से दुपट्टे का धीरे-धीरे सरकना
आधा कंधे पर, शेष?
शेष फैल जाना निर्विकार विस्तृत नभ की तरह
नदी की बाँक के दायीं ओर
जहाँ अर्से पहले देखी थी एक शिला
बढ़ गई है अब उसकी परिधि-विशालता
बन गया है पहाड़
पर अचरज है कि अभी भी स्थापित है
वहाँ रखा काला पत्थर
बिल्कुल तुम्हारी काली बिंदिया की मानिंद
ढककर रखना सँभाल
देना छाँव अपने दुपट्टे से
दिखा देना फिर कभी
बिंदिया का पर्याय
शिला पर चमकता
काला पत्थर...

***

13

अतीत की यादें प्रोफ़ेसर को दूर तक वादियों में उड़ाकर ले गईं। एलेक्स को प्रोफ़ेसर की आँखों में उन्मादी कामना नज़र आ रही थी। उसकी भी देह टूटकर छिटक रही थी। पर उसकी आँखों में अभी भी शर्म-हया बची हुई थी। वह तुरंत प्रोफ़ेसर को अतीत से वर्तमान में खींच लाई।

"प्रोफ़ेसर! इट्स टाइम फ़ॉर टी। डोंट यू वांट टू कम ऑन द डेक? लेट्स हरी।"

प्रोफ़ेसर की साँसें कुछ उतप्त हो चली थीं। रगों में लहू की धार उमड़ने लगी थी। उसने चेहरे पर पानी छिड़क कर दिमाग़ की फटती हुई नसों को ठंडा किया। रुमाल निकालकर चेहरे पर घुमाया। फिर एलेक्स से कहा, "येस, व्हॉय नॉट? लेट्स गो देन।" यह कहते हुए प्रोफ़ेसर ने कमरे में ताला जड़ा।

दोनों डेक पर पहुँचे। चाय के लिए लाइन लगी हुई थी। प्रोफ़ेसर ने एलेक्स को लाउंज पर बैठ जाने के लिए कहा और चाय के लिए क़तार में लग गया। प्रोफ़ेसर की नज़र यकायक बूढ़े व्यक्ति पर पड़ी। वह स्विमिंग पूल के किनारे कुर्सी पर बैठा चाय पी रहा था। उसका बैग उसके कंधे पर ही झूल रहा था। प्रोफ़ेसर ने भी चाय के दो कप भरे और एलेक्स के पास आकर बैठ गया।

प्रोफ़ेसर जैसे ही बूढ़े व्यक्ति को देखता है, उसके ज़ेहन में दोनों घोंघों का प्रतिबिंब उभर आता है। फिर खमेर साम्राज्य... सुंदर राजकुमारी... मूनस्टोन एक-एक करके कैमरे की रील की तरह उसकी आँखों के सामने दौड़ने लगते हैं।

एलेक्स की नज़र भी बूढ़े व्यक्ति पर पड़ी। फिर उसने प्रोफ़ेसर की ओर देखा। उसे देखकर वह समझ गई कि प्रोफ़ेसर अभी कहाँ विचरण कर रहा है!

ठीक उसी समय उसे माया एंजोलो का कथन याद आया- 'हर स्त्री को पता होना चाहिए कि उसे अपने प्यार के लिए क्या करना चाहिए और वह इसके लिए क्या कर सकती है।'

वह प्रोफ़ेसर के लिए बहुत कुछ करना चाहती थी। वह उसे भरपूर प्यार

देना चाहती थी। लेकिन वह यह भी जान लेना चाहती थी कि डायरी में जिस सावित्री का ज़िक्र आया, वह कौन है? और फिर कोई इस उम्मीद में प्यार करे कि सामने वाले से उसे उतना ही प्यार मिलेगा, जिसकी वह उम्मीद करती है, यहाँ पर तो वह भी तय नहीं था।

एलेक्स को प्रेम का जाल चारों ओर फैला नज़र आ रहा था, जिसमें उलझकर निकल पाना आसान नहीं होता है। फिर भी वह वहाँ प्रेम की रोशनी तलाश रही थी।

उसने क्षितिज की ओर देखा। सूरज अँधेरे की तरफ़ भागता हुआ, बेबस पिंड की भाँति दिखाई दे रहा था। वह बूढ़े व्यक्ति व घोंघों से प्रोफ़ेसर का ध्यान हटाना चाहती थी। उसने अपनी कलाई से सोने का ब्रेसलेट खोला और प्रोफ़ेसर की ओर बढ़ा दिया।

"प्रोफ़ेसर! दिस लिटिल गिफ्ट फ्रॉम माय साइड टू यू।"

प्रोफ़ेसर ने गिफ़्ट लेने से बहुत मना किया। पर उसने ब्रेसलेट प्रोफ़ेसर के हाथ में बाँध ही दिया। उसके बीच में क्रॉस का निशान बना हुआ था। प्रोफ़ेसर ने अनिमेष एलेक्स की ओर देखा। वहाँ प्रेम की नदियाँ बह रही थीं।

उन लोगों की चाय भी ख़त्म हो चुकी थी। जहाज़ के कैप्टन ने माइक पर एक बार फिर से सबको सूचित किया कि दस बजे से पहले सभी अपना-अपना सामान बैग में भरकर, अपना कमरा ठीक से चेक कर लें। कोई भी सामान पीछे छूट न जाए।

जहाज़ धीरे-धीरे आगे बढ़ता जा रहा था। अब अँधेरा छाने लगा था। कैप्टन ने जहाज़ की सारी लाइट्स ऑन करवा दी। अंडमान-निकोबार आने में अब कुछ ही घंटे बचे थे। सभी यात्री उत्साहित नज़र आ रहे थे। कुछ यात्री कैप्टन के निर्देशों की पालना हेतु डेक से नीचे की ओर जा रहे थे। बूढ़ा व्यक्ति भी नीचे चला गया।

डेक पर अब बहुत कम यात्री रह गए थे। दो कमसिन विलायती बालाएँ रेलिंग के सहारे खड़ी होकर सिगरेट का कश ले रही थीं। वे रशियन भाषा बोल रही थीं। दोनों बेहद ख़ूबसूरत लग रही थीं। उनकी ख़ूबसूरती देखकर प्रोफ़ेसर की आँखें तृप्त हो रही थीं। पर उन्हें सिगरेट पीता देख उसे अजीब लग रहा था, क्योंकि वह सिगरेट नहीं पीता था।

सिगरेट के धुएँ से बनते-बिगड़ते छल्ले हवा में चारों ओर बिखर रहे थे, जिनकी स्मेल प्रोफ़ेसर की नाक तक पहुँच रही थी।

उन दोनों को देखकर प्रोफ़ेसर को लगा- क्या बिहारी की नायिका और स्पार्टा की राजकुमारी भी इतनी सुंदर रही होगी? इन से सुंदर और क्या हो सकता है!

प्रोफ़ेसर को वे दोनों सुंदरता की प्रतिमूर्ति लग रही थीं। फूलों के जैसा कोमल बदन और ग़ौर वर्ण। जिस पर हल्का-सा नाख़ून लग जाए, तो रक्त बह निकले।

प्रोफ़ेसर विचारों के समुद्र में ग़ोते लगा रहा था कि एलेक्स उसमें बाधा बन गई।

"प्रोफ़ेसर! डू यू लाइक स्मोकिंग सिगरेट?"

"नो! आई डोंट स्मोक। सिगरेट इज़ हार्मफ़ुल टू हेल्थ।"

"बाय द वे, आई एम नॉट यूज्ड टू इट, बट आई फ़ील लाइक राइट नाउ।"

"दैट मीन्स, व्हेन यू फ़ील टू स्मोक, यू डू इट?"

"नो, इट्स नॉट लाइक दैट। इट हैज़ बीन अ लोंग टाइम नॉट स्मोकिंग सिगरेट। टुडे सींग दोज़ गर्ल्स, आई फेल्ट लाइक स्मोकिंग सिगरेट।"

"आई विल नॉट अलाउ यू टू स्मोक सिगरेट। देन डू व्हॉटएवर यू फ़ील लाइक।"

"ओनली टुडे, नेवर अगेन।"

"सिगरेट स्मोकिंग कॉजेज कैंसर। डोंट यू नो?"

"आई नो। बट..."

"देन! बट वाट?" प्रोफ़ेसर ने स्पष्टीकरण चाहा।

"नो, नथिंग।"

जवाब के साथ ही एलेक्स के चेहरे पर थोड़ी उदासी छा गई।

प्रोफ़ेसर को इस बात का ध्यान था कि ठंडे देशों में रहने वाले लोग वाइन और सिगरेट पीने के ज़्यादा शौक़ीन होते हैं। वह एलेक्स की ओर देखकर मुस्करा दिया।

"ओके, स्मोक अ सिगरेट।"

इतना सुनते ही एलेक्स के चेहरे पर ख़ुशी तैर गई। वह उन दोनों युवतियों के पास गई और सिगरेट माँगकर लाई।

प्रोफ़ेसर के पास आकर वह सिगरेट का कश लेने लगी। मुँह से धुआँ छोड़ते वक़्त वह कई बार अपनी आँखों को इस तरह बंद कर रही थी, जैसे कोई ध्यान में मग्न हो। वह एकाग्रचित्त होकर सिगरेट का आनंद ले रही थी। उसकी आँखों में प्रोफ़ेसर को उसकी आत्मा की शक्ति नज़र आ रही थी। उसे लग रहा था कि बहुत कम समय में इसने मेरा दिल अपनी मुट्ठी में भींच लिया है।

प्रोफ़ेसर के मन में विचार आया कि अभी यह मेरे बारे में क्या सोच रही होगी! मैं पहले पहल क्यों नहीं कर रहा हूँ! अब इसे क्या बताऊँ कि मेरे सपनों ने मुझे गर्म सलाख़ों की तरह चारों ओर से घेर रखा है। इन सलाख़ों के बीच में हैं- ख्मेर साम्राज्य, सुंदर राजकुमारी, और मूनस्टोन। अगर सपने हक़ीक़त में बदल गए, तो फिर हमारा साथ कैसे संभव होगा! मैं तुमसे झूठा वादा कैसे कर सकता हूँ! अगर ऐसा करूँगा, तो यह अपराध माना जाएगा। और फिर अपराध बोध लेकर मैं कैसे जी पाऊँगा! अगर मेरा सपना सच हुआ और रहस्यमयी मणि मुझे प्राप्त हो गई, तो मेरी मृत्यु भी निश्चित है। मैं आजकल सिर्फ़ सपनों के बारे में ही सोच रहा हूँ, और मौत के पीछे भाग रहा हूँ। ऐसे में तुम्हारे जज़्बात के साथ अन्याय नहीं कर सकता।

प्रोफ़ेसर एलेक्स के बारे में सोच रहा था कि उसे वह दिन याद आया, जब पहली बार बिहारी ने शृंगार का एक दोहा उसके मानस पटल पर रखा था। तब उसे एक प्रेम कहानी बनती दिखाई पड़ी थी। और फिर वह स्वप्नलोक में चला गया था, जहाँ पहली बार उसकी घोंघे से मुलाक़ात हुई थी। तब से अब तक वह लगातार रहस्यमयी मणि की खोज में भटक रहा है। 'एलेक्स! तुम भी मेरी इस लंबी यात्रा का एक हिस्सा हो। तुम्हारे साथ जहाज़ पर बिताया हर एक पल मैं अपने ज़ेहन में संचित करके रखूँगा।'

एक-एक करके सारी स्मृतियाँ प्रोफ़ेसर के मस्तिष्क से निकल रही थीं। इधर एलेक्स ने सिगरेट ख़त्म की और बचा हुआ टुकड़ा ऐश ट्रे में डाल दिया। उसने मुँह में थोड़ा-सा पानी डालकर कुल्ला किया। फिर अपने हैंडबैग से माउथ फ्रेशनर निकालकर मुँह में छिड़का। उसके बाद प्रोफ़ेसर से मुख़ातिब हुई।

"प्रोफ़ेसर! थैंक्स फ़ॉर अकंपनीइंग!"

इस पर वह कुछ नहीं बोला। बस उसकी ओर देखकर हल्का-सा मुस्करा भर दिया।

जहाज़ की तेज़ रोशनी समुद्र में चारों ओर बिखरी हुई थी। छोटे-छोटे टापू समुद्र से बाहर निकले हुए नज़र आ रहे थे। समुद्र में खड़ा इंडियन नेवी का युद्धपोत आईएनएस 'किलतान' डेक पर से सीधा दिखाई दे रहा था। उस पर कई सारे लड़ाकू विमान भी पड़े हुए थे। आस-पास कुछ और जंगी जहाज़ भी खड़े थे, जिन पर मशीनें लगी हुई थीं। सब पर भारत पेट्रोलियम लिखा हुआ था। शायद समुद्र से पेट्रोल निकाला जा रहा था।

समुद्र में यह क्षेत्र सामरिक दृष्टि से बहुत ही महत्त्वपूर्ण माना जाता है। चीन इस क्षेत्र में अपना दबदबा बनाए रखने के लिए आए दिन जासूसी करता रहता है। और कई बार विशेष आर्थिक क्षेत्र में उसकी घुसपैठ के कारण भारतीय नौसेना के टोही विमान यहाँ पर हमेशा चौकन्ने रहते हैं।

जहाज़ धीरे-धीरे तट की ओर बढ़ रहा था। समुद्र का पानी भी उथला नज़र आने लगा था। कैप्टन हॉग ने एक बार फिर माइक पर आवाज़ लगाई कि डेक से सभी यात्री नीचे आ जाएँ। रेलिंग के सहारे खड़ी होकर सिगरेट फूँक रही दोनों युवतियाँ भी नीचे चली गईं।

कैप्टन ने एक लंबा हॉर्न बजवाया, ताकि जहाज़ के आने की सूचना आगे तक पहुँच सके।

जहाज़ को अंडमान पहुँचने में अब आधा घंटा और लगेगा। डेक पर प्रेमी युगल की भाँति प्रोफ़ेसर और एलेक्स अकेले रह गए थे। समुद्र का रोमांचकारी सफ़र अब समाप्त होने वाला था।

रात के इस पहर में सुनसान डेक पर प्रोफ़ेसर को अपने पास पाकर एलेक्स के मन में अजीब क़िस्म का तूफ़ान मचलने लगा था। वह प्रोफ़ेसर को अपनी बाँहों में भींच लेना चाहती थी। उसके होंठ भी थरथरा रहे थे। परंतु इधर प्रोफ़ेसर निस्तब्ध खड़ा था।

प्रोफ़ेसर ने समुद्र में देखा, जहाज़ से दूर छोटी-छोटी नावों को लेकर कुछ मछुआरे अँधेरे में भी समुद्र के अंदर आ गए थे। वे मछलियाँ पकड़ने के लिए अपने जाल फेंक रहे थे।

जहाज़ का एक कर्मचारी अंतिम बार डेक पर यह देखने आया कि पीछे कोई रह ना गया हो। कैप्टन ने भी सभी यात्रियों को ग्राउंड फ्लोर पर इकट्ठा होने के लिए अंतिम आवाज़ लगाई। एलेक्स तो कुछ देर और प्रोफ़ेसर के साथ डेक पर रहना चाहती थी, परंतु समय इसकी इजाज़त नहीं दे रहा था। ऊपर से प्रोफ़ेसर के दिल में किसी भी तरह की कोई हलचल ना देखकर उसका दिल बैठा जा रहा था।

प्रोफ़ेसर ने उसका हाथ पकड़ा और नीचे चलने का इशारा किया। एलेक्स ने अपना हैंडबैग कंधे पर टाँगा और दोनों नीचे चले आए। जहाज़ का ठहराव आने से पहले ही वे कमरे से अपना सामान लेकर लॉबी में आ चुके थे। जहाज़ से उतरने से पहले प्रोफ़ेसर ने सभी वेटर्स को सौ-सौ का नोट थमाया। उन सभी के चेहरे खिल उठे।

जहाज़ अपने गंतव्य स्थान पर पहुँच चुका था। बाहर खड़ी बसें होटल ले जाने के लिए यात्रियों का इंतज़ार कर रही थीं। दो वेटर्स ने प्रोफ़ेसर और एलेक्स के बैग बाहर बस तक पहुँचाने में मदद की। प्रोफ़ेसर ने उन्हें इस बार भी टिप देनी चाही, पर उन्होंने मना कर दिया।

यहाँ मौसम खिला-खिला था। आसमान साफ़ था। तारे टिमटिमा रहे थे। धीरे धीरे जहाज़ से निकलकर यात्री बाहर खड़ी बसों में आकर बैठ गए। साथ में एक टूरिस्ट गाइड भी था। रात में बस से होटल जाते समय वहाँ का नज़ारा देखने लायक़ था।

अंडमान-निकोबार कई छोटे-बड़े द्वीपों से से मिलकर बना है। अंडमान-निकोबार का मतलब है- साफ़-सुथरे समुद्री तट और सुंदर वनस्पति जो वहाँ के टूरिज़्म में चार चाँद लगाते हैं। इसी कारण पर्यटक खिंचे चले आते हैं। एक तरह से क़ुदरत का करिश्मा है अंडमान-निकोबार इस धरती पर। अंडमान-निकोबार जितना अपनी ख़ूबसूरती के लिए जाना जाता है, उतनी ही ख़तरनाक हैं यहाँ के जंगली भागों में रहने वाली आदिम जनजातियाँ। आप यदि ग़लती से रास्ता भटक कर जंगल की ओर चले गए, तो आपका वापस लौटकर आना तय नहीं है।

रात साढ़े दस बजे तक सभी यात्री होटल पहुँच गए। टूरिस्ट गाइड बस से उतरने के बाद सभी यात्रियों को अगले दिन निश्चित समय पर तैयार रहने

का बोलकर चला गया। होटल के कुछ कर्मचारी यात्रियों के बैग और अन्य सामान बस से उतारकर होटल के कमरों में रखने लगे। प्रोफ़ेसर और एलेक्स के कमरे पहली विंग पर थे। होटल के मैनेजर ने यात्रियों को ग्यारह बजे तक भोजन के लिए समय पर रेस्तराँ में आने का बोल दिया।

छोटी-छोटी पहाड़ियों से घिरा होटल समुद्र तट से थोड़ी दूर, सुरम्य वादियों के बीच स्थित था। होटल के पास एक छोटी-सी झील भी थी, जिसमें होटल एवं वहाँ खड़े ताड़ और अन्य वृक्षों की परछाइयाँ तैरती रहती थीं। कभी-कभी रात को झील में उतरता हुआ चाँद देखकर पर्यटकों को स्वयं की प्रतिछवि उसमें नज़र आने लगती थी।

प्रकृति ने हमारे लिए सहजता से सब कुछ सहेज रखा है। बस हमें आँखें खोलकर देखने की ज़रूरत है। ये सुरम्य वादियाँ और झील में उतरता चाँद, होटल की छवि में चार चाँद लगा देते थे।

इतना सुंदर नज़ारा देखकर प्रोफ़ेसर और एलेक्स का मन भी अभिभूत हो रहा था। उन दोनों का मन हुआ कि अभी झील किनारे जाकर बैठ जाएँ।

प्रोफ़ेसर यही सोच रहा था कि सहसा उसका माथा ठनका। उसे याद हो आया जो उसे एलेक्स ने बताया था। यहाँ झील में चाँद ही नहीं उतरता, चाँद के साथ होटल पर प्रेत आत्माएँ भी उतरती रहती हैं।

प्रोफ़ेसर के मन में झील में उतरते हुए चाँद की जो रजत आभा चमक रही थी, वह प्रेत आत्माओं के विचार से थोड़ी धुँधली पड़ गई।

ग्राउंड फ्लोर पर ही बड़ा रेस्तराँ था। सब का खाना लग चुका था। सभी यात्री समय पर रेस्तराँ में पहुँच गए और खाना खाकर अपने-अपने कमरे में चले गए। भोजन करने के बाद बूढ़ा व्यक्ति होटल के रिसेप्शन पर गया। वहाँ से उसने सिगरेट का पूरा पैकेट लिया। फिर बाहर लॉन में खड़ा होकर सिगरेट के कश लेने लगा।

प्रोफ़ेसर और एलेक्स भी यात्रा से थक चुके थे। रात भी बहुत हो गई थी। एलेक्स के भी हाथ-पैर टूट रहे थे। नींद के मारे सिर भी भारी हो रहा था। वह प्रोफ़ेसर को गुड नाइट बोल कर अपने कमरे में चली गई।

प्रोफ़ेसर भी अपने कमरे में चला आया। उसके कमरे की खिड़की खोलते ही सामने एक बरगद का विशाल पेड़ था। अनुकूल मौसम में कई सारे

चमगादड़ वहाँ अपना डेरा जमा लेते थे। प्रोफ़ेसर ने खिड़की खोलकर नीचे लॉन की ओर देखा। बूढ़ा व्यक्ति अभी तक सिगरेट फूँक रहा था। उसे देखकर प्रोफ़ेसर को भी तंबाकू की तलब लगी, परंतु अभी रात बहुत हो चुकी थी।

होटल में सभी यात्रियों के कमरों की लाइटें बंद हो चुकी थीं। दूर पहाड़ियों से सियार के बोलने की आवाज़ें आ रही थीं। प्रोफ़ेसर ने भी अपने कमरे की लाइट बंद की और पैर पसार दिए।

थोड़ी देर बाद एक चमगादड़ खिड़की से टकराया। उसकी ज़ोरदार आवाज़ से प्रोफ़ेसर उठ बैठा। उसे याद आया कि वह खिड़की बंद करना तो भूल ही गया।

खिड़की बंद करते समय एक बार फिर उसने नीचे की ओर देखा। बूढ़ा व्यक्ति सिगरेट फूँक कर अपने कमरे में जा चुका था। प्रोफ़ेसर ने खिड़की बंद की। पानी पिया। फिर बेदम होकर बिस्तर में गिर गया। अपने ऊपर चद्दर तान कर प्रोफ़ेसर लंबी-लंबी साँसें लेने लगा।

साँसों के उतार-चढ़ाव के साथ, खिड़की के बाहर बरगद के पेड़ पर लटकते चमगादड़ उसकी आँखों में उड़ रहे थे। और नीचे लॉन में खड़ा बूढ़ा व्यक्ति प्रोफ़ेसर के कमरे की ओर सिगरेट का धुआँ छोड़ रहा था।

धीरे धीरे उसे गहरी नींद आ गई।

***

14

प्रोफ़ेसर गहरी नींद में है। सुबह के चार बज गए हैं। ठीक उसी समय उसको स्वप्नलोक से बुलावा आ गया। वह चला गया। अब वहाँ आप हैं, मैं हूँ और प्रोफ़ेसर का कमरा है। तो आइए, वहाँ बैठकर मैं आपको प्रोफ़ेसर के स्वप्न के साथ यात्रा करवाता हूँ।

शुक्ल जी ने कहा है- 'यात्रा के लिए निकलती रही है बुद्धि, पर हृदय को भी साथ लेकर।' तो आप सब आ जाइए, पर शुक्ल जी को याद रखिए। बुद्धि तो साथ लानी ही है, पर इस यात्रा में बुद्धि से ज़्यादा हृदय की आवश्यकता है। क्योंकि, आपकी बुद्धि कितनी भी तेज़ क्यों ना हो, आप प्रेतात्माओं को पकड़ नहीं सकते। और ना ही उन्हें क़ैद कर सकते हैं। उन्हें पकड़ने में अच्छे-अच्छे तांत्रिक भी डगमगा जाते हैं।

हाँ, मुझे एक घटना याद आई। वह आपको बताता हूँ। कुछ सालों पहले हमारे एक साहित्यिक मित्र हुआ करते थे। शादी के उपरांत वे अपनी पत्नी को लेकर हनीमून के लिए शिमला गए। मैंने वहाँ अपने एक परिचित के गेस्ट हाउस में उनके ठहरने का इंतज़ाम करवा दिया था। हनीमून की रात उन्होंने गेस्ट हाउस में गुज़ारी। अगले दिन वे दोनों ऊनी कपड़े पहनकर शिमला की वादियों में घूमने निकले। वहाँ पर हिमस्खलन बहुत होता रहता है। ठंड भी बहुत पड़ती है। इसलिए ऊनी कपड़े पहनना ज़रूरी हो जाता है।

वे दोनों घूमते-घूमते हिमस्खलन वाले क्षेत्र में पहुँच गए। रोमांस और रोमांच अपने चरम पर था। मौसम इसके लिए अनुकूल भी था। परंतु ऐसे मौसम में वहाँ सावधानी रखना भी ज़रूरी है। मस्ती करते-करते मित्र का पैर फिसला और नीचे गहरी खाई में जा गिरे। ऊपर पत्नी चिल्लाती रही, आँसू बहाती रही। परंतु वे कभी बाहर ही नहीं आ पाए। गेस्ट हाउस वाला वहाँ पहुँचा। खोजबीन शुरू की। परंतु उनका कहीं पता नहीं चला।

गेस्ट हाउस वाले ने बताया कि पहाड़ी के नीचे कभी-कभी ऐसे मौसम में

भालू और शेर भी विचरण करते रहते हैं। हो सकता है, लाश को खा गए हों! फिर वे ही मित्र की पत्नी को समझा-बुझाकर उनके घर तक छोड़ने आए।

मित्र की पत्नी ससुराल आने के बाद हमेशा गुमसुम रहने लगी। ससुराल वाले और पीहर वाले चाहते थे कि वह फिर से शादी कर ले। वह जवान थी। ऐसे में किसी का साथ होना भी ज़रूरी है। आख़िर कब तक वह अकेले ज़िंदगी गुज़ारेगी!

उनके समाज में दूसरी शादी का प्रावधान नहीं था। यदि दूसरी शादी करो, तो समाज के तानों से परेशान होकर व्यक्ति ख़ुद मौत को गले लगा लेना चाहे। अब आप ही बताइए, क्या ऐसे समाज की आवश्यकता है? ऐसे में कोई क्या करे! क्या किसी को अपनी ज़िंदगी जीने का हक़ नहीं है? क्या औरत के हिस्से में सिर्फ़ ताने ही ताने लिखे हैं? कभी बाल विवाह, कभी नाता प्रथा, कभी दहेज, कभी तलाक़ और कभी विधवा वाला जीवन। हमारा जब मन हुआ, हमने उसे चाँद का टुकड़ा कह दिया। जब मन हुआ, उसे वेश्या कह दिया। वह माँ के पेट से तो वेश्या बनकर पैदा नहीं हुई थी। किसने बैठाया उसे कोठे पर? किसने करवाया उससे मुजरा? किसने किया उसके जिस्म का सौदा? किसने ली उसके नाम की दलाली? यदि आप भी उसी समाज का हिस्सा हैं, जहाँ औरत मात्र एक वस्तु समझी जाती हो, तो मैं ये सब बातें आपको क्यों बता रहा हूँ! ख़ैर, मैं आपको असल बात बताता हूँ, जिसका मैं ज़िक्र करना चाह रहा था।

कुछ दिन बाद पता चला कि उसके पेट में बच्चा है। समय पूरा होने पर उसने एक सुंदर बेटी को जन्म दिया। वह बेटी में ख़ुशियाँ ढूँढने लगी। परंतु पति की याद उसे कहीं ना कहीं कचोट कर रह जाती थी। मित्र के छोटे भाई को उसकी यह हालत देखकर तकलीफ़ होने लगी थी। उसने उसे पत्नी के रूप में अपनाने का फ़ैसला कर लिया। परिवार वालों ने भी हामी भर दी।

मित्र की पत्नी अपने पति से बहुत प्यार करती थी। रह-रहकर कभी उसे शिमला की घटना याद आती, तो कभी हनीमून वाली रात याद आ जाती थी। उसकी आँखों में समुद्र उमड़ने लगता और धारा-सी बह निकलती।

उसके सामने दरिया के समान फैला अथाह जीवन पड़ा था। अभी एक लंबी यात्रा तय करनी बाक़ी थी। और फिर इस यात्रा में कोई साथी ना हो,

तो यात्रा भी अधूरी लगने लगती है। उसने बच्ची के भविष्य को देखते हुए इस परिणय संबंध को स्वीकार कर लिया। दिल में पति की छाप लिए उसने 'गदल' की भाँति देवर से रिश्ता जोड़ लिया था।

उन दोनों ने यही सोचा कि देवर का चूल्हा फूँकेगी। कोने में पड़ी रहेगी। दो वक़्त की खाएगी। फ़र्क़ सिर्फ़ इतना था कि मित्र का भाई कुँवारा था और 'गदल' का देवर विधुर यानी रंडवा था। उसकी पत्नी चल बसी थी। उसे चाणक्य की बात याद थी- 'जिस देश का राजा रंडवा होता है, उस देश की जनता विधवाओं जैसी होती है।'

वह किसी देश का राजा तो नहीं था, लेकिन पुरुष अवश्य था। फिर वह रंडवा बनकर क्यों रहे? उसने गदल को अपने घर में बैठा दिया। उसके हाथ की खाने लगा।

मेरा रंडवा शब्द प्रोफ़ेसर के कमरे में मेरे एक पाठक की ज़ुबाँ पर चढ़ गया। वह देहाती था। एक देहाती लोकगीत के साथ वह झूमने लगा-

मेरे दिल की लगी कौन बुझावे
मेरी एडी रोज़ खुजावे
मोहे नज़र लगी गाँव रंडुआ की...

मैंने उसे बहुत मुश्किल से समझा कर वापस बिठाया। मैंने उससे कहा, "देख भाई, यहाँ हमारे बीच सभ्य पाठक भी हैं, इसलिए रंडवा वाला गीत तुम मुझे कभी एकांत में सुनाना। अभी तुम मेरी पूरी बात सुनो, वरना प्रोफ़ेसर का स्वप्न अधूरा रह जाएगा और वह जाग जाएगा। तुम आगे कहानी सुन नहीं पाओगे।" इस पर वह अपने शब्द रोककर चुपचाप नीचे बैठ गया।

तो अब आगे सुनिए।

गदल उम्रदराज़ थी। उसके बड़े-बड़े बच्चे थे। बहुएँ भी थीं। सबने गदल को ख़ूब खरी-खोटी सुनाई। पर गदल टस से मस ना हुई।

गदल का अपने देवर के चूल्हे पर जाकर बैठना और मित्र की पत्नी का देवर से रिश्ता जोड़ना, दोनों के अलग तरह के हालात थे। परिस्थितियाँ भिन्न थीं। व्यक्ति देश-काल और वातावरण के अनुसार फ़ैसला लेता है। तो फिर गदल भी ठीक और मित्र की पत्नी भी ठीक।

मेरी बात बहुत लंबी हो चली थी। इधर प्रोफ़ेसर के कमरे में बैठा मेरा एक पाठक बिदक गया। उसे तो समझ ही नहीं आ रहा था कि यह क्या बात हो रही है। वह तो सिर्फ़ प्रोफ़ेसर के स्वप्न के साथ यात्रा करने आया था और वह कहाँ की यात्रा पर निकल गया है! वह उठ बैठा। बोला, "अरे साब! यह सब क्या सुना रहे हो? आए थे हरि भजन को, ओटन लगे कपास!"

"अरे भाई, वही तो सुना रहा हूँ। आगे बात तो पूरी होने दो। मैं धीरे-धीरे प्रोफ़ेसर के स्वप्न पर ही आ रहा हूँ।"

मैंने उसे समझा कर नीचे बिठाया तो दूसरा पाठक खड़ा हो गया।

"क्या साब! कितना अच्छा रंडवा वाला गीत चल रहा था। सब मस्ती में झूमने लगे थे। आपने उसे भी बंद करवा दिया।"

उसकी बात ख़त्म ही नहीं हुई कि एक तीसरा और खड़ा हो गया।

"और नहीं तो क्या! आप प्रेतात्माओं की बात कर रहे थे। मैं तो अपना काम-धाम छोड़कर भूत-प्रेत के बारे में सुनने आया था।"

"हाँ भाई हाँ, सुना रहा हूँ। ज़रा धैर्य रखो। शांति से बैठो। जो आप मुझसे उगलवाना चाह रहे हैं, वही तो आगे बताने जा रहा हूँ।"

मैं आगे बोलने लगा कि फिर एक और बीच में टपक पड़ा।

"साब! पत्नी से समय लेकर आया हूँ। घर भी जल्दी जाना है। आप जल्दी से भूत-प्रेत के बारे में बता दीजिए। देर हो गई तो घर पर फटकार लगेगी।"

यह पत्नी पीड़ित पाठक था। एकदम खरा पाठक। खरी बात करने वाला। इसे शायद पत्नी में भी प्रेत नज़र आता हो!

एक के बाद एक सब पाठक उठते जा रहे थे। समझ नहीं आ रहा था कि उनको कैसे समझाऊँ! विरोध के स्वर बुलंद होते जा रहे थे। कोई आगे सुनने को तैयार नहीं। रंडवा वाला गीत सुनना तो उनको ठीक लगा रहा था। इधर पूरी बात को समझे बिना ही हंगामा कर रहे हैं। मैंने तो उनको हृदय और बुद्धि दोनों साथ लाने को कहा था। ऐसा लगता है, शायद एक को घर भूल आए हैं।

मैं उनको समझाने का उपाय सोच ही रहा था कि रंडवा वाला देहाती लोकगीत गाने वाला खड़ा हो गया।

"देखो साब! हम सब वास्तव में प्रेतात्माओं के बारे में ही सुनने आए थे।

और आप इन देवर-भाभी को लेकर बैठ गए। देवर-भाभी का खेल तो हमने ख़ूब देखा-सुना है। आप तो स्वप्न के बारे में आगे बताइए।"

पाठक हर तरह के होते हैं। सबको तो संतुष्ट नहीं किया जा सकता। पर मैं बात पूरी बताए बिना ही उनको प्रोफ़ेसर के स्वप्न से कैसे जोड़ सकता हूँ!

"देखिए, आप लोग बेवजह बहस कर रहे हैं। इतनी देर में तो मैं बात ख़त्म करके आपको प्रोफ़ेसर के स्वप्न के साथ जोड़ देता।"

"हाँ साब, जल्दी से जोड़ दीजिए। वरना क्या है कि प्रोफ़ेसर का स्वप्न टूट जाएगा और सारा मज़ा किरकिरा हो जाएगा।" एक शांत स्वभाव का पाठक बोला।

इस हंगामे के बीच एक बुद्धिजीवी पाठक खड़ा हुआ। वह बात की तह तक जाना चाहता था। उसके घर में कोई प्रेतात्मा के प्रभाव से परेशान था। वह उसे प्रेतात्मा से मुक्ति दिलाना चाहता था। उसने कई प्रयास किए, पर प्रेतात्मा उस शरीर को छोड़ने को तैयार नहीं थी। इसलिए वह इस बात को पूरी सुनकर ही प्रोफ़ेसर के स्वप्न के साथ यात्रा करना चाहता था, ताकि आगे उसे इस समस्या का कोई समाधान मिल सके। उसने उठकर सब को संबोधित किया।

"देखिए, साब ठीक ही कह रहे हैं। बात सिर्फ़ देवर-भाभी की नहीं है। और यह कोई हँसी-मज़ाक़ का विषय भी नहीं है। विज्ञान के दौर में भी यह एक गंभीर मसला है।"

"हाँ। मैं भी तुम लोगों को यही समझाना चाह रहा हूँ। पर तुम समझने को तैयार ही नहीं हो।" मैं भी बीच में बोल पड़ा। सोचा, इस बार शायद बात बन जाए।

बुद्धिजीवी ने उन सब को अपनी परेशानी भी बताई। और फिर आगे बोला, "क्या आप लोग ईश्वर में विश्वास करते हैं?"

बुद्धिजीवी के इस प्रश्न पर कुछ ने हाँ में जवाब दिया और ईश्वर में आस्था-विश्वास नहीं रखने वाले आगे-पीछे होने लगे। एक-दूसरे को ताकने लगे। मुँह टेढ़ा-मेढ़ा करने लगे। बुद्धिजीवी उनके हाव-भाव समझ रहा था।

बुद्धिजीवी व्यक्ति बाक़ी दूसरों को शांत करने के लिए इस बात को और विस्तार से समझाने का प्रयास करने लगा।

"यदि आप ईश्वर में आस्था-विश्वास रखते हैं, तो आप इन जीव-जंतुओं

और छोटे-मोटे कीड़े-मकोड़ों में भी ईश्वर को पाओगे। आप चाँद-सूरज और आसमान में झिलमिल इन तारों के साथ-साथ प्रकृति के कण-कण में भी ईश्वर का प्रतिबिंब देखोगे। आपको वहाँ ईश्वर की एक अदृश्य सत्ता नज़र आएगी।"

प्रोफ़ेसर के कमरे में उपस्थित पाठकों में एक पाठक ऐसा भी था, जिसके दुखों का पहाड़ इतना बड़ा था कि उसके सामने उसे बुद्धिजीवी की सब बातें बौनी नज़र आने लगीं। अपने दुखों को दूर करने के लिए उसे ख़ूब पैसा चाहिए था। इसके लिए वह भूत-प्रेतों को क़ैद करने की तांत्रिक विद्या सीखना चाहता था। तामसिक शक्तियों को अपने अधीन करने की कला सीखकर वह बड़ा तांत्रिक बनना चाहता था, जिससे देश-दुनिया में उसका बड़ा नाम हो। इसलिए वह यहाँ प्रोफ़ेसर के स्वप्न के साथ यात्रा करने आया था, ताकि उसे कोई रहस्य मिल जाए और वह अपने कार्य में सफल हो सके। उसे बुद्धिजीवी की बातों में रस नहीं आ रहा था। वह उस से मुख़ातिब हुआ।

"महोदय, आख़िर आप कहना क्या चाहते हैं? काम की बात बताइए। भूत-प्रेत के बारे में बताइए।"

"हाँ, तो सुनिए। मेरे कहने का अभिप्राय यह है कि यदि आप इस सृष्टि में ईश्वर के अस्तित्व को स्वीकार करते हैं, तो आपको यह मान लेना चाहिए कि इस पृथ्वी पर इन प्रेतात्माओं का भी निवास हो सकता है। इसलिए हमें इनकी बात को पूरा सुनकर ही आगे बढ़ना चाहिए।"

वहाँ उपस्थित आस्तिक लोगों ने बुद्धिजीवी की हाँ में हाँ मिलाई और नास्तिक लोगों ने उसकी बात से सहमत ना होते हुए भी प्रोफ़ेसर के स्वप्न को सुनने की चाह में सबके साथ सस्वर जवाब दिया, "हाँ ठीक है। आगे बताइए।"

बुद्धिजीवी बोला, "हाँ, अब आप आगे सुनाइए। बात को जारी रखिए।"

अब जाकर मैंने राहत की साँस ली। सबसे कह दिया कि कोई बीच में ना बोले। सब ने मुझे इसके लिए आश्वस्त किया कि वे बात के बीच में रोड़ा नहीं अटकाएँगे।

मैंने एक लंबी साँस अंदर खींची, फिर बाहर छोड़कर अपनी बात शुरू की।

तो सुनिए। मित्र के भाई ने भाभी को जीवनसाथी के रूप में अपना लिया।

उसके बाद दोनों छोटी बच्ची के साथ सुखद जीवन यापन करने लगे। दिन अच्छे से गुज़र रहे थे। एक दिन अचानक औरत की दिमाग़ी हालत बिगड़ गई। उसे लेकर डॉक्टर के पास दौड़े। डॉक्टर के भी बीमारी पकड़ में नहीं आई। उसने भी कुछ दिन की दवाइयाँ देकर घर भेज दिया। कुछ दिन उसका स्वभाव ठीक रहता, फिर अचानक वह पागलों जैसी हरकतें करने लगती। कभी वह सास-ससुर के सामने बाल बिखेर देती। कभी उसके कपड़े अस्त-व्यस्त हो जाते।

घर में सब परेशान रहने लगे थे। एक दिन किसी ने सलाह दी कि इसमें कुछ अलग तरह के लक्षण नज़र आ रहे हैं। इसलिए इसे किसी अच्छे देवरे पर ले जाकर दिखाओ।

घर वालों ने उस शख़्स की बात मान ली। फिर उसे एक प्रसिद्ध देवरे के भोपाजी के पास लेकर गए। भोपाजी बड़े पहुँचे हुए थे। उनके वहाँ श्रद्धालुओं का ताँता लगा रहता था। भोपाजी दोनों वक़्त तर माल खाते थे, इससे उनकी तोंद कुछ ज़्यादा ही मोटी हो गई थी।

पूरे दिन देवरे पर ठहरने के बाद उसे दिखाने की बारी आई। भोपाजी ने उस पर झाड़-फूँक मारी। उसके बाद भोपाजी ने उसे देवरे की परिक्रमा करवाई। फिर धूणी की राख और सात दाने गेहूँ के लाल कपड़े में लपेटकर उसके गले में बाँध दिए।

भोपाजी इसके बाद नीम के पेड़ के नीचे बनी धूणी पर आकर बैठ गए। उन्होंने अपना चिलम जलाया, दो फूँक मारे और धुआँ हवा में बिखेर दिया।

अब मित्र के भाई ने उनसे धीरे से पूछा, "प्रभु इसको क्या तकलीफ़ है ?"

"तकलीफ़ बहुत बड़ी है। और इसका समाधान भी यहाँ नहीं हो सकता।" भोपाजी ने जवाब दिया।

"फिर हम इसे लेकर कहाँ जाएँ ?" दुख भरे स्वर में उसका पति बोला।

"घबराने की कोई बात नहीं है। बनारस में मणिकर्णिका घाट पर मेरी पहचान के एक तांत्रिक बाबा है- देवगुरु। उनका पता मैं तुम्हें देता हूँ। तुम इसे लेकर वहाँ चले जाओ। वहाँ अवश्य इस समस्या का निदान हो जाएगा।"

भोपाजी की बात सुनकर परिवार वालों में एक नई उम्मीद जगी।

"परंतु तकलीफ़ क्या है प्रभु ?" ससुर ने पूछा।

"इस पर प्रेतात्मा का साया है।" भोपाजी ने बताया।

उनकी बात सुनकर परिवार वालों के होश उड़ गए।

"प्रेतात्मा! आख़िर यह प्रेतात्मा है कौन? और हमारी बहू को क्यों परेशान कर रही है?" उसकी सास ने बड़े आश्चर्य के साथ भोपाजी से पूछा।

इस पर उन्होंने बताया कि, "यह उसके मृत पति की आत्मा है, जो अभी तक यहीं भटक रही है।"

"लेकिन क्यों?" मित्र के भाई ने पूछा।

"इसका जवाब भी तुम्हें बनारस वाले तांत्रिक बाबा के पास मिल जाएगा। कुछ समय के लिए मैंने उस प्रेतात्मा को नियंत्रण में ले लिया है। मेरे मंत्र का प्रभाव ख़त्म हो, उससे पहले तुम इसे लेकर वहाँ पहुँचो।"

मित्र की माँ भावुक होकर बोली, "प्रभु आपका आशीर्वाद बना रहे। जब यह पूर्ण रूप से ठीक हो जाएगी, तब हम परिवार सहित आकर यहाँ श्रद्धानुसार भोज का आयोजन करेंगे।"

वहाँ से निकलते समय उसने कुछ दान-दक्षिणा भोपाजी के चरणों में रख दी। सब ने उनका आशीर्वाद लिया और घर आ गए।

प्रोफ़ेसर को स्वप्नलोक में गए हुए एक घंटा हो गया था। होटल के बाहर वृक्षों के तले अभी भी घना अँधेरा था। लेकिन सुबह होने में ज़्यादा समय नहीं बचा था। सूरज के बदलियों में से बाहर आने का समय भी हो रहा था। प्रोफ़ेसर का स्वप्न कभी भी टूट सकता था।

इधर एकाध पाठक तैश में भी आ गए थे। उनका भी धैर्य का बाँध टूट चुका था। बुद्धिजीवी भी कब तक उनको थाम कर रखता! मुझे भी लगने लगा था कि बनारस वाले तांत्रिक बाबा तक पहुँचने में बहुत समय लग जाएगा। इसलिए इस वक़्त पाठकों को प्रोफ़ेसर के स्वप्न के साथ जोड़ना उचित रहेगा। बुद्धिजीवी ने भी मुझे यही इशारा करके कहा, "यहाँ कोई फसाद हो, उससे पहले आप सबको प्रोफ़ेसर के स्वप्न के साथ यात्रा पर ले चलिए।"

फिर मैंने वही किया। देवर-भाभी का वृत्तांत कुछ समय के लिए रोक दिया।

***

15

होटल के बाहर झील में बतख़ें पैंक-पैंक कर रही थीं। दिशाएँ अब तक साँस रोके मौन स्तब्ध थीं। इधर कमरे में सोया प्रोफ़ेसर स्वप्नलोक में ग़ोते लगा रहा था। उसे बचपन की स्मृतियों ने घेरा हुआ था। जब स्वप्न शुरू हुआ, तब वह अपने माता-पिता के साथ घर में बैठा हुआ था।

खपरैल से ढका घर हुआ करता था। गाँव में लाइटें भी नहीं होती थीं। चिमनी के सहारे रात बितानी पड़ती थी। हल्की हवा चलते ही चिमनी की लौ बुझ जाती थी। चिमनी के प्रकाश में ही प्रोफ़ेसर किताबों में आँखें फाड़े रहता था। बरसात में पानी टिप-टिप टपकता रहता था। कई-कई रातें जागकर काटनी पड़ती थीं। ऐसे में उसके पिताजी उसे भूत-प्रेत की कहानियाँ सुनाया करते थे। उसका गाँव चारों ओर से घने जंगल से घिरा हुआ था, जिसे 'बाँस वन' के नाम से जाना जाता था। गाँव के तालाब की पाल के किनारे बरगद का एक विशाल पेड़ हुआ करता था। उस पर रात होते ही कई सारे चमगादड़ अपनी मंडी लगा लेते थे।

प्रोफ़ेसर के पिताजी ने उसे बताया कि गाँव वाले अक्सर दिन ढलने से पहले ही जंगल से सूखी लकड़ियाँ काटकर या अपने पशुओं को चराकर घर लौट आते थे। रात्रि के समय कोई भी बरगद के पेड़ के नीचे नहीं जाता और ना ही तालाब की ओर।

गाँव वालों का यह मानना था कि रात्रि में बरगद पर उल्टे लटकने वाले चमगादड़ प्रेतात्माएँ हैं, जो बाँस वन से यहाँ आकर विश्राम करती हैं। इसी कारण उन्हें 'बाँस वन की प्रेतनियाँ' कहा जाता था।

ऐसा कहा जाता है कि चमगादड़ों को रात में नज़र आता हैं। इसलिए कई बार रात में उड़ते हुए चमगादड़ों का झुंड किसी व्यक्ति को अपनी चपेट में ले लेता था, जिससे उसकी मौत हो जाती थी। पूरा गाँव भय के साये में जीता था। इस कारण पूरा गाँव बदनाम था। गाँव का नाम ही 'प्रेतनियों का गाँव'

पड़ गया था।

गाँव के बीचोबीच भगवान शिव और हनुमानजी का मंदिर था। वहाँ आए दिन हवन होते रहते थे, जिसकी सुगंध से बाँस वन की प्रेतनियाँ गाँव के अंदर प्रवेश नहीं करती थीं। बरगद का पेड़ ही उनका अंतिम ठिकाना हुआ करता था। धीरे-धीरे समय के साथ ज़माना बदला। विज्ञान और तकनीक का दौर आया। गाँवों का शहरीकरण होने लगा। चारों ओर सड़कों का जाल बिछने लगा। गाँव शहरों से जुड़ने लगे। गाँव में लाइटों के लिए विद्युत लाइनें पड़ीं। शहरों की भाँति गाँव भी रोशनी से नहा उठे।

प्रोफ़ेसर के गाँव के चारों ओर फैले जंगल से भी कई पेड़ों और छोटी-छोटी पहाड़ियों को काटकर सड़कें बनाई गईं। उसी समय वह बरगद का पेड़ भी काट दिया गया, जो कभी चमगादड़ों का ठिकाना हुआ करता था। और गाँव वाले जिसे काटने और पास जाने से भी डरते थे। पेड़ के कट जाने से चमगादड़ वहाँ से चले गए। गाँव वाले भी भय से मुक्त हो गए। प्रोफ़ेसर भी पढ़ने के लिए शहर चला आया।

आज होटल में आते वक़्त उसने बरगद के पेड़ पर चमगादड़ लटकते देखे, तो उसके स्वप्न में बचपन की स्मृतियाँ ताज़ा हो गई थीं।

स्वप्न अभी भी चल रहा है। अब प्रोफ़ेसर का ध्यान कमरे के बाहर बरगद के पेड़ पर लटक रहे चमगादड़ों पर गया। उसे लगा- शायद गाँव में इनके रुकने के ठिकाने नष्ट हो गए, तो इन्होंने शहरों की ओर रुख़ कर लिया होगा! उसे पिताजी की बात याद आई- 'चमगादड़ प्रेतात्माएँ होती हैं।' उसे एलेक्स की बात भी याद आई- 'जिस होटल में हम ठहरने वाले हैं, वहाँ प्रेतात्माओं का साया है।' अब प्रोफ़ेसर ने देखा, करोड़ों जुगनुओं से जड़ी चुनरियाँ लहराते हुए प्रेतात्माएँ चमगादड़ के रूप में पेड़ से उतरकर कमरे की खिड़की तोड़ने का प्रयास कर रही हैं। सब ने मिलकर एक साथ खिड़की पर इतनी ज़ोर से वार किया कि उस के काँच टूटकर प्रोफ़ेसर के ऊपर तक आ गिरे। प्रोफ़ेसर को घबराहट होने लगी। उसकी साँसें भी थम-सी गई थीं।

अपने ऊपर गिरते काँच के टुकड़ों को रोकने के प्रयास में उसके भयातुर कंठ से एक चीख़ निकली- "बाप रे! प्रेतात्माएँ!"

प्रोफ़ेसर उठ बैठा। उसका स्वप्न टूट गया। कुछ देर तक बिस्तर में बैठा-

बैठा साँसें अंदर-बाहर करता रहा और प्रेतात्माओं के बारे में ही सोचता रहा। अब उसे एलेक्स और पिताजी की बातें सच लगने लगी थीं। फिर उसने चेहरे पर आया पसीना साफ़ किया। पानी पिया। खिड़की खोलकर बाहर देखा- कुछ चमगादड़ पेड़ पर ही लटक रहे थे। कुछ उड़-उड़कर पहाड़ियों की ओर जाते दिख रहे थे। भोर का मटमैला प्रकाश ताड़ की फुनगियों पर बिखर रहा था। उसने दूर झील की ओर देखा- झील किनारे बगुले एक टाँग पर मौन धारण किए अपने शिकार का इंतज़ार कर रहे थे। बरगद के पेड़ से अजीब क़िस्म की गंध कमरे तक आ रही थी। उसने वापस खिड़की बंद कर दी।

प्रोफ़ेसर विचार करने बैठ गया- 'अब मुझे ये किस तरह के सपने आने लगे हैं! अगर रहस्यमयी मणि... सुंदर राजकुमारी... और मूनस्टोन वाला सपना सच हो गया, तो फिर यह प्रेतात्मा वाला सपना भी सच हो सकता है! अजीब जगह होटल बनाया है। यदि रहस्यमयी मणि मिलने से पहले प्रेतात्माएँ मेरे पीछे पड़ गईं, तो मेरे सपनों का क्या होगा! इतनी सारी मेहनत बेकार चली जाएगी। और यह कमरा भी बरगद के पेड़ के सामने! मुझे भी यही कमरा मिलना था! नहीं-नहीं, मैनेजर से बोलकर कमरा चेंज करवाना पड़ेगा। वरना रात भर प्रेतात्माएँ मुझे परेशान करती रहेंगी।'

प्रोफ़ेसर सोच ही रहा था कि उसे गाइड की बात याद आई- 'सभी यात्रियों को समय पर ब्रेकफ़ास्ट करके बाहर घूमने जाने के लिए तैयार रहना है।' वह भागा-भागा बाथरूम में गया। जल्दी से नहा-धोकर, रंगीन कुर्ता-पाजामा पहन कर तैयार हो गया। उसने थोड़ा-सा जैस्मिन का परफ्यूम बॉडी पर छिड़क लिया, ताकि समुद्र तट पर उमस भरे वातावरण में शरीर पर जैस्मिन की सुगंध बिखरी रहे। उसने एक लंबी साँस अंदर खींची। जैस्मिन की सुगंध उसकी रग-रग में पहुँच गई।

वह बाहर निकलने के लिए अपने पैरों में सैंडल डाल ही रहा था, तभी किसी ने दरवाज़ा खटखटाया। उसने सोचा कि शायद एलेक्स उठाने आई होगी! उसने दरवाज़ा खोला। सामने वेटर खड़ा था।

वेटर सभी यात्रियों को सूचित कर रहा था कि उनका ब्रेकफ़ास्ट लग चुका है। समय पर रेस्तराँ में आ जाएँ।

प्रोफ़ेसर कमरे के ताला जड़ ही रहा था, तभी एलेक्स आती दिखी। उसने

नीले रंग का बरमूडा, सफ़ेद टी-शर्ट और पैरों में स्पोर्ट्स शूज़ पहने हुए थे। उसे देखकर प्रोफ़ेसर का रोम-रोम खिल उठा।

"गुड मॉर्निंग प्रोफ़ेसर!"

"गुड मॉर्निंग एलेक्स!"

दोनों ने एक-दूसरे का मुस्कराते हुए अभिवादन किया। प्रोफ़ेसर ने एलेक्स को नीचे चलने का इशारा किया।

"हाउ वाज़ द नाइट?" प्रोफ़ेसर ने पूछा।

"आई स्लेप्ट वेरी वेल। बिकॉज़ आई वाज़ टायर्ड एंड फेल अस्लीप ऐज सून ऐज आई एंटर्ड द रूम... एंड योर्स?"

"नथिंग इंपॉर्टेंट। आई जस्ट स्लेप्ट लेट।"

"हम्म... यू डोंट स्लीप! यू मस्ट बी ड्रीमिंग।"

"नो! देयर वाज़ नो ड्रीम।" प्रोफ़ेसर ने स्पष्ट किया।

दोनों बातें करते-करते रेस्तराँ में पहुँच गए। अधिकांश यात्री चाय-नाश्ता कर रहे थे। ख़ूब सारा नाश्ता जमाया हुआ था। जिसको जितना खाना हो खाएँ। बूढ़ा व्यक्ति सबसे पहले नाश्ता कर चुका था। वह होटल के लॉन में खड़ा होकर चाय की चुस्कियों के साथ सिगरेट फूँक रहा था। इतना सारा नाश्ता लगा देखकर प्रोफ़ेसर और एलेक्स को लगा कि यह ब्रेकफ़ास्ट है या लंच! वे क्या छोड़ें और क्या खाएँ!

"एलेक्स! इट सीम्स देयर विल बी नथिंग टू ईट इन द आफ़्टरनून। देयरफ़ॉर, वी मस्ट ईट ऐज मच ऐज वी कैन।"

"येस, व्हॉय नॉट?"

दोनों प्लेट लेकर नाश्ता करने बैठ गए। नाश्ता करते हुए एलेक्स ने पूछा, "प्रोफ़ेसर! आई डिड नॉट फ़ील एनीथिंग लाइक फैंटम स्पिरिट्स ऐट नाइट। डिड यू?"

प्रेतात्माओं से प्रोफ़ेसर को याद आया कि उसे कमरा चेंज करवाना है। वह सैंडविच मुँह में ठूँसते-ठूँसते उठा और होटल के मैनेजर के पास गया। उसने होटल के मैनेजर को अपनी समस्या बताई। मैनेजर ने कहा, "आप शाम को घूम कर वापस आएँगे, तब तक आपका कमरा चेंज कर दिया जाएगा।"

मैनेजर से बात करके प्रोफ़ेसर वापस एलेक्स के पास आकर बैठ गया।

"व्हॉट हैपेंड प्रोफ़ेसर? व्हॉय डिड यू लीव ब्रेकफ़ास्ट एंड वेंट टू मीट द मैनेजर?"

"नथिंग। आई कुडंट स्लीप वेल लास्ट नाइट, सो आई वेंट टू गेट द रूम चेंज्ड।"

"दैट्स ओके। बाय द वे, यू डिडंट टेल अबाउट द फैंटम स्पिरिट्स?"

"व्हॉट?"

"आई मीन। डिड यू फेल्ट एनीथिंग लाइक फैंटम स्पिरिट्स ऐट नाइट?"

"नो, आई फेल्ट नथिंग लाइक दैट।"

दोनों बात कर ही रहे थे कि बस के ड्राइवर ने लंबा हॉर्न बजाया। गाइड भी रेस्तराँ में आकर सभी को जल्दी से बस में बैठने को कह रहा था।

"एलेक्स! हरी अप! वी आर गेटिंग लेट। द बस हेज स्टार्टेड।"

एलेक्स ने सोचा- 'जिस तरह प्रेतात्मा का नाम लेते ही प्रोफ़ेसर उठकर चला गया और अब बस के स्टार्ट हो जाने का बहाना बनाकर बात को टाल रहा है, कोई बात अवश्य है। डायरी में तो सब कुछ लिखेगा ही! रात को पढ़ ही लूँगी। बकरे की अम्मा कब तक ख़ैर मनाएगी।'

सभी यात्री बस में सवार हो गए। आधे घंटे में बस पोर्ट ब्लेयर के समुद्री तट पर पहुँच गई। बस से उतरने के बाद गाइड ने सभी यात्रियों से कहा- "हम यहाँ क़रीब दो घंटे तक रुकेंगे। जिसको जिधर घूमना है, घूम सकता है। लेकिन समय पर सभी बस के पास लौट आएँ।"

सभी यात्री अपने-अपने हिसाब से बिखर गए। कुछ यात्री फ़ोटोग्राफ़ी करने में व्यस्त हो गए। कुछ हनीमून मनाने वाले जोड़े भी थे। वे अपने साथी की बाँहों में बाँहें डालकर नंगे पैर रेत को महसूस करते हुए चले जा रहे थे। कुछ साहसी-जुझारू युवा ऊँची-नीची लहरों पर राफ्टिंग करने और कुछ यात्री स्नॉर्कलिंग के लिए निकल गए।

यह भीड़-भाड़ से दूर शांत टापू और सुंदर बीच है। इस बीच पर नारियल और पाम के वृक्षों की भरमार है। समुद्री चट्टानों पर गिरती हुई धाराएँ... ब्रिटिश काल में बनी पीनल कॉलोनियों के खंडहर। चारों ओर उड़ते रंगीन पक्षियों की चहचहाहट माहौल को और भी रंगीन कर रही थी। मानो स्वर्ग धरती पर उतर आया हो। यहाँ का ट्रॉपिकल वातावरण सैलानियों को हमेशा

अपनी ओर आकर्षित करता है।

प्रोफ़ेसर भी एलेक्स को लेकर उस ओर आगे बढ़ गया, जिस ओर कॉलिंस महोदय ने मछुआरों की नाव का दुर्घटनाग्रस्त होना बताया था। प्रोफ़ेसर से आगे कुछ और यात्री भी चल रहे थे। उनके साथ मछुआरा यानी वह बूढ़ा भी सफ़ेद रेत से घिरे संगमरमरी-से बीच पर अपने पैरों के निशान छोड़ते हुए चलता जा रहा था।

प्रकृति की इस मनमोहक छटा को देखकर प्रोफ़ेसर ने मन-ही-मन सोचा- 'वाह! कितना अद्‌भुत संगम है प्रकृति का। अतुलनीय दृश्य! नंगे पैर रेत को महसूस करते हुए चले जाना। धीमी-धीमी लहरों के साथ पानी का पैरों को स्पर्श करना। पानी के डर से भागकर दूर चले जाना। ऐसा लग रहा है जैसे स्वप्न को हक़ीक़त में जी रहे हों। वाह! क्या नज़ारा है। सावित्री, काश! तुम्हें भी यात्रा पर साथ ला पाता।'

समुद्र तट पर नारियल के पेड़ों के नीचे एक पंडाल सजा हुआ था। वहाँ से जनजातीय तबलों की ताल सुनाई पड़ रही थी। प्रोफ़ेसर स्नॉर्कलिंग के लिए जाना चाहता था, लेकिन एलेक्स उसे पंडाल की ओर खींच ले गई।

प्रोफ़ेसर को इस बात की चिंता थी कि बूढ़ा व्यक्ति यदि स्नॉर्कलिंग करने गया और उसे वह मूनस्टोन मिल गया, तो फिर उसके हाथ बचेगा ही क्या! उसने दूर से बूढ़े व्यक्ति को देखा। वह स्नॉर्कलिंग के लिए ही जा रहा था।

प्रोफ़ेसर ने यह भी देखा कि वहाँ पर स्नॉर्कलिंग के लिए पहले से ही बहुत ज़्यादा भीड़ पड़ रही थी। उसके मन में और एक विचार आया कि यहाँ तो सालों से स्नॉर्कलिंग की जा रही है। हो सकता है पानी के नीचे समुद्र में जीवों को देखते-देखते मूनस्टोन किसी के हाथ लग गया हो! फिर वह ना तो मुझे मिलेगा ना बूढ़े व्यक्ति को, यानी यूनान के उस बूढ़े मछुआरे को।

इधर एलेक्स प्रोफ़ेसर को खींचे चली जा रही थी। और प्रोफ़ेसर की आँखें बूढ़े व्यक्ति पर जमी हुई थीं। प्रोफ़ेसर को यकायक याद आया कि कुछ दिन पहले ही तो स्वप्न में मादा घोंघा ने बूढ़े मछुआरे को मूनस्टोन के अभी भी समुद्र तल में वहीं का वहीं पड़ा होना बताया था। फिर तो एलेक्स के चक्कर में पड़ने से बेहतर है कि स्नॉर्कलिंग के बहाने मूनस्टोन को खोजा जाए।

पंडाल में बैठकर तबले-वबले सुनने से अच्छा है, जिस काम के लिए

निकले हैं, उसको अंजाम दिया जाए। उसे फिर पाश ने जकड़ा- 'सबसे ख़तरनाक होता है, हमारे सपनों का मर जाना।'

'पाश महोदय, सपने कहाँ मरे हैं! अभी तक ज़िंदा हैं। मुझे उम्मीद है, उन्हें पूरा कर ही लूँगा। मेरी मंज़िल अब ज़्यादा दूर नहीं है। और फिर निराश होना तो असफलता की निशानी है। मैं बड़े उत्साह के साथ अपनी मंज़िल की ओर बढ़ रहा हूँ। सपनों को हक़ीक़त में बदल कर ही दम लूँगा। वह दिन दूर नहीं जब मूनस्टोन मेरे हाथ में होगा। फिर उसके बाद रहस्यमयी मणि... खमेर साम्राज्य... सुंदर राजकुमारी सब कुछ मेरा होगा।

'परंतु अभी इस एलेक्स का क्या करूँ! मेरे सपनों के पूरा होने के बीच में बूढ़े व्यक्ति से बड़ी दीवार तो यह एलेक्स है। काश! आज घोंघे मेरे पास होते, तो मुझे अभी समुद्र तल में मूनस्टोन का सही-सही ठिकाना बता देते। मुझे यहाँ आने से पहले ही शिनिनास बीच जाकर घोंघों को साथ लाना चाहिए था। अगर उन्हें पहले ही पकड़कर ले आता, तो बाद में वे बूढ़े मछुआरे के जाल में नहीं फँसते।

'परंतु कैसे लाता! यहाँ आने से पहले तो मुझे मालूम ही नहीं था कि वे दोनों यूनान की यात्रा पर हैं। शायद यूरोप का मौसम उन्हें अच्छा लग रहा होगा। इसीलिए कई दिनों से वहाँ जमे हुए हैं। मछुआरे के जाल में फँसने का भी उन्हें डर नहीं लगता। लेकिन अब यदि वहाँ से आगे बढ़ गए, तो फिर उन्हें ढूँढना मुश्किल हो जाएगा। लेकिन अभी क्या करूँ! घोंघे तो हाथ आएँगे जब आएँगे, इस वक़्त तो मुझे अपने स्तर पर ही मूनस्टोन को खोजना होगा।'

इधर एलेक्स प्रोफ़ेसर की नज़र को पकड़ रही थी। और वह यह भी देख रही थी कि अभी प्रोफ़ेसर के मन में किस तरह का ग़ुबार उठ रहा है। आख़िर वह उसे पंडाल तक ले ही गई।

वहाँ कोई लोकनृत्य हो रहा था। पर्यटकों को आकर्षित करने के लिए इस तरह के समारोह आयोजित किए जाते रहे हैं। यहाँ के जनजातीय समुदाय में इस तरह के लोकनृत्य की ख़ास परंपरा रही है। यहाँ के पर्यटन विभाग की देखरेख में आए दिन मेले-उत्सव लगते रहते हैं।

प्रोफ़ेसर को संगीत और लोकनृत्य बहुत पसंद हैं, परंतु आज उसका मन इन सब की ओर नहीं था। वह जल्द से जल्द स्नॉर्कलिंग के लिए जाना चाहता

था। यहाँ उसे जैसे घुटन-सी महसूस होने लगी थी।

एलेक्स देर तक वहाँ जमे रहना चाहती थी। उसके मन में विचार आया- अब प्रोफ़ेसर को बता दे कि वह हिंदी पढ़ना-लिखना जानती है। वह प्रोफ़ेसर को बताने को होती है कि उसका तेज़ दिमाग़ उसे रोक देता है। उसे याद आया- अभी तो इसी रहस्य के सहारे रात को प्रोफ़ेसर की डायरी भी पढ़नी है। आज नहीं, यात्रा के अंतिम दिन ही बताऊँगी।

एलेक्स प्रोफ़ेसर के दिमाग़ में छिपे हुए रहस्य की परतों को डायरी के माध्यम से उधेड़ देना चाहती थी। इसलिए अब वह प्रोफ़ेसर को ज़्यादा देर तक यहाँ रोककर नहीं रखना चाहती थी। उसने प्रोफ़ेसर से कहा, "प्रोफ़ेसर! नाउ वी शुड गो फ़ॉर स्नॉर्कलिंग। इट विल बी ग्रेट फन।" एलेक्स की बात ने फिर प्रोफ़ेसर को झटका दिया। उसके दिमाग़ की नसें खुल गईं। वह विचारों में खो गया- चाँदनी... निर्झरा... और अब यह एलेक्स! और हाँ, मेरी पत्नी सावित्री भी। सब की सब रहस्यमयी औरतें। मादा घोंघे की तरह ये भी तीनों कालों के घटनाक्रम को एक साथ देख लेती हैं। मूनस्टोन और रहस्यमयी मणि प्राप्त करने से पहले तो इन पर शोध करने की आवश्यकता है। क्या दिमाग़ पाया है! ये औरतें जानती तो सब कुछ हैं, परंतु खुलकर बताती भी नहीं हैं। यह भी एक रहस्य है। अगर रहस्यमयी मणि और मादा घोंघा मुझे मिल जाए, तो महिलाओं के इस रहस्य से भी पर्दा उठा ही दूँगा।

एलेक्स ने प्रोफ़ेसर को झकझोरा, "प्रोफ़ेसर! डोंट यू वांट टू कम फ़ॉर स्नॉर्कलिंग?"

प्रोफ़ेसर फटाक से होश में आया, "येस, कम ऑन। लेट्स गो।"

दोनों स्नॉर्कलिंग के लिए पानी की ओर बढ़ गए। उन्होंने देखा, सामने से बूढ़ा व्यक्ति मुँह लटकाए चला आ रहा था।

प्रोफ़ेसर को आश्चर्य हुआ- 'अरे! यह क्या? ये इतना जल्दी स्नॉर्कलिंग करके कैसे आ सकता है! कहीं इसे मूनस्टोन मिल तो नहीं गया! नहीं-नहीं, ऐसा नहीं हो सकता। यदि मिल गया होता, तो उसके चेहरे पर चमक बिखर रही होती। परंतु यह तो युद्ध में हारे हुए सिपाही की तरह निढाल-सा लग रहा है। क्या हो गया है इसे!'

बूढ़ा व्यक्ति उन दोनों के पास से होकर निकल रहा था। प्रोफ़ेसर के मन

में उठ रहे प्रश्न को शांत करने के लिए एलेक्स ने उसे संबोधित किया।

"एक्सक्यूज मी!"

बूढ़ा व्यक्ति अपना मुँह ऊँचा करते हुए बोला, "येस।"

"व्हेयर आर यू फ्रॉम?"

"एल्लास।" उसने जवाब दिया।

"डिड यू वेंट फ़ॉर स्नॉर्कलिंग देयर?"

इस प्रश्न के साथ वह प्रोफ़ेसर के मन में उठ रहे विचारों तक जा पहुँची।

"नो!" बूढ़ा व्यक्ति जवाब देते हुए आगे बढ़ गया।

उसके मुँह से 'एल्लास' और 'नो' सुनकर प्रोफ़ेसर ने राहत की साँस ली। उसने सोचा- 'अच्छा हुआ जो यह यूनान का नहीं है। और इसने स्नॉर्कलिंग भी नहीं की।'

अब दोनों स्नॉर्कलिंग की जगह पहुँचे। वहाँ पहुँचकर उन्हें मालूम हुआ कि साठ साल से ऊपर के व्यक्ति के लिए स्नॉर्कलिंग करना मना है। यह सुनकर प्रोफ़ेसर थोड़ा उदास हो गया। अब उसे मालूम हो गया कि क्यों बूढ़ा व्यक्ति मुँह लटकाए हुए जा रहा था। उसने सोचा- 'ख़ैर, मूनस्टोन मेरा नहीं, तो यूनानी मछुआरे का भी नहीं हो सकता। अच्छा हुआ जो स्नॉर्कलिंग के लिए मना कर दिया। अगली बार घोंघों को पकड़कर ही लाऊँगा। वे ही मुझे कोई अन्य उपाय बताएँगे मूनस्टोन को प्राप्त करने का। तब तक मूनस्टोन समुद्र की गहराई में ही ठीक है।'

"एलेक्स! यू कैन डू स्नॉर्कलिंग इफ़ यू वान्ट।"

"नाउ ऐट दिस एज! लेट इट बी। व्हॉट प्रेशियस ट्रेज़र डू आई नीड टू फ़ाइंड!"

प्रेशियस ट्रेज़र! यह सुनकर प्रोफ़ेसर को एक बार फिर आश्चर्य हुआ। वह मन-ही-मन विचार करने लगा कि इससे किस विषय पर बात करूँ और किस पर नहीं! बड़ी अजीब-सी उलझन है। उसने आसमान की ओर देखा। आँखें बंद करके मन-ही-मन ईश्वर की स्तुति करने लगा- 'हे प्रभु! यह कैसा रहस्य है? एलेक्स से परिचय करके मैंने कोई ग़लती तो नहीं की। जितनी जल्दी हो मुझे खमेर साम्राज्य के उस भव्य महल तक पहुँचा देना। मूनस्टोन से क़ीमती तो वह रहस्यमयी मणि है मेरे लिए। इसलिए मेरा वहाँ पहुँचना

बहुत ज़रूरी है।'

प्रोफ़ेसर को विचारमग्न देखकर एलेक्स समझ गई कि उसे मूनस्टोन तक नहीं पहुँच पाने का दुख हो रहा है। उसने कहा, "प्रोफ़ेसर! डोंट वरी। लेट्स गो देयर... एंड सिट इन द स्पीड बोट।"

प्रोफ़ेसर को उसकी बात जम गई। उसने कहा, "येस, दैट वुड बी फ़ाइन। लेट्स गो देन।"

आधे घंटे तक वे दोनों स्पीड बोट को समुद्री लहरों पर भगाने का आनंद लेते रहे। इधर गाइड का दिया हुआ समय भी पूरा हो रहा था। वे दोनों प्रेमी युगल की भाँति रेत पर टहलते-टहलते बस तक आ गए। कुछ ही देर में सभी यात्री बस में आकर बैठ गए। ड्राइवर ने बस को सेलुलर जेल की ओर बढ़ा दिया। सेलुलर जेल यानी- काला पानी।

बस में बैठे-बैठे सभी यात्री समुद्र तट पर बिताए मधुर क्षणों के अनुभव एक-दूसरे के साथ साझा कर रहे थे। यहाँ आकर हर यात्री उत्साहित नज़र आ रहा था। एलेक्स तो बहुत ख़ुश थी, परंतु प्रोफ़ेसर के मन में स्नॉर्कलिंग ना कर पाने की टीस रह गई थी। उस के दिमाग़ में मूनस्टोन और घोंघे ही घूम रहे थे।

उसकी नज़र बूढ़े व्यक्ति पर पड़ी। ड्राइवर के पास वाली सीट पर बैठा वह प्रकृति के नज़ारों का लुत्फ़ ले रहा था। उसे देखकर प्रोफ़ेसर को याद आया- 'एल्लास!'

'उसने एलेक्स के पूछने पर कहा था कि वह एल्लास का रहने वाला है। मैं ख़ामख़ाह उसे यूनान का समझ बैठा। यह एथेंस वाला बूढ़ा मछुआरा नहीं हो सकता। ये सपने भी ना! बेवजह परेशान करते रहते हैं। अगर ऐसा ही चलता रहा तो मेरी रहस्यमयी मणि का क्या होगा? खमेर साम्राज्य का क्या होगा? मैं फालतू ही इस बूढ़े व्यक्ति में अपना दिमाग़ खपाता रहा। हाँ। एल्लास! वैसे यह देश है कहाँ? ऐसा कोई देश मेरी जानकारी में तो नहीं है। शायद एलेक्स को पता होगा।'

उसने एलेक्स से पूछा, "एलेक्स, डू यू नो व्हेयर एल्लास इज़?"

प्रोफ़ेसर ने जैसे ही यह प्रश्न पूछा, एलेक्स समझ गई कि अभी भी उस के दिमाग़ में कोई हलचल हो रही है। उसने सोचा- 'यदि मैं अभी प्रोफ़ेसर को बता दूँगी कि जिस तरह पश्चिमी लोग यूनान को ग्रीस कहते हैं, ठीक उसी

तरह यूनान के लोग यूनान को एल्लास कहते हैं, तो निश्चित रूप से प्रोफ़ेसर अभी बूढ़े व्यक्ति और मछुआरे में उलझकर रह जाएगा। इसलिए अभी इस रहस्य पर पर्दा पड़ा रहे, यही ठीक होगा।' उसने प्रोफ़ेसर को मना कर दिया कि वह इस तरह के किसी भी देश के बारे में नहीं जानती है।

एलेक्स के मना करने के बाद प्रोफ़ेसर के अंत:स्थल में देर तक एल्लास शब्द गूँजता रहा। बस के काला पानी पहुँचने से पहले ही हल्की बूँदाबाँदी शुरू हो गई थी। प्रोफ़ेसर ने काँच से बाहर की ओर देखा- पहाड़ हरियाली ओढ़े हुए थे। सड़क किनारे औरतें मछलियाँ बेचती नज़र आ रही थीं। मछलियों को देखकर एक बार फिर प्रोफ़ेसर की आँखों में एथेंस का बूढ़ा मछुआरा समुद्र में जाल फेंकता हुआ तैर आया। उसे घोंघे भी याद हो आए।

एक विचार उसे बेचैन करने लगा- यदि यह बूढ़ा व्यक्ति स्वप्न वाला मछुआरा नहीं है, तो फिर घोंघों को मैंने स्वप्न में यूनानी मछुआरे को मूनस्टोन की खोज में निकलने के लिए प्रेरित करते हुए देखा, उस स्वप्न का क्या! अगर यह बूढ़ा व्यक्ति यूनानी मछुआरा नहीं है, तो फिर वह है कहाँ ! मादा घोंघे के बताए अनुसार यदि वह मछुआरा यहाँ मूनस्टोन की खोज में नहीं आया, तो फिर मेरे सपनों का क्या औचित्य रह जाएगा! अगर स्वप्न में घोंघों की बताई यह बात झूठी हुई, तो मेरी रहस्यमयी मणि, खमेर साम्राज और सुंदर राजकुमारी का क्या होगा! अगर यूनानी मछुआरा यहाँ मूनस्टोन की खोज के लिए नहीं आता है, तो मेरा भी आगे के सफ़र पर निकलना कहीं व्यर्थ ना हो जाए। बूढ़ा व्यक्ति दिखने में लग तो वैसा ही रहा है, फिर यह यूनान का क्यों नहीं है!

***

16

सेलुलर जेल आ गई थी। ड्राइवर ने एकदम से बस के ब्रेक लगाए। झटके से प्रोफ़ेसर के विचारों की लय टूट गई। वह वापस एलेक्स के पास आ बैठा।

प्रोफ़ेसर को रह-रहकर उद्वेलित करते विचार। स्वप्न के सच होने ना होने के द्वंद्व पर मँडराते शंका के बादलों की बेबसी उसे भीतर की कीच में लथेड़ रही थी। रहस्यमयी मणि का ख़याल आते ही एक चीज़ उसके कंठ से निकलकर भविष्य के अनजान पथरीले रास्तों पर निकल पड़ती है। इन सपनों की वजह से तो उसे दो पल की सुकून भरी नींद भी मयस्सर नहीं हो पा रही है।

बस से उतरने के बाद गाइड सभी यात्रियों के आगे हो लिया। वह धीरे-धीरे यात्रियों को जेल के एक-एक हिस्से के बारे में समझाने लगा। अँग्रेज़ों के ज़ुल्म की ख़ौफ़नाक दास्ताँ सुनाती है यह जेल। 1857 के विद्रोह के बाद अँग्रेज़ों के दिमाग़ में इस जेल के निर्माण का ख़याल आया। जो क़ैदी... यानी स्वतंत्रता सेनानी, क्रांतिकारी सज़ा पाकर इस जेल में पहुँचते, उनके लिए यह जेल मात्र जेल की सज़ा नहीं, बल्कि काला पानी की सज़ा का पर्याय बन गई थी। समुद्र के बीचोबीच स्थित होने के कारण कोई भी क़ैदी यहाँ से भाग नहीं सकता था। यह जेल एक तरह का यातना शिविर थी। अँग्रेज़ों ने यहाँ क्रांतिकारियों पर बहुत ज़ुल्म ढाए। उन्हें यहाँ कोल्हू का बैल बनाकर रखा गया। उन्हें बेड़ियों में जकड़ कर एक कोने में डाल दिया जाता था।

इस जेल को बने हुए अब शताब्दी से भी ऊपर समय बीत गया है। भारत की आज़ादी से लेकर अब तक इस जेल में कई तरह के बदलाव किए गए हैं। अब यह जेल मात्र एक जेल न रहकर एक बड़े अस्पताल में तब्दील हो चुकी है। इसकी सात शाखाओं में से कुछ शाखाओं को गिराकर इसे नया स्वरूप दिया गया है। यहाँ आए दिन फ़िल्मों की शूटिंग होती रहती है। पर्यटन के लिहाज़ से भी यह जेल यात्रियों के आकर्षण का केंद्र बनी रहती है।

जेल की दीवारों पर वीर शहीदों के नाम लिखे देखकर प्रोफ़ेसर की

आँखों में एक ओर उन शहीदों की दम तोड़ती साँसों... और उनकी गुमनाम ज़िंदगी के चित्र उभर रहे थे, तो दूसरी ओर अँग्रेज़ों पर क़हर बरपाती झाँसी की रानी लक्ष्मीबाई की तलवार की चमक बिखर रही थी। प्रोफ़ेसर अपने आप को रोक नहीं पाया। उसके मुख-विवर में लक्ष्मीबाई के घोड़े की टापें गूँजने लगीं। प्रोफ़ेसर का ख़ून खौल उठा। रानी की वीरता सुभद्रा जी के बोल बनकर प्रोफ़ेसर के होंठों पर चढ़ी-

सिंहासन हिल उठे राजवंशों ने भृकुटी तानी थी
ख़ूब लड़ी मर्दानी वह तो झाँसी वाली रानी थी

अब भगत सिंह और बटुकेश्वर दत्त की आत्मा भी प्रोफ़ेसर के अंदर समा गई। वीर रस उफान पर आने लगा।

इस जेल को देखकर एलेक्स के मन में भी हिटलर के समय यहूदियों पर हुए अत्याचार और यातना शिविर दौड़ रहे थे। मार-काट मची हुई थी। शहर धुआँ-धुआँ हो रहा था। उसके मन में कभी भयानक, कभी वीभत्स रस घर कर रहा था। एक दर्द भरी कराह उसके अंदर उठ रही थी।

इधर प्रोफ़ेसर के पाँव सेलुलर जेल में नहीं टिके। वह 1857 के स्वतंत्रता संग्राम में पहुँच गया। अँग्रेज़ों पर टूट पड़ा। उसकी साँसें फूलने लगीं। आवेश में हाँफने लगा। उसे देखकर एलेक्स घबरा गई। उसे वापस खींच लाई। पानी पिलाया। कुछ पल के लिए उसे वहीं कुर्सी पर बैठा दिया। तब जाकर उसका दिमाग़ ठंडा हुआ।

गाइड एक घंटे तक यात्रियों को जेल का इतिहास समझाता रहा। फिर सब बस की ओर बढ़ गए।

सभी यात्री बस में आकर बैठ गए। ड्राइवर को कुछ देर के लिए एलेक्स और प्रोफ़ेसर का इंतज़ार करना पड़ा। गाइड वापस उन्हें ढूँढने गया। वे दोनों सामने से आते दिखाई दिए। गाइड ने उन्हें जल्दी से बस में बैठ जाने को कहा। उनके बस में बैठ जाने के बाद ड्राइवर ने बस रवाना कर दी।

दो बज गए थे। सभी यात्री होटल से भरपेट खाकर निकले थे, इसलिए किसी को भी भूख नहीं लगी थी। हाँ, चाय की तलब अवश्य लगी थी। गाइड ने ड्राइवर से आधे घंटे के लिए बस को एक रेस्तराँ पर रोकने के लिए कहा।

अधिकांश गाइड बस को वहीं रुकवाते हैं या पर्यटकों को उसी दुकान से शॉपिंग करवाते हैं, जहाँ उनकी जान-पहचान हो। इसमें उनका भी कमीशन बँधा हुआ रहता है। और यह बात बाहर घूमने जाने वाला पर्यटक भली-भाँति जानता है। इसलिए वह अपनी पॉकेट मनी के हिसाब से ही यात्रा में होने वाले व्यय का बैलेंस बनाकर यात्रा तय करता है। यात्रा में ख़र्च थोड़ा-बहुत ऊपर-नीचे हो जाता है। इसलिए हर तरह के अतिरिक्त ख़र्चे का अनुमान पर्यटक यात्रा पर निकलने से पहले ही लगाकर चलते हैं। और जब विदेश में बैठे हों, तब तो और भी ज़रूरी हो जाता है कि कब, कितनी जेब हल्की करनी है।

ख़ैर, इस वक़्त सभी को थकान महसूस हो रही थी। इसलिए चाय तो बनती है। एलेक्स और प्रोफ़ेसर भी हाथ-मुँह धोकर चाय पीने बैठ गए। गरमा-गरम चाय पीते हुए प्रोफ़ेसर को ताज़गी का एहसास हो रहा था। सुभद्रा जी के बोल और रानी की खड्ग टंकार अभी तक प्रोफ़ेसर के कंठ में गूँज रही थी। घात लगाए बैठे वीर रस के प्रभाव पर चाय का एक-एक घूँट पूरी युद्ध भूमि में शांति स्थापित कर रहा था।

अब प्रोफ़ेसर पूरी तरह से पूर्व की अवस्था में लौट आया। उसके सामने एलेक्स बैठी है। उसे यात्रा का पूरा आनंद आ रहा है। वह सोचने लग गया- 'यात्राएँ बहुत सुखद होती हैं। यात्राएँ हमारे जीवन में उत्साह का नया संचार करती हैं। वे हमारे जीवन की एकरसता को सरसता में बदलती हैं। मूनस्टोन और रहस्यमयी मणि मिले या ना मिले, परंतु घूमने से आदमी एक बेहतर मनुष्य अवश्य बनता है। घर से बाहर निकला तो मुझे पता चला कि यह दुनिया कितनी ख़ूबसूरत है। अभी तो बहुत कुछ देखना बाक़ी है।' यात्रा के बारे में सोचते-सोचते उसे एक चीनी कहावत याद आई- दस हज़ार किताबें पढ़ने से बेहतर है, दस हज़ार मील की यात्रा करना।

प्रोफ़ेसर की एक आँख में यात्रा का आनंद-उत्साह चमक रहा है, तो दूसरी आँख में रहस्यमयी मणि का एक अजनबी की तरह चुभता हुआ मौन। यह मौन उसे कभी भविष्य के ऊँचे सपने दिखाता है, तो कभी उसे पीड़ा से भर देता है। इस मौन की व्याख्या वह किसी के साथ कर भी नहीं सकता। लेकिन, इस वक़्त सामने बैठी एलेक्स का खिलखिलाता चेहरा उसके मौन को भाँप रहा था, जिससे वह अनजान था।

प्रोफ़ेसर ने एलेक्स की आँखों में देखा। वहाँ एक उफनती हुई नदी किनारे तोड़कर मैदानी भाग में बह जाने के लिए मचल रही थी। उसका मन उद्वेलित हुआ- 'यह मुझे क्या हो गया है! कहाँ तो शृंगार रस का वो आनंद... बिहारी की नायिका का नख-शिख वर्णन... देव के कवित्त की वो लय... वाह! कितना आनंद मिलता था पढ़ने-पढ़ाने में। इन सपनों और घोंघों ने मुझे किस राह पर लाकर खड़ा कर दिया है! सारी की सारी रूमानियत खो-सी गई है।'

प्रोफ़ेसर को सपनों और घोंघों पर थोड़ा ग़ुस्सा आया, लेकिन फिर उसके सहृदय दिल ने कहा कि इसमें उनका क्या दोष! नियति को शायद यही मंज़ूर था। उनके बहाने यात्रा पर निकलने का मौक़ा तो मिला। अन्यथा घर पर ही हाथ पर हाथ धरे बैठा रहता। सावित्री की किच-किच और खटपट सुनता रहता। बिहारी की नायिका की आँखों की चंचलता, उसके रूप सौंदर्य की मादकता से उत्पन्न रस का स्वाद भला सावित्री क्या जाने!

मौसम में ठंडक घुली हुई थी। ड्राइवर भी बस के पास खड़ा होकर सिगरेट फूँक रहा था। सिगरेट ख़त्म करके उसके बचे हुए टुकड़े को उसने पैरों तले रौंद डाला। फिर उसने एक लंबा हॉर्न बजाया। यात्री फटाफट बस में चढ़ने लगे। प्रोफ़ेसर एलेक्स के साथ घोंघों की तरह रेंगता हुआ आ रहा था। अभी तक गाइड भी पीछे ही था। वह अपनी जेब गर्म करने के लिए रेस्तराँ के मैनेजर के पास चला गया। उसके आने तक सभी यात्री अपनी सीट पर जम चुके थे। गाइड के आने के बाद ड्राइवर ने बस को पोर्ट ब्लेयर से आधे घंटे की दूरी पर वंदूर गाँव स्थित महात्मा गाँधी मरीन नेशनल पार्क की ओर बढ़ा दिया।

चार बजे बस वंदूर गाँव पहुँच गई थी। यहीं पर कुछ दूरी पर वंदूर बीच और एलेक्जेंड्रा द्वीप भी है। महात्मा गाँधी समुद्री उद्यान लंबे-चौड़े क्षेत्र में फैला हुआ है। इसके अंतर्गत कई सारे द्वीप और समुद्री खाड़ियाँ आती हैं। यह पूरा क्षेत्र जैव-विविधता के लिए जाना जाता है।

महात्मा गाँधी मरीन नेशनल पार्क के बाहर बस से उतरते ही प्रोफ़ेसर की आँखों के सामने सत्य, अहिंसा और न्याय की मूर्ति... हाड़-मांस का पुतला... हाँ, वह अवधूत आकर खड़ा हो गया।

प्रोफ़ेसर को अपने घर में लगा गाँधी का वह पोर्ट्रेट याद आया। वाक़ई में अवधूत है... द्विवेदी जी के शिरीष की तरह। आज देश-दुनिया में चहुँओर

युद्ध और अशांति है... मानवता का ह्रास हुआ जा रहा है... काश! ऐसे विकट समय में वह अवधूत आज ज़िंदा होता!

जब सिर के ऊपर आकाश में लड़ाकू विमान गर्जना करते हैं, तब नीचे मानवता असहाय-सी घर के भीतर दुबकी हुई साँसें लेती रहती है। डर, भय और दहशत का माहौल आग उगलता रहता है। हाँ... आज मुझे वही अवधूत चाहिए... आइंस्टीन चाहिए... तोलस्तोय चाहिए। कोई है आपकी नज़र में, जो युद्ध की जगह प्रेम और शांति की स्थापना कर सके... सरहदों पर अतिक्रमण की जगह दिलों में अतिक्रमण करे और मानवता का पाठ पढ़ाए?

प्रोफ़ेसर के मन में एक हूक-सी उठी। संत नरसी मेहता उसकी ज़ुबाँ पर आए- 'वैष्णव जन तो तेने कहिए, जे पीड़ पराई जाणे रे।'

एलेक्स तो पहले ही गाँधी के विचारों से प्रभावित थी। उसने भी दबे होंठ प्रोफ़ेसर की धुन को पकड़ा। एक पल के लिए वह उस गीत में खो-सी गई।

गाँधी के स्मरण मात्र से ही प्रोफ़ेसर के मन के भीतरी पट खुले- वाह! गाँधी के विचारों की तरह पूरे वंदूर में भी शांति छाई हुई है। काश! ऐसी शांति-हरियाली पूरे विश्व में फैली हो, तो स्वर्ग यहीं उतर आए। फिर किसी को मरने के बाद स्वर्ग का मोह ना रहे। एक देश से दूसरे देश के बीच यदि सीमाओं का बँधन ना हो, तो यह पृथ्वी ही एक घर हो जाए। जब सब कुछ ही नश्वर है, तब जात-पात, ऊँच-नीच, अमीर-ग़रीब, समाज-संगठन इन सब की क्या आवश्यकता है? ये सब मनुष्यता के बीच खाइयाँ पैदा करते हैं। किसे चाहिए यह सब और क्यों चाहिए? कहाँ हैं आज गाँधी के आदर्श, मूल्य और सिद्धांत? प्रोफ़ेसर देर तक गाँधी के विचारों के साथ उलझा रहा।

इस दौरान कुछ यात्रियों ने काँच के तलों वाली नावों में बैठकर पानी के नीचे तरह-तरह के समुद्री जीवों और मिरजान को देखने का आनंद लिया। प्रोफ़ेसर और एलेक्स भी समुद्री खंडहरों का वैभव देखते रहे। कुछ देर तक तक समुद्र किनारे सजी कुछ दुकानों पर उन्होंने पॉलिप देखे। पॉलिप देखकर प्रोफ़ेसर को याद आया- हिंदी कवि अक्सर होंठों की उपमा मूँगे से देते आए हैं। उसने अपने दिमाग़ पर ज़ोर डाला। पल भर में वह पूरा हिंदी साहित्य का इतिहास घूम आया। पर उस समय उसे ऐसी कोई कविता याद नहीं आई, जिसमें होंठों की उपमा मूँगे से दी गई हो।

धीरे-धीरे उन्हें थकान महसूस होने लगी थी। चुनाँचे, वे नारियल के पेड़ों के झुरमुट के नीचे जाकर बैठ गए। उनके इर्द-गिर्द अभी भी नरसी मेहता के शब्द गूँज रहे थे।

उनके पास से चाय-चाय करता हुआ, चायवाला गुज़र रहा था। प्रोफ़ेसर ने उसे आवाज़ देकर दो चाय ली।

ये चाय और चायवाले बड़े कमाल के होते हैं। किसी-किसी के हाथ में कड़क चाय बनाने का जादू होता है। उसकी चाय पीकर तो दिमाग़ के सारे पंख खुल जाते हैं। मन अलमस्त होकर गगन में उड़ने लगता है। इधर एक चायवाले ने पूरी दुनिया में धूम मचा रखी है। कई लोगों को अपने हाथ की रेखाएँ तक मिटते हुए दिखीं, तो वे उनकी दुकान पर चाय पीने चले गए। अब उनके शरीर में स्फूर्ति बनी रहती है।

चाय प्रोफ़ेसर के हलक में और सूर्य देवता अस्ताचल को जा रहे थे। दूर क्षितिज में डूबता सूर्य आग का गोला प्रतीत हो रहा था। तट पर लालिमा बिखरी पड़ी थी। प्रोफ़ेसर ने जाते सूर्य को वंदन किया। उसे देखकर एलेक्स ने भी पश्चिम में अपना सिर झुका दिया।

गाइड सात बजे तक यात्रियों को वहाँ के अलग-अलग स्थानों का भ्रमण करवाता रहा। अँधेरा भी उग आया था। सभी यात्री होटल जाने के लिए बस की ओर बढ़ रहे थे। उन्हें देखकर वे दोनों भी चाय के ख़ाली कप डस्टबिन में डालकर बस की ओर बढ़ गए।

बस को होटल पहुँचने में एक घंटा लग गया। होटल तक पहुँचते-पहुँचते कुछ यात्रियों की आँख लग चुकी थी। होटल पहुँचते ही बूढ़ा व्यक्ति सबसे पहले बस से नीचे उतरा। उसे देखकर लग नहीं रहा था कि वह थका हुआ है। वह बस से उतरकर अँगड़ाई लेने लगा। कुछ यात्री बस से उतरकर सीधे अपने कमरे में चले गए। बूढ़ा व्यक्ति वहीं खड़ा-खड़ा सिगरेट फूँकने लगा। प्रोफ़ेसर की कछुआ चाल यहाँ पर भी जारी थी। वे दोनों सबके बाद नीचे उतरे। प्रोफ़ेसर ने उतरते ही सबसे पहले बरगद के पेड़ की ओर देखा। उस पर चमगादड़ जमना शुरू हो चुके थे। चमगादड़ों को देखते ही प्रोफ़ेसर होटल के मैनेजर के पास जाकर बोला, "क्या आपने मेरा कमरा चेंज करवा दिया है?"

"जी सर।" कहते हुए उसने प्रोफ़ेसर को दूसरे कमरे की चाबी सौंप दी।

यह कमरा ठीक उस कमरे के सामने, एलेक्स के कमरे के पास वाला था। चाबी लेकर वे दोनों ऊपर चले गए। अपने कमरे में जाने से पहले एलेक्स ने प्रोफ़ेसर से कहा कि उसकी बॉडी का टेंपरेचर ठीक नहीं लग रहा है। थकान के मारे उसका शरीर टूट रहा है। इसलिए स्पा में बॉडी मसाज करवाकर उसे सीधे नौ बजे डिनर पर मिलेगी।

एलेक्स बॉडी मसाज के लिए स्पा में चली गई। प्रोफ़ेसर ने कमरे में जाकर कपड़े उतारे और उन्हें लॉन्ड्री में भेजने के लिए एक ओर रख दिया। फिर स्नान किया।

प्रोफ़ेसर नहाकर कमर में टॉवल लपेटे हुए बाथरूम से बाहर आया। खड़ा-खड़ा बॉडी पर आयुर्वेदिक ऑयल की मसाज करने लगा। बालों में नवरत्न तेल डाला। ठंडा-ठंडा, कूल-कूल। दिमाग़ को थकान से राहत मिली। प्रोफ़ेसर काँच के सामने खड़ा होकर तेल की ठंडक महसूस कर रहा था, तभी टेबल पर रखा उसका फ़ोन भनभनाया- 'बीड़ी जलइले जिगर से पिया...'

कॉलेज के दिनों में उसके फ़ोन पर कभी जिगर से बीड़ी नहीं जली। कभी देशप्रेम के गीत। कभी कोई भजन। कभी आरती। कभी किसी पुराने गीत की कोई मधुर धुन बजती रही।

लेकिन इन दिनों जिगर जलता है, आग लगती है, धुआँ उठता है।

अब धुआँ उठता है, तो उठने दो।

ज़ुबाँ पे लागा, लागा रे नमक इश्क़ का।

गुलज़ार मियाँ, अब क्या बताऊँ! नमक भोजन का स्वाद बढ़ाता है, लेकिन यह नमक ज़्यादा खाना भी पुरुष के लिए लाभकारी नहीं है। कम्बख़्त इश्क़ चीज़ है ही ऐसी। दो नावों में एक साथ सवार होना, नाव और सवारी दोनों के लिए नुक़सानदेह।

लेकिन अभी किस को आग लगी पड़ी है! बिपाशा बोलना बंद करती, अँगीठी में आग ठंडी पड़ती, इससे पहले प्रोफ़ेसर ने फ़ोन हाथ में लिया।

अँगीठी में अभी भी कोयले जल रहे थे। सामने उसकी पत्नी थी। और वही औरतों वाली बातें थीं। यानी पत्नियों की बातें, जो होती हैं और होनी चाहिए।

पत्नियों के दिमाग़ में ऐसी कई बातें होती हैं, जो उचित अवसर पाकर

निकल आती हैं, पेड़ की शाखाओं पर लटकती बेलों की मानिंद, जिसमें वे अपने पति को गूँथे रखना चाहती हैं और पति है कि उसे ज़ुल्फ़ें खुली ही पसंद आती हैं।

प्रोफ़ेसर ने एक बार तो सोचा कि नेटवर्क नहीं होने का बहाना बनाकर फ़ोन काट दूँ, फिर लगा कि बहुत दिनों बाद फ़ोन आया है, तो बात करना ठीक रहेगा। वरना सावित्री का दिमाग़ बहुत तेज़ चलता है। पता नहीं क्या सोच बैठे!

उसने बात शुरू की।

"हेलो! सावित्री!"

"हाँ... कैसे हो आप?"

"मैं ठीक हूँ। तुम बताओ?"

"क्या बताऊँ! कितने दिन हुए आपको गए हुए? एक फ़ोन तक नहीं किया! मैं दो दिन से ट्राई कर रही हूँ, आपका फ़ोन लगता ही नहीं।"

"ओह! सॉरी! यहाँ आए हुए अभी हफ़्ता भर ही तो हुआ है। वो क्या है कि यात्रा के आनंद और उत्साह में तुम्हें फ़ोन करना भूल गया। और यहाँ अधिकांश धाम पहाड़ों के बीच स्थित हैं, इसलिए कई बार यहाँ पर नेटवर्क नहीं मिलता है।"

"अच्छा ठीक है। किस-किस धाम की यात्रा पूरी हो गई है?"

"अभी तो यहीं चल रहा हूँ। खंड-खंड, उत्तराखंड। सावित्री, क्या पहाड़ और नदियाँ हैं यहाँ पर! क्या बारिश होती रहती है। वाह! क्या नज़ारे हैं।"

इधर अँगीठी में बुझते कोयलों ने हल्की हवा पाकर फिर आग पकड़ी।

"अब वापस लौटने में और कितने दिन लगेंगे?" सावित्री ने पूछा।

"ओहो! तुम भी ना। अभी तो कुछ धाम की यात्रा बाक़ी है। कुछ दिन और लगेंगे। मुझे पता है तुम्हें मेरी याद आ रही है।"

"मुझे कोई याद-वाद नहीं आ रही है। अपना ध्यान रखना। खाना समय पर खाना। और फ़ोन करते रहना।"

"हाँ, फ़ोन करूँगा। तुम भी अपना ध्यान रखना।" कहते हुए प्रोफ़ेसर ने फ़ोन रख दिया।

प्रोफ़ेसर ने घड़ी में देखा। एलेक्स का दिया समय हो गया था। उसने

टीशर्ट-पाजामा पहनकर बॉडी पर जैस्मिन परफ़्यूम का छिड़काव किया।

वह एक बार फिर काँच के सामने खड़े होकर अपने आप को निहारने लगा। सिर के बाल अभी तक काले थे, परंतु उम्र के पड़ाव के साथ सिर के अग्र भाग में हिंदी के अनुनासिक चिह्न यानी चाँद की दस्तक उसे ठीक नहीं लग रही थी।

उसने सिर में नवरत्न तेल लगाया हुआ था। ट्यूबलाइट के श्वेत धवल प्रकाश में प्रोफ़ेसर का चाँद शुक्ल पक्ष के चंद्रमा की तरह चमकने लगा।

चमकते हुए चाँद को देखकर प्रोफ़ेसर को थोड़ी कुढ़न महसूस हुई। देवानंद वाली कैप ख़रीदने का उसे विचार आया। फिर यकायक उसका मन बदला। 'चाँद निकलने में क्या बुराई है! चाँद निकलने वाले तो सेठ माने जाते हैं। मैं भी एक दिन सेठ बन जाऊँगा। सेठ क्या बनूँगा! पूरे खमेर साम्राज्य का सम्राट बनूँगा।'

बाहर से वेटर की आवाज़ आ रही थी। उसने दरवाज़ा खोलकर वेटर को बुलाया। धोने के लिए रखे हुए कपड़े एक थैली में भरकर उसे देते हुए कहा, "कल शाम तक मुझे वापस चाहिए।"

"सर लॉन्ड्री वाला सुबह आता है। यदि मौसम खुला रहा तो शाम तक मँगवा लूँगा।"

प्रोफ़ेसर ने खिड़की से बाहर देखा। आसमान में तारे छितराए हुए टिमटिमा रहे थे।

"ठीक है, पर तुम कोशिश करना।"

"जी सर। और हाँ सर, नीचे खाना लग चुका है। आप आ जाइए।" यह कहते हुए वह नीचे चला गया।

वेटर के जाने के बाद प्रोफ़ेसर ने एलेक्स के रूम की ओर देखा, वहाँ लॉक लगा हुआ था। अँगीठी में आग और जलती हुई बीड़ी एक साथ बुझ गई थी।

अपने दरवाज़े पर ताला लगाकर होंठों में नमक इश्क़ का गुनगुनाते हुए, प्रोफ़ेसर नीचे रेस्तराँ में भोजन के लिए चला गया।

एलेक्स उस के पहुँचने के दस मिनट पहले ही रेस्तराँ पहुँच गई थी। प्रोफ़ेसर डिनर के लिए एलेक्स के सामने जाकर बैठ गया। तब तक बूढ़ा

व्यक्ति खाना खा चुका था। उसे एक बंगाली व्यक्ति की कंपनी मिल गई थी। वह उसके साथ पाइप पी रहा था। छल्ले बना-बनाकर हवा में उड़ा रहा था।

उसे पाइप पीते हुए देखकर प्रोफ़ेसर को ज़ंजीर का धर्म दयाल तेजा उर्फ़ हामिद अली ख़ान उर्फ़ अजीत याद आ गया। लेकिन उसे लेकर वह अब ज़्यादा गंभीर नहीं था। वह निश्चिंत हो चुका था।

एलेक्स ने प्रोफ़ेसर की ओर आँखें उठाकर देखते हुए कहा, "प्रोफ़ेसर! यू ऑलवेज़ हैव ए हैबिट ऑफ़ बीइंग लेट।"

'नमक इश्क़ का' में से नमक निकलकर बूढ़े व्यक्ति के पाइप से निकलते धुएँ में घुल गया। इश्क़ पीछे रह गया था। सामने एलेक्स बैठी थी। इधर अजीत प्रोफ़ेसर की ज़ुबाँ पर बैठा हुआ था। उसका प्रेत कालीचरण का लॉयन बनकर प्रोफ़ेसर में घुसा।

प्रोफ़ेसर ने अपनी मूँछों को दोनों तरफ़ से थोड़ा नुकीला किया। फिर शब्दों को चबा-चबा कर बोलने लगा।

"सारा शहर मुझे लॉयन के नाम से जानता है। नहीं-नहीं, सारा शहर मुझे प्रोफ़ेसर बसंत के नाम से जानता है। मैं अपनी मर्ज़ी का मालिक हूँ। जब चाहूँ, आऊँ-जाऊँ।"

वेटर खाना लगा चुका था। इधर प्रोफ़ेसर अपनी धुन में मस्त था।

"एक्सक्यूज़ मी प्रोफ़ेसर। व्हॉट आर यू सेइंग? द फूड हैज स्टार्टेड।" एलेक्स सब कुछ समझते हुए भी अनजान बन रही थी।

प्रोफ़ेसर के अंदर बैठे अजीत पर थोड़ा और रंग चढ़ा। प्रोफ़ेसर रंग में आया। वह तेजा बन गया।

"मोना डार्लिंग! तुम्हारे हाथ ज़ंजीर से बँधे हुए नहीं हैं। तुम खाने का लुत्फ़ उठा सकती हो। शुरू करो।"

मोना डार्लिंग! एलेक्स को थोड़ा आश्चर्य हुआ। उसने पूछा, "प्रोफ़ेसर! वेयर इज़ योर अटेंशन?"

इस बात पर प्रोफ़ेसर कुछ नहीं बोला। लेकिन पार्श्व में आरडी बर्मन का संगीत गूँज रहा था। सबके दादा यानी किशोर दा बोल रहे थे- 'जहाँ तेरी ये नज़र है, मेरी जाँ मुझे ख़बर है।'

एलेक्स समझ गई कि अभी प्रोफ़ेसर अलग रंग में है। वह कुछ नहीं

बोली। उसने चुपचाप अपना खाना शुरू किया। और यूट्यूब पर गीत लगाया।

गीत बजा- 'तुम आए तो आया मुझे याद, गली में आज चाँद निकला।'

उसे चुपचाप खाना खाते हुए देखकर और अचानक चाँद के निकल आने से प्रोफ़ेसर सकते में आ गया। किशोर दा ने उसे कहा- 'होश में आजा, ध्यान किधर है?' उसने किशोर दा की बात मानी और दिमाग़ पर ज़ोर देने लगा।

प्रोफ़ेसर खाना खाने लगा, लेकिन उसका ध्यान एलेक्स के चलाए गाने पर था- गली में आज चाँद निकला। प्रोफ़ेसर का निवाला गले में अटक रहा था, क्योंकि बीच में चाँद फँस रहा था।

गाना हिंदी में बज रहा था। प्रोफ़ेसर यह बात भूल गया कि एलेक्स हिंदी नहीं जानती है। उसने इस बात की ओर ध्यान दिया ही नहीं, क्योंकि उसका दिमाग़ चाँद पर अटका पड़ा था।

प्रोफ़ेसर सोच में पड़ गया- 'इसे कैसे पता चला कि मैं ऊपर कमरे में सिर में निकल आए चाँद के बारे में सोच रहा था! जब भी इसके पास आता हूँ, पता नहीं कैसे यह मेरे मन के विचारों को पढ़ लेती है! इसे मेरे स्वप्न के बारे में, क़ीमती ख़ज़ाने के बारे में, और अब मेरे सिर में उग आए चाँद के बारे में भी पता चल गया है। अब यदि घोंघों... रहस्यमयी मणि और मेरे आगे के प्रयोजन के बारे में जान गई, तो सब गड़बड़ हो जाएगी। किशोर दा ने भी मुझे होश में रहने को कहा है। क्या मैं होश में नहीं हूँ! नहीं-नहीं, होश में तो हूँ, लेकिन मुझे सावधान रहने की आवश्यकता है।'

***

17

अब प्रोफ़ेसर का क्या करें? उसके दिमाग़ में दिमाग़ तो है ही नहीं, इसका एलेक्स क्या करे! उसे इतना भी ध्यान नहीं है कि गली में जो चाँद निकला वह पूरा चमकता हुआ चाँद था और उसका चाँद अर्धचंद्राकार है। और वह यह क्यों नहीं समझ रहा कि गली के चाँद, आसमान के चाँद, और उसके सिर में निकले हुए चाँद में बहुत फ़र्क़ होता है।

गली का चाँद आनंद जी का है। इस चाँद को अलका जी गली में लेकर आई हैं। गली में आए चाँद को देखकर पूजा भट्ट कभी छुईमुई-सी सिकुड़ रही है... कभी फफक-फफककर आँसू बहा रही है। और नागार्जुन हैं कि उसे बाँहों में कसते जा रहे हैं।

जाने फिर क्या हुआ नहीं याद
जाने कितने दिनों के बाद...

गली का चाँद एक ओर मिलन के सुखद पलों में तब्दील हो रहा है, तो दूसरी ओर प्रोफ़ेसर को रहस्य की नई दुनिया में लेकर जा रहा है।

प्रोफ़ेसर सोचते-सोचते दाएँ हाथ से निवाला मुँह में रख रहा था। बाएँ हाथ को अपने चाँद पर घुमाने लगा। चाँद की सतह पर नवरत्न तेल नाच रहा था। प्रोफ़ेसर का हाथ चिपचिपा हो गया। फिर वह टिशू पेपर से अपना हाथ साफ़ करने लगा।

अब आप सोच रहे होंगे कि मैं यह चाँद-चाँद क्या कर रहा हूँ! देखिए, चाँद का बहुत महत्त्व है। हर प्रेमी अपनी प्रेमिका को ख़ुश करने के लिए आसमान से चाँद-तारे तोड़कर लाने की बात करता है, जबकि उसकी प्रेमिका इस बात से दुखी होती है कि उसके प्रेमी के सिर पर चाँद चमक रहा है। पत्नियों के साथ भी यही बात लागू होती है। वे भी घास वाला मैदान चाहती हैं। सूखा और खुरदुरा मैदान उन्हें कभी रास नहीं आया।

अब आप स्वयं ही देख लीजिए। सूखा और खुरदरा मैदान प्रोफ़ेसर

तक को रास नहीं आ रहा। कितनी उलझन पैदा हो रही है। इसलिए चाँद को तोड़कर मत लाइए। जो जहाँ है, उसे वहाँ रहने दीजिए। उसकी शोभा उसी में है। आप सिर्फ़ अपने चाँद को दुरुस्त कीजिए।

अगली बार कोई आपको चाँद तोड़कर लाने की कहे या गली में चाँद निकल आने की कहे, तो आपको बहकने की ज़रूरत नहीं है। आप उसे जानी की ज़ुबाँ में सिर्फ़ इतना कहिए- 'चलो दिलदार चलो, चाँद के पार चलो।'

जहाँ चलना है चलो। चाँद के पार या झील के पार। पर उन्हें यहाँ-वहाँ लाने की ज़रूरत नहीं है। देखकर आइए, चाँद के पार क्या है ? झील के पार क्या है ?

बहरहाल, प्रोफ़ेसर को खाना हज़म नहीं हो रहा था। उसने अपनी आँखों को थोड़ा मोटा करते हुए एलेक्स की ओर देखा। सोचा- 'आज इस रहस्य का कोई-न-कोई तोड़ तो निकालना पड़ेगा। अगर घोंघा मुझे स्वप्न में इस रहस्य के बारे में बता दे, तो सारा मसला हल हो जाए।'

कोई रहस्य होगा, तो तोड़ निकालेगा। वरना ख़ाक छानेगा। एक ओर घोंघा, एक ओर बसंत। सब के सब घोंघा बसंत।

खाना समाप्त हुआ। एलेक्स अपने कमरे में चली गई। प्रोफ़ेसर होटल के मैनेजर के पास गया। वह यह जानना चाहता था कि इतना बड़ा आलीशान होटल है, फिर क्यों नहीं इस बरगद के पेड़ को काट देते हैं! पेड़ कट जाएगा तो चमगादड़ किसी और जगह को अपना ठिकाना बना लेंगे। ना रहेगा बाँस ना बजेगी बाँसुरी।

"मैनेजर साहब, एक बात बताइए।" प्रोफ़ेसर अपनी बात शुरू करता कि सामने से बूढ़ा व्यक्ति आता हुआ दिखाई दिया। उसने अपनी बात को रोक दिया। कुछ पल के लिए ख़ामोशी! सन्नाटा!

इतने में मैनेजर बोला, "जी सर, बताइए। मैं आपकी क्या मदद कर सकता हूँ ?"

प्रोफ़ेसर ने देखा, मैनेजर ने अपनी नेमप्लेट नहीं लगा रखी थी। वैसे प्रोफ़ेसर पहले ही दिन उसके नाम की इन्क्वॉयरी कर चुका था। लेकिन आज सोचा कि पहले उसका नाम पूछ लूँ, फिर बात आगे बढ़ाना उचित रहेगा।

"आपका नाम क्या है ?"

"जी, विजय। मिस्टर विजय।" उसने जवाब दिया।

"विजय श्रीवास्तव?" प्रोफ़ेसर ने उसे थोड़ा और कुरेदने की कोशिश की।

"अरे वाह! सर आपको कैसे पता?"

प्रोफ़ेसर ने मुस्कराते हुए कनखियों से उसकी ओर देखा।

"बरख़ुरदार, ज़माना देखा है हमने।" प्रोफ़ेसर ने अपने सिर पर हाथ घुमाते हुए कहा।

मैनेजर कुँवारा था। उसने सोचा- 'शायद ये महाशय मेरे रिश्ते के बारे में बात करना चाह रहे होंगे! इसलिए मेरे बारे में विस्तार से जानना चाहते हैं।'

रिश्ते के बारे में सोचकर उसकी भी आगे बात करने की उत्सुकता बढ़ गई थी। उसने वेटर को आवाज़ लगाई, "सर के लिए एक मस्त वाली कॉफ़ी लेकर आओ।"

प्रोफ़ेसर आँख बँद करके तीर चला रहा था। तीर निशाने पर जब लगेगा तब लगेगा, लेकिन अभी कॉफ़ी पर जाकर लगा।

"अरे नहीं-नहीं, रहने दीजिए। अभी खाना खाया है।" प्रोफ़ेसर का कॉफ़ी पीने का मन तो हो रहा था, पर जान-बूझकर आनाकानी करने लगा।

"सर, हमारे यहाँ पर मस्त फ्रेंच कॉफ़ी मिलती है। एक कप मेरी ओर से पीकर देखिए।"

प्रोफ़ेसर आज तक कॉलेज की कैंटीन में अपने साथी मित्रों के साथ ऐसी चाय-कॉफ़ी पीता रहा, जिसमें दूध नज़र नहीं आता था। किसी ने बताया कि जिसके पास कैंटीन का ठेका था, उसके घर पर एक भैंस थी। भैंस को गर्मी बहुत लगती थी। इसलिए वह हमेशा पानी में बैठी रहती थी। कैंटीन वाले का कोई कसूर नहीं था। जब वह दूध निकालने बैठता, भैंस की पूँछ से पानी की कुछ बूँदें दूध में गिर जाती थीं।

ख़ैर, अभी फ्रेंच कॉफ़ी का प्रस्ताव उसके सामने था। वह भी निःशुल्क। हमारे यहाँ तो निःशुल्क की लाइन में सबसे पहले खड़े होने की परंपरा रही है। जब कोई ख़ैरात बँटती है, तो कोई पीछे नहीं रहता। राजनेता हो, अधिकारी हो, चाहे मज़दूर। फिर प्रोफ़ेसर क्यों पीछे रहता!

उसने कहा, "ठीक है। आप इतना कह रहे हैं, तो यहाँ की कॉफ़ी का

स्वाद चख ही लेता हूँ। वैसे मुझे कॉफ़ी पीने का कभी शौक़ नहीं रहा।"

"कोई बात नहीं सर। आज पी लीजिए।"

कॉफ़ी आ गई थी। प्रोफ़ेसर बगुले की तरह ताक लगाए बैठा था। उसने एक हाथ जेब में डाला और दूसरे हाथ में कॉफ़ी का कप थामा। कॉफ़ी का घूँट मारते हुए उसने मैनेजर को टटोला।

"बाय द वे मिस्टर..." विजय और श्रीवास्तव शब्द उसके कंठ में ही ठहर गए थे। हालाँकि अब वहाँ पर चाँद फँसा हुआ तो नहीं था, लेकिन कॉफ़ी की क्रीम उसके होंठों पर चिपक गई थी। और बाहर पेड़ पर चमगादड़ फड़फड़ा रहे थे। चट-चटा-चट करते हुए, कोई लटक रहा था, कोई उड़ रहा था।

"विजय, मिस्टर विजय श्रीवास्तव।" मैनेजर ने अदब से खड़े रहते हुए, अपने पूरे नाम को फिर से दोहराया।

"हाँ-हाँ, मुझे याद है आपका नाम।" प्रोफ़ेसर ने अपने होंठों पर अटकी हुई क्रीम को जीभ से साफ़ करते हुए कहा।

"सर, आप कुछ पूछना चाह रहे थे!" मैनेजर ने फिर बात आगे बढ़ाई। वह यही चाह रहा था कि सामने वाला तुरंत मुख्य विषय पर आए। यानी कि रिश्ते के विषय पर कुछ बात करे।

प्रोफ़ेसर ने अपनी घड़ी में देखा, साढ़े दस बज गए थे।

"हाँ। मैं तुमसे यह जानना चाह रहा था कि..." बात फिर शुरू हुई ही थी कि पीछे से सीढ़ियों पर खड़े-खड़े एलेक्स ने आवाज़ दी, "हेलो प्रोफ़ेसर!" उसे नींद नहीं आ रही थी, इसलिए प्रोफ़ेसर को ढूँढते हुए नीचे आ गई।

"मैं तुमसे मॉर्निंग में आकर बात करता हूँ।" मैनेजर से बोल कर प्रोफ़ेसर उसके साथ ऊपर कमरे में चला गया।

प्रोफ़ेसर ने दो बार चमगादड़ों से अटे पड़े बरगद के पेड़ के होटल में खड़े होने का रहस्य जानना चाहा, पर नियति को कुछ और ही मंज़ूर था। उसे आज की रात ख़त्म होने तक इंतज़ार करना होगा।

प्रोफ़ेसर सुबह मिलने का कहकर चला गया। लेकिन इधर मैनेजर असमंजस में पड़ गया। वह सोचने लगा कि यह व्यक्ति मुझसे कुछ जानना चाह रहा था या कुछ पूछना चाह रहा था। जानना! पूछना! इसमें रिश्ते की भी

कोई बात है या नहीं! अगर रिश्ते की कोई बात नहीं हुई, तो कॉफ़ी का ख़र्चा व्यर्थ चला जाएगा। इतनी जल्दबाज़ी और उतावलापन भी ठीक नहीं। यही सोचते हुए उसने रिसेप्शन पर पड़े एंट्री रजिस्टर में उसका कमरा नंबर देखा, नाम लिखा हुआ था- प्रोफ़ेसर बसंत।

ख़ाली बसंत! इन प्रोफ़ेसरों के आगे-पीछे कुछ होता है या नहीं! ख़ैर, सुबह होने की बात है। आगे-पीछे का सब पता चल ही जाएगा।

प्रोफ़ेसर अपने कमरे में चला आया। उसे अपनी आज की डायरी पूरी करनी थी, वह डायरी लिखने बैठ गया।

"प्रोफ़ेसर! आई हैव कम टू टॉक टू यू एंड यू सेट डाउन विद द डायरी!"

"जस्ट गिव मी हाफ़ एन आवर, देन आई विल टॉक टू यू।"

एलेक्स ने सोचा- 'प्रोफ़ेसर को डायरी लिखने देना भी ज़रूरी है। आगे की सारी जानकारी सुबह उठकर पढ़ ही लूँगी।'

"ओके! यू राइट योर डायरी फ़ॉर हाफ़ एन आवर एंड देन वी विल टॉक।" कहते हुए उसने प्रोफ़ेसर के बिस्तर में ही पैर पसार दिए।

बाहर हल्की-हल्की हवा चलने लगी थी। वातावरण में ठंडक घुल गई थी। प्रोफ़ेसर को डायरी लिखते-लिखते बारह बज गए थे।

डायरी को बंद करके उसने एलेक्स की ओर देखा। वह नींद के गलियारे में दूर तक जा चुकी थी। प्रोफ़ेसर ने उसे उठाने की हिमाक़त नहीं की। उसके ऊपर कंबल डाल दिया। कंबल डालते हुए उसके मुँह से निकला- "फ़्री स्पिरिट।"

अंदर मुक्तात्मा! बाहर प्रेतात्मा! बीच में जीवात्मा! यानी घोंघा बसंत!

प्रोफ़ेसर ने सोने से पहले खिड़की से बाहर देखा। आसमान में छितराए हुए नज़र आ रहे तारे अब बादलों की ओट में समा चुके थे। हवा भी तेज़ रुख़ अख़्तियार कर चुकी थी। पेड़ों की टहनियाँ आपस में टकरा रही थीं। सन्न-सन्न की ध्वनि उसके कान के पर्दों के पार जा रही थी। तेज़ हवा के साथ पानी की बूँदें भी गिरने लगी थीं। आँधी के साथ तेज़ बरसात की संभावना लग रही थी। मौसम की नज़ाकत को देखते हुए, उसे कल शाम तक लॉन्ड्री से कपड़े धुल कर आने की संभावना क्षीण-सी प्रतीत हो रही थी।

प्रोफ़ेसर ने भोजन के उपरांत अब तक पानी नहीं पिया था। बाहर गिरते

पानी को देखकर उसे प्यास लगने लगी। उसने पानी की बोतल चेक की। बोतल ख़ाली पड़ी थी। ऊपर आते वक़्त वह पानी की नई बोतल लाना तो भूल ही गया था।

उसे अफ़सोस हुआ कि रात को एलेक्स उठ गई और उसे प्यास लगी तो क्या करूँगा! हो सकता है कि एलेक्स के कमरे में पानी की बोतल रखी हो, लेकिन मुझे भी तो पानी रखना चाहिए था। पानी का बंदोबस्त तो करना ही पड़ेगा।

***

18

एक सुंदर पोलिश महिला कुछ दिन से प्रोफ़ेसर के साथ है। साथ क्या है, उसी के कमरे में बिस्तर पर सो रही है। लेकिन प्रोफ़ेसर ठहरा साहित्य का अध्येता। बिहारी की नायिका उसकी आँखों में समाई है, परंतु रहीम ने भी उसे कहा है कि पानी रखिए। तब से वह पानी रखता है। उसकी आँखों में पानी है। उसके व्यक्तित्व में पानी है। लेकिन अभी उसके शरीर को पानी चाहिए था। उसका गला सूख रहा था।

हमारा शरीर पाँच तत्वों से मिलकर बना है, जिसमें जल यानी पानी का भी अपना महत्त्व है, क्योंकि बिन पानी सब सून... मोती, मानुष, चून।

प्रोफ़ेसर ने रिसेप्शन पर फ़ोन मिलाया। रिसेप्शनिस्ट ने आँखें बंद कर ली थीं। दिन में वहाँ पर एयर होस्टेस के जैसी एक सुंदर लड़की बैठी थी। वह अभी वहाँ नहीं थी। अभी वहाँ एक ढीठ क़िस्म का व्यक्ति था। बाहर तेज़ पानी गिरने लगा था, लेकिन उसे पानी से कोई लेना-देना नहीं था। वह यहीं होटल में दो वक़्त किचन में काम करता और रात को घोड़े बेच कर रिसेप्शन पर सेवाएँ देता था। कभी-कभार घोड़े ज़्यादा हिनहिनाते, तो वह उन्हें चारा-पानी डालकर वापस सो जाता था।

रहीम ने उसे भी पानी रखने के लिए कहा था, परंतु वह सिर्फ़ किचन में आटा गूँधने के लिए ही पानी रखता था, क्योंकि बिन पानी सब सून... मोती, मानुष, चून।

आसमान में बादल गर्जना करने लगे। बिजली चमकने लगी। प्रोफ़ेसर पानी के लिए कमरे से बाहर निकला। वह नीचे आने के लिए सीढ़ियाँ उतर रहा था, तभी लाइट चली गई। उसकी आँखों के सामने अँधेरा छा गया।

प्रोफ़ेसर को कहीं धीमे म्यूज़िक की धुन सुनाई पड़ रही थी। थप-थप की आवाज़ आ रही थी। प्रोफ़ेसर को चमगादड़ों का भी डर था। यानी प्रेतात्माओं का। उसने रिसेप्शन की ओर आवाज़ लगाई।

"कोई है?" आवाज़ वहीं सीढ़ियों पर बिखर गई।

"अरे भाई कोई है उधर?" इस बार उसने थोड़ी ऊँची आवाज़ में बोला।

"हाँ, आया।" किसी शख़्स ने उधर से जवाब दिया।

उसके जवाब के साथ संगीत की मधुर धुन और टॉर्च की हल्की रोशनी प्रोफ़ेसर की ओर बढ़ रही थी।

"अरे तुम! अभी तक सोए नहीं?" उसको देखकर प्रोफ़ेसर को आश्चर्य हुआ।

उसके हाथ में मोबाइल था। उसी में गीत बज रहा था।

टिप-टिप बरसा पानी... पानी ने आग लगाई।

नायिका पानी में अठखेलियाँ कर रही थी, जिससे पानी थप-थप बज रहा था।

'लो कर लो बात! यहाँ पर भी पानी। सब ओर पानी। लेकिन मेरे पास पानी नहीं!' प्रोफ़ेसर मन-ही-मन बुदबुदाया।

"जी सर, बताइए। क्या बात है?" यह वही लड़का था, जो धोने के लिए प्रोफ़ेसर के कपड़े लेकर गया था।

"पानी टिप-टिप बरसे या तेज़। आग लगाए या बुझाए। पानी कुछ भी करे। फ़िलहाल मुझे पानी चाहिए।" प्रोफ़ेसर ने जवाब दिया।

"सर, मैं कुछ समझा नहीं। आप क्या कहना चाहते हैं?" उसने मोबाइल की लाइट को प्रोफ़ेसर के चेहरे पर टिका रखा था। अब उसके मोबाइल में पानी टिप-टिप बरसना बंद हो गया था, क्योंकि अब नया गीत शुरू हो चुका था। बारिश अब टिप-टिप नहीं, मूसलाधार बरस रही थी- पानी वाला डांस। यानी पानी सनी-सनी हो रहा था। इतनी सारी युवतियों के एक साथ पूल में उतरने से पानी भी रंगीन हो गया था।

"अरे पहले इसे बंद करो।"

"जी सर।" कहते हुए उसने मोबाइल की लाइट बंद कर दी।

"अरे! बेवक़ूफ़ आदमी। लाइट नहीं। ये पानी-वानी, डांस-वांस बंद कर।" प्रोफ़ेसर उस पर थोड़ा झल्लाया।

"जी।" प्रोफ़ेसर की झल्लाहट के कारण इस बार सम्मान सूचक शब्द 'सर' वातावरण में कहीं खो गया। प्रोफ़ेसर ने भी उसे ढूँढने की कोशिश नहीं

की, क्योंकि उसका सारा ध्यान पानी पर था। लेकिन वेटर को पता था कि वह उसे खा गया है।

वेटर के गीत बंद करने से पहले नायिका स्विमिंग पूल में नहाकर नमकीन-सी हो गई थी।

"अरे भाई मुझे पानी चाहिए।"

वेटर को लगा कि रात को उठकर आया है, रसिक मिज़ाज का आदमी होगा। इसलिए बात को घुमा-फिराकर पानी-पानी कर रहा है। उसने भी कान के पास मुँह ले जाते हुए, वैसा ही जवाब दिया।

"सर, गरम पानी।" इतना धीमे से बोला कि पास में खड़ा कोई दूसरा व्यक्ति भी ना सुन सके।

"क्या! अरे नालायक़ आदमी, मैं पीने के पानी की बात कर रहा हूँ।"

वेटर ने प्रोफ़ेसर की बात को भाँप कर अपनी बात को वापस सँभाला।

"अरे सर! कुछ लोगों को गर्म पानी पीने की आदत होती है। ऊपर से ठंडा मौसम भी है! इसलिए पूछ रहा था। ख़ैर, मुझे क्या! आपको ठंडा पानी चाहिए तो फ्रिज से लाकर देता हूँ।"

"हाँ ठीक है। दो बोतल लाना। और ये लाइट का कोई अल्टरनेट उपाय है या नहीं? कोई जनरेटर वगैरह?"

"जनरेटर है सर।"

"तो फिर क्या दूध दे रहा है पड़ा-पड़ा! जाओ, चलाओ उसे।" प्रोफ़ेसर थोड़ा तैश में आया।

"मैं तो उसे चलाने ही जा रहा था कि आपने इधर बुला लिया। सारा पानी-पानी कर दिया।" वेटर ने मुँह बिगाड़ा। और बड़बड़ाते हुए जनरेटर स्टार्ट करने चला गया।

उसने जनरेटर स्टार्ट किया। लाइट आ गई। फिर उसने प्रोफ़ेसर को फ्रिज से दो बोतल पानी लाकर दिया।

"ये जनरेटर स्टार्ट करने का काम भी तुम्हारा ही है?" पानी की बोतल खोलकर अपना गला तर करते हुए प्रोफ़ेसर ने पूछा।

"नहीं, ऐसा कुछ नहीं है। वैसे तो यह काम रिसेप्शनिस्ट का है, लेकिन जो मौक़े पर होता है, वह स्टार्ट कर देता है।"

"हाँ। रिसेप्शन से याद आया, मैंने पानी के लिए फ़ोन किया था। किसी ने फ़ोन उठाया नहीं! कोई है नहीं वहाँ अभी ड्यूटी पर?"

"है सर।" वेटर ने दबे गले से उत्तर दिया।

"फिर! फ़ोन क्यों नहीं उठाया?" कहते हुए प्रोफ़ेसर ने रिसेप्शन पर जाकर देखा, वहाँ एक व्यक्ति चद्दर तानकर सोया पड़ा था।

"जाने दीजिए सर। यह तो किचन का आदमी है, रामबहादुर। नेपाली है।"

"कोई भी हो, फ़ोन उठाना चाहिए था। यह उसकी ड्यूटी है।"

"यह तो एक मोहरा है सर। रात बहुत हो गई है। अब आप भी छोड़िए ना।"

"मोहरा मतलब? तुम वापस टिप-टिप पर चले गए?"

"अरे नहीं सर, मैं आनंद जी के टिप-टिप की बात नहीं कर रहा हूँ। मेरा मतलब है कि जिसकी यहाँ ड्यूटी है, वह मैनेजर का ख़ास आदमी है। इसको ख़र्चा-पानी देता है, इसलिए यह किचन से फ्री होकर रात को यहाँ थोड़ा-बहुत सँभाल लेता है।"

प्रोफ़ेसर और वेटर बातों में मशगूल थे। उधर रामबहादुर गहरी नींद के साथ स्वप्न से गुज़र रहा था। वह अपनी प्रेमिका सोनम शेरपा के साथ बाग़मती में पैर डालकर किनारे पर बैठा हुआ उससे गलबहियाँ कर रहा था। इधर प्रोफ़ेसर ने वेटर के मना करने के बावजूद रामबहादुर को उसकी ज़िम्मेदारी का एहसास कराने के लिए झकझोरना चाहा। उधर पानी में उसके साथ पैर डाले बैठी उसकी प्रेमिका के पैर को एक घोंघे ने काट खाया। दर्द के मारे वह चिल्लाई। उसके चिल्लाने से रामबहादुर भी घोंघा-घोंघा करते हुए उठ बैठा।

उसके मुँह से घोंघा शब्द सुनकर प्रोफ़ेसर उसे समझाने के बजाय दो क़दम पीछे हट गया। उसे लगा, यह होटल है या कोई जादुई दुनिया! प्रोफ़ेसर दूर से ही रामबहादुर को सो जाओ... सो जाओ कहते हुए अपने कमरे की ओर बढ़ गया।

प्रोफ़ेसर अपने कमरे में एंट्री कर रहा होता है, तभी उसे पास वाले कमरे से आवाज़ आती सुनाई देती है। उसमें एक नवविवाहित जोड़ा जो हनीमून मनाने आया हुआ था, ठहरा हुआ था। प्रोफ़ेसर ने दरवाज़े पर कान लगाया-

अक्षय पाजी के अंदाज़ में अंदर माहौल देर रात परवान चढ़ रहा था। रात के एक बज गए थे। नायक ने कब के अपने हथियार डाल दिए थे, लेकिन समीर ने उसके ठंडे पड़े जज़्बात को फिर से हवा दी। उसकी नसें फिर फड़कने लगीं। वह बोल उठा- 'एक भीगी हसीना। यौवन का नगीना। सावन का महीना। बारिश में पसीना।'

इधर बाहर कान लगाए खड़े प्रोफ़ेसर के मन के उद्गार बाहर निकले- "वाह! क्या बात है। बारिश में पसीना। और वह भी मध्यरात्रि को!"

नायिका की साँसें अपनी सीमा से बाहर होने लगी थीं। वह दावानल से होकर गुज़रना चाहती थी। वह नायक को पसीने में डुबो देना चाहती थी। उसने नायक को अंतिम बार आगाह किया- 'रह जाएँगे प्यासे हम दोनों। ये मौसम जो हमसे रूठ गया।'

नायक के लिए दावानल से होकर गुज़रना और उसे बुझा देना किसी चुनौती से कम नहीं था, फिर भी आमंत्रण पाकर वह उस राह पर पहुँच गया, जिसके आगे कोई राह नहीं थी।

प्रोफ़ेसर स्त्रीवादी था। उसे नायिका की तकलीफ़ समझ में आ गई। ऊपर से रहीम ने तो उसे पानी रखने के लिए कहा हुआ ही था। और जब आप पानी रखते हैं, तो फिर आपको किसी और के दरवाज़े पर पानी लेकर खड़े रहने की क्या आवश्यकता है? प्रोफ़ेसर एक बार बिहारी को चकमा दे भी सकता है, लेकिन रहीम की बात को हमेशा सिर-आँखों पर रखता है। सो, वह धीमे क़दमों से अपने कमरे में घुस गया।

उसने पानी की दोनों बोतलें टेबल पर रखीं। फिर एक नज़र एलेक्स पर डाली। उसकी चद्दर छिटक गई थी। प्रोफ़ेसर ने उसे वापस ओढ़ाई। एलेक्स का ख़ूबसूरत चेहरा कांति बिखेर रहा था।

बाहर झमाझम बारिश। भीतर का एकांत और पड़ोस में सावन में लगी आग भी प्रोफ़ेसर के जज़्बात को मिलकर हिला नहीं सके। क्योंकि, रहीम एक दीवार बनकर सामने खड़े रहे- चंदन विष व्यापत नहीं, लिपटे रहत भुजंग।

प्रोफ़ेसर की रात काली हो गई थी। उसका सिर और आँखें भारी हो चुकी थीं। वह बिस्तर में गिर गया।

आँखें बंद करने के बावजूद एक चिंता उसे खाए जा रही थी कि रामबहादुर

को घोंघों के बारे में कैसे पता चला! वेटर इतनी रात गए वहाँ क्या कर रहा था! रामबहादुर लापरवाह व्यक्ति है, फिर वह उसका पक्ष क्यों ले रहा था! सुबह मैनेजर से इनकी शिकायत तो करनी ही पड़ेगी। नहीं-नहीं, शिकायत नहीं कर सकता। कहीं रामबहादुर ने नाराज़ होकर घोंघों वाली बात सबको बता दी तो! अपने को कौन-सा यहाँ ज़्यादा दिन ठहरना है! कल का दिन ही तो है। लेकिन उसे यह बात बताई किसने! कहीं घोंघों ने उसे भी मूनस्टोन और रहस्यमयी मणि के बारे में बता तो नहीं दिया होगा! चाँदनी और निर्झरा की तरह मुझे इनसे भी दूर रहना होगा।

सोचते-सोचते प्रोफ़ेसर की आँख लग गई।

***

19

प्रोफ़ेसर अब नींद की अतल गहराइयों में जा चुका है। वह स्वप्नलोक में कब जाएगा, यह तो मैं नहीं कह सकता, लेकिन हाँ... उसके बनाए गर्भ में दबे हुए रहस्य की परतें क्यों उधड़ती जा रही हैं और प्रेतात्माओं का साया उस पर क्यों मँडरा रहा है, उसके मस्तिष्क में ये सवाल भरे पड़े हैं। इन सब सवालों का जवाब उसे स्वप्नलोक के मार्ग पर ही मिलेगा।

स्वप्न आएगा कब, यह ना तो मैं जानता हूँ, ना प्रोफ़ेसर। जब स्वप्न आएगा, मैं अवश्य उस पथ पर आपके साथ खड़ा मिलूँगा। लेकिन फ़िलहाल आप आ जाइए, अब मैं आपसे बनारस का क़िस्सा शेयर करता हूँ। क्योंकि, समथिंग इज़ बेटर देन नथिंग।

मैंने आपसे वादा किया था कि बनारस की यात्रा करेंगे! तो अब जो पाठक बनारस के तांत्रिक बाबा के पास चलना चाहते हैं, वे साथ हो लें और जो रहस्यमयी मणि के बारे में आगे जानना चाहते हैं, वे स्वप्न आने तक इंतज़ार करें। आपकी तरह मैं भी जानना चाहता हूँ कि प्रोफ़ेसर को वह रहस्यमयी मणि कब मिलेगी, मिलेगी भी या नहीं!

अभी खमेर साम्राज्य बहुत दूर है। प्रोफ़ेसर की राह इतनी आसान भी नहीं लग रही है। सब कुछ समय के गर्भ में है। रहस्यमयी मणि दूर के ढोल की तरह है, जो सुहावने लगते हैं। मुझे दूर के ढोल पीटना अच्छा भी नहीं लगता। वे सुहावने होते हैं, इसलिए नहीं, बल्कि वे दूर होते हैं। अब आप ही बताइए कि दूर के ढोल को पीटा जा सकता है?

कुछ लोग ढोल पीट देते हैं, क्योंकि उनके दिन अच्छे चल रहे होते हैं। जब अच्छे दिन आएँ, तब आप भी ढोल पीट देना। वह फटेगा भी नहीं और आपका काम भी हो जाएगा।

बनारस चलने से पहले इधर मुझे एक बात याद आई- एक बार मैं एक गाँव में गया। वहाँ के एक किसान ने मुझे अपने खेत पर भुट्टे खाने के लिए

आमंत्रित किया था। वह खेत में हाड़-तोड़ मेहनत करता था। उसने एक-दो बार पहले भी खेत पर आने का मुझसे आग्रह किया था। पर व्यस्तता के चलते मैं जा नहीं पाया। फिर उस दिन अवसर पाकर चला गया।

वह खेत में जाकर भुट्टे तोड़ लाया। उसकी पत्नी कुछ सूखी हुई लकड़ियाँ और काँटे बीनकर लाई। आग लगाई। उसमें भुट्टे डाल दिए। वह थोड़ी देर भुट्टों को कवर सहित आग में सेकता रहा।

उसकी पत्नी ने पास में ही मेरे बैठने के लिए घास पर एक कपड़ा डाल दिया। वह हमसे कुछ दूरी पर घूँघट निकाले बैठी रही। उसमें शर्म और हया नाम की चीज़ थी। क्योंकि, उसमें पानी था। पानी रखना भी चाहिए। क्योंकि, बिन पानी सब सून... मोती, मानुष, चून।

उस समय तेज़ धूप निकली हुई थी। किसान ने अपने माथे पर पहना हुआ फेंटा एक पेड़ की डाल पर टाँग दिया। फिर गरमा-गरम भुट्टा निकलकर मुझे दिया। एक भुट्टा अपनी पत्नी की ओर उछालते हुए बोला, "खाते-खाते खेत में जाओ, साब के लिए कुछ सब्ज़ियाँ तोड़कर लाओ।"

देर तक भुट्टे खाने का दौर चलता रहा। तब तक उसकी पत्नी भिंडी, कच्ची ककड़ी, मूँगफली और भुट्टों से सफ़ेद थैला, शायद यूरिया खाद का कट्टा था; आधा भर ले आई।

उस दिन जो भुट्टे खाने का आनंद लिया, वैसा अवसर फिर कभी नहीं आया। भुट्टे खाते हुए उसने कहा, "साब! इस बार फ़सल थोड़ी कमज़ोर हुई। खाद तो पूरा दिया था, लेकिन पानी थोड़ा कम गिरा। पता नहीं, अच्छे दिन कब आएँगे!"

उसकी पत्नी थैला मेरे पास रखकर बैलों को पानी पिलाने चली गई थी।

"अच्छे दिन मतलब?" मैंने स्पष्टीकरण चाहा।

"अच्छे दिन मतलब... बारिश अच्छी होती, तो फ़सल भी खरी-खरी होती। इस बार तो मंडी में भी कुछ अच्छे दाम नहीं मिलेंगे।"

"ओह! मैं कुछ और समझ गया था। अच्छे दिन मतलब वो..."

मेरी बात पूरी ही नहीं हुई कि वह आगे बोला, "हाँ साब! इस बार गाँव में भी कुछ लोग बात कर रहे थे कि अच्छे दिन आने वाले हैं।"

"गाँव में! कौन लोग?"

"हमारे गाँव में चुनाव लड़ने-लड़ाने वाले लोग बोल रहे थे। शहर आते-जाते रहते हैं, उनको सब पता रहता है।"

वह अच्छे दिनों की व्याख्या कर रहा था, इतने में उसका बेटा आ गया। उसने सब्ज़ियों से भरा थैला उठाकर कार में रखवा दिया।

मैंने उससे पूछा, "क्या कर रहे हो आजकल?" वह जवाब देता उससे पहले ही उसके पिता ने कहा, "पुलिस का फ़ॉर्म भरा है साब। पिछली बार दारोग़ा जी आए थे खेत पर। तब उन्होंने बोला था फ़ॉर्म भरने को।"

"अरे वाह! बहुत अच्छा किया।" कहते हुए मैंने जेब से दो हज़ार रुपये निकालकर उसकी ओर बढ़ाए। वह नहीं माना। मुझे रुपये उसकी जेब में रखने के लिए बहुत मशक़्क़त करनी पड़ी।

"साब! अगली बार गाय का शुद्ध देसी घी लेकर जाइएगा।" उसने कहा।

अगली बार जल्दी आने का कह कर मैं वहाँ से चला आया, लेकिन कुछ बातें मेरे मन में जमी रह गईं। वही बातें जो आपके भीतर उबाल खा रही हैं और मेरे भी। मैं अच्छे दिनों की बात नहीं कर रहा हूँ। ऊपर से एक किसान के संदर्भ में अच्छे दिनों की क्या बात करूँ?

अच्छी बारिश कब आएगी, अच्छे दिन कब आएँगे, उसे नहीं पता। लेकिन हाँ, वहाँ दिवास्वप्न जैसी भी कोई बात नहीं थी। उसके अंदर अकर्मण्यता के भाव तो बिल्कुल नहीं थे। उसमें जीवटता नज़र आती थी। ऐसी भरी दुपहरी में भी वे लोग जी-तोड़ मेहनत में लगे हुए थे।

गाँव के सरपंच ने पाँच सौ का एक कड़क नोट लेकर इस बार बीपीएल की सूची में उसका नाम चढ़वा दिया है। साहूकार का ब्याज चुकाने जितनी फ़सल तो इस बार हो ही जाएगी। उसका बेटा आज नहीं तो कल, पुलिस में भर्ती हो ही जाएगा। ऐसा उसे विश्वास है और दारोग़ा जी ने भी उसे विश्वास दिलाया ही है।

इन दिनों सुनने में आया है कि उसके गाँव में बहुराष्ट्रीय कंपनी आई है, जो वहाँ एक प्लांट लगाना चाहती है। सफ़ेद लिबास वालों की भी उससे बात चल रही है कि प्लांट के लिए उसकी ज़मीन ज़्यादा उपयुक्त रहेगी। गाँव के कई लोगों को उसमें रोज़गार मिलेगा। दारोग़ा ने भी उसे यही समझाया है। उसे अब और क्या चाहिए? वह आत्मनिर्भर बनने की राह पर बढ़ चुका है। यह

मैं नहीं कह रहा, यह तो व्यवस्था कह रही है।

बहरहाल, मैं तो यह सोच रहा हूँ कि अगली दफ़ा मैं भुट्टे खाने जा पाऊँगा या नहीं! ख़ैर छोड़िए, दूर के ढोल पीटने से क्या फ़ायदा। मुझे अच्छा भी नहीं लगता। असल बात तो प्रोफ़ेसर के स्वप्न की कर रहा था। यह प्रसंग तो यूँ ही निकल आया।

ख़ैर, अब चलिए बनारस की ओर। देर आए दुरुस्त आए।

सास-ससुर और उसका पति कम देवर ज़्यादा प्रेतात्मा से प्रभावित उस औरत और छोटी बच्ची को लेकर बनारस वाले तांत्रिक बाबा के वहाँ पहुँच गए।

"साब! पहले क्लियर कीजिए कि वह उसका पति है या देवर?" एक पाठक उठ खड़ा हुआ।

"ओह! सॉरी! अब उसे आधा-अधूरा दिखाना ठीक नहीं होगा। वह उसका पूरा पति है, यानी कि वह उसका पति ही है।" मैंने स्पष्ट किया।

"अरे ओ भाई! तुम्हें क्या फ़र्क़ पड़ता है कि वह उसका पति है या देवर! मुख्य मुद्दा तो उस स्त्री के ठीक होने और प्रेतात्मा के प्रभाव का है। तुम क्यों बीच में अपनी बीन बजा रहे हो। नाच ना जाने आँगन टेढ़ा।" बनारस के क़िस्से की लय टूटती देखकर एक दूसरा पाठक उस पर बिदक गया। मैंने उनसे कहा कि आप सभी कुछ देर के लिए हृदय और बुद्धि का सामंजस्य रखें।

***

20

अब आप दीपों के शहर, ज्ञान की नगरी और देश की धार्मिक राजधानी बनारस उर्फ़ वाराणसी उर्फ़ काशी में हैं। आप यहाँ पर खड़े होकर देखिए- गंगा और गंगा के दोनों तटों पर फैले हुए घाटों, मंदिरों और अखाड़ों का अद्‌भुत नज़ारा।

इन घाटों पर अपने जजमान से विधि-विधान के साथ पिंडदान करवाते हुए पंडे। सायंकाल में एक ओर चलती भस्म आरती। दूसरी ओर श्मशान में जलती हुईं चिताएँ। मंदिरों में बजती हुईं घंटियाँ, शंख से निकलती मधुर ध्वनि आपको किसी दूसरी दुनिया का एहसास कराती है।

अपने पूरे वेग के साथ बहती माँ गंगा ने अपने पवित्र आँचल में इन्हें जगह दे रखी है। वाक़ई में भगवान शिव की अद्‌भुत नगरी है बनारस। तो आइए, बढ़ते हैं आगे। हर-हर गंगे। जय बम भोले।

प्रेतात्मा से प्रभावित उस औरत का पति एक पान की गुमटी वाले के पास गया और उससे पूछा, "मणिकर्णिका घाट किधर है ?"

गुमटी वाले ने पान का बीड़ा मुँह में रखा हुआ था। जीभ के नीचे से उसका कत्था छलकने को हुआ कि उसने पान की पीक को अपनी गुमटी से बाहर थूक दिया। पान की पीक बाहर रोड पर गिरकर कई देशों के नजरी-नक़्शों के रूप में तब्दील हो गई। उसने अपनी जीभ मुँह में घुमाई। फिर बोला, "यह अस्सी घाट है। इसके आगे मणिकर्णिका घाट पड़ता है।"

मेरे दोस्त का भाई साहित्य से थोड़ा वास्ता रखता था। अस्सी घाट का नाम सुनकर उसे काशीनाथ याद हो आए। बचपन में बज़रिए किताब स्कूल के दिनों में उनकी कहानियों से गुज़रा था। फिर बाद में 'काशी का अस्सी' किताब भी उसके हाथ में आई थी। वह मीठी-मीठी बनारसी गालियों से गुज़रने लगा।

अब वह पूरी तरह से काशीनाथ के साथ हो लिया। उधर उसकी पत्नी

सास-ससुर के साथ पाषाण प्रतिमा-सी जड़वत खड़ी थी।

"पिंडदान करवाना है क्या?" गुमटी वाले ने पूछा तो वह तुरंत अस्सी घाट से गुमटी के पास आ गया।

"नहीं-नहीं, एक तांत्रिक बाबा से मिलना है।" उसने जवाब दिया।

"देवगुरु से?"

"हाँ, देवगुरु से। क्या आप जानते हैं उन्हें?"

"अरे! पूरा बनारस जानता है उन्हें। जल्दी जाइए, अँधेरा होते ही देवगुरु श्मशान के लिए निकल जाते हैं।"

औरत का पति वहाँ एक पान का बीड़ा खाकर बनारसी पान का स्वाद अपनी ज़ुबाँ पर चढ़ाना चाहता था, लेकिन अपनी पत्नी की तकलीफ़ के कारण वह ऐसा नहीं कर पाया। वह अस्सी और काशी दोनों को वहीं छोड़कर आगे बढ़ गया।

पान नहीं खा पाने की कसक उसके अंदर रह गई, परंतु चलते हुए वह अपनी चाल में बनारसी बाबू की ठसक महसूस कर रहा था। वह अपने आप को कोसने भी लगा- भला बनारस भी कोई इस तरह आने की जगह है! बनारस आए और पान का बीड़ा तक नसीब ना हो, फिर क्या बनारस आए! बस एक बार यह ठीक हो जाए, फिर तसल्ली से बनारस घूमने आऊँगा। मोहल्ला अस्सी और बीएचयू तो देखना ही है।

वे लोग अँधेरा होने से पूर्व ही पूछते-पूछते देवगुरु की कुटिया में पहुँच गए। वहाँ पहले से ही प्रेत पीड़ा से परेशान दो लोग बैठे हुए थे। देवगुरु अंदर हुक्का पी रहे थे। उनकी रक्तिम आँखें। राख से सने हुए अर्धनग्न। जटाजूट धारी। हाथ में त्रिशूल पकड़े हुए। भय फैलाती उनकी छवि एक बार हर किसी के मन पर गहरा प्रभाव छोड़ सकती है। ऊपर से पास में रखी इंसानी खोपड़ी, जिसमें देवगुरु पानी पी रहे थे।

देवगुरु जिस अवस्था में बैठे थे, उसे देखकर मेरे दोस्त के माता-पिता के होश उड़ गए। भय उनके अंदर समा गया। उनके शरीर में कंपन होने लगा। देवगुरु के द्वार से उन्होंने अपने क़दम पीछे खींच लिए। दोस्त का भाई थोड़ा हिम्मत वाला था। उसने उन्हें समझाया कि तांत्रिक बाबा इसी तरह रहते हैं। उनके जीवन-यापन का यही तरीक़ा होता है। इसलिए भय मुक्त हो जाइए।

कुटिया में बैठे व्यक्तियों के चले जाने के बाद देवगुरु के शिष्य ने उन्हें अंदर बुलाया। कुटिया के एक कोने में इंसान का पूरा कंकाल लटक रहा था और एक कोने में अधजली लाश पड़ी हुई थी।

लड़के ने आगे बढ़कर देवगुरु की चरण वंदना की और अपनी पत्नी को उनके सामने बैठा दिया। उसके माता-पिता ने भी थर-थर काँपते शरीर के साथ देवगुरु के चरणों में माथा टेक दिया। दोस्त की माँ को अधजली लाश देखकर घबराहट महसूस होने लगी। कुछ देर तक वह आँखें मूँदकर खड़ी रही। आँखें मूँदने के बाद भी उसकी आँखों में वह अधजली लाश तैर रही थी। उसने काँख में उठा रखी छोटी बच्ची के चिकोटी काटी। वह रोने लगी। इस बहाने वह उसे लेकर कुटिया से बाहर आ गई।

लड़के ने देवगुरु के सामने अपने आने का हेतु स्पष्ट किया और देवरे वाले भोपाजी का भी परिचय दिया। इसके बाद देवगुरु ने प्रेतात्मा से प्रभावित उसकी पत्नी को देखा।

देवगुरु ने पल भर में अपनी दिव्य दृष्टि से उसके ठीक होने का समाधान उसके पति को बता दिया।

"क्या समाधान बताया देवगुरु ने?" इस बार वह पाठक बोला जो तंत्र विद्या सीखना चाहता था।

"देवगुरु ने बताया कि जिस जगह पर उसके पति की मौत हुई, उसकी लाश अभी तक बर्फ़ की शिला के नीचे क्षत-विक्षत अवस्था में पड़ी हुई है। उसका अंतिम संस्कार करना ज़रूरी है। जैसे ही यह कार्य पूर्ण होगा, प्रेतात्मा इसके शरीर को छोड़ देगी। और यह ठीक हो जाएगी।"

"लेकिन श्रीमान, वह प्रेतात्मा उस औरत को परेशान क्यों कर रही है?" देहाती लोकगीत गाने वाला पाठक बोला।

"उसका पति उसे बहुत प्यार करता था। लेकिन असमय मौत के कारण वह पत्नी सुख से वंचित रह गया। इससे उसकी आत्मा पत्नी का मोह त्याग न सकी। इसलिए अभी तक यहीं भ्रमण कर रही है।"

"क्या मरने वाला प्रत्येक प्राणी इस तरह प्रेतात्मा के रूप में स्वजनों को परेशान करता है?" शांत स्वभाव वाला पाठक बोला।

"नहीं, सब नहीं। जिसकी अकाल मृत्यु होती है, जैसे- किसी सड़क

दुर्घटना में या किसी का गला घोंट दिया गया हो या किसी को पानी में डुबोकर मार दिया गया हो। ऐसे लोगों की आत्माएँ प्रेत के रूप में पुनः आ जाती हैं, और उन लोगों को परेशान करती हैं, जिन्हें वे या तो बहुत प्रेम करती हैं या जिससे वे बदला लेना चाहती हैं। कई बार तो व्यक्ति प्रेतात्मा से इतना परेशान यानी इतना विक्षिप्त हो जाता है कि उसकी भी मौत हो जाती है।"

मेरी यह बात सुनकर एक पाठक परेशान हो गया। उसके चेहरे पर पसीने की बूँदें उग आईं। वह अपनी पत्नी के ऊपर केरोसिन डालकर उसे जला देना चाहता था। प्रेतात्मा के डर से उसने अपना फ़ैसला बदल दिया।

"फिर आगे क्या हुआ ?" बुद्धिजीवी ने पूछा।

"श्मशान के लिए निकलते वक़्त देवगुरु ने उन्हें वह निश्चित जगह बता दी, जहाँ पर लाश दबी पड़ी थी। देवगुरु ने यह भी कहा कि जब तक लाश का क्रिया-कर्म नहीं हो जाता, तब तक माँ दुर्गा के दीपक जलाते रहना।"

"क्या फिर उन्हें वह लाश मिली ?" बुद्धिजीवी ने फिर प्रश्न किया।

"हाँ, पूरे दो दिन मशक़्क़त करने के बाद उन्हें वह लाश मिल गई। लाश तो क्या थी, मात्र ढाँचा रह गया था। पर उसे भी आग के हवाले करना ज़रूरी था।"

श्मशान में लाश से निकलती लपटों के साथ प्रेतात्मा भी औरत का शरीर छोड़ रही थी। इसके बाद वे सब लोग पिंडदान के लिए पुनः बनारस गए। इस बार वे दो दिन वहाँ ठहरे। बनारस घूमने का लुत्फ़ भी उठाया। वापसी में जब वे देवगुरु से मिलकर निकल रहे थे, तब उसी पान की गुमटी वाले के वहाँ विनोद राठौड़ आनंद मिलिंद की धुन पर बोल रहे थे- 'पान का एक बीड़ा खिला दो फिर, चाल देखो बनारसी बाबू की...'

इस बार वहाँ पर सब ने स्पेशल गिल्लौरी पान का स्वाद चखा। पान का रस उनकी रग-रग में समा गया। पान चबाते हुए, वे वहाँ से चलने को हुए, तभी गुमटी पर विनोद राठौड़ की जगह किशोर दा गए थे- 'खइके पान बनारस वाला, खुल जाए बंद अकल का...'

बनारसी पान खाकर लड़के के दिमाग़ का भी ताला खुला। उसने रास्ते में खाने के लिए कुछ पान और पैक करवा लिए। अब उनके भी कल्याण हुआ आनंद हुआ।

इधर प्रोफ़ेसर के कमरे में बैठे एक पाठक के दिमाग़ पर जड़े ताले पर ज़ंग लग रही थी। बनारसी पान के साथ उसके भी दिमाग़ का ताला खुला। वह भी अमित जी के साथ झूमने लगा- 'छोरा गंगा किनारे वाला।'

"क्या देवगुरु उस प्रेतात्मा को अपने वश में नहीं कर सकते थे?" बुद्धिजीवी ने पूछा।

"नहीं। लेकिन देवगुरु के पास समस्या का समाधान था। आज तक वे कभी विधि के विरुद्ध नहीं गए। इसलिए मैंने आपको पहले ही कहा था कि इस पथ पर आपको बुद्धि के साथ हृदय को भी साथ लेकर आना है। क्योंकि, प्रेतात्माओं को क़ैद करना इतना आसान नहीं होता है।"

मेरे इस प्रेत-प्रसंग से बुद्धिजीवी को अपनी समस्या का समाधान मिल गया और जो पाठक तंत्र विद्या सीखना चाहता था, उसने देवगुरु का शिष्य बनना तय किया। उसने सोचा- भूत-प्रेत को क़ैद नहीं कर पाऊँगा तो ना सही, लेकिन तंत्र विद्या सीखने से दरिद्रता तो दूर हो ही जाएगी। देहाती लोकगीत गाने वाला अपने गाँव में किसी देवरे का भोपा बनने की योजना बना रहा है। कुछ पाठकों ने अपने पितरों का पिंडदान नहीं किया था, वे भी बनारसी पान के चक्कर में ही सही, पिंडदान के लिए बनारस जाना चाह रहे हैं और इधर आप क्या सोच रहे हैं? मैं आप से बनारस जाने के लिए नहीं कह रहा हूँ। हाँ, मुझे मालूम है कि आप प्रोफ़ेसर के स्वप्न और रहस्यमयी मणि के बारे में सोच रहे हैं।

***

21

प्रेत-प्रसंग सुनाते-सुनाते सुबह के 6 बज गए, लेकिन प्रोफ़ेसर अभी तक नींद की घाटियों में है, स्वप्न की वादियों में नहीं। स्वप्न आए, तो मैं भी उस पथ पर चलूँ। बहरहाल, प्रोफ़ेसर के कमरे में सोई एलेक्स उठ गई। वहाँ बैठे पाठक भी दबे पाँव खिसक लिए कि जब रहस्यमयी मणि की कोई बात नहीं हो रही, तो ठहरने का क्या औचित्य!

एलेक्स ने उठकर देखा- प्रोफ़ेसर अजगर की तरह कुंडलियाँ मारे पड़ा था। उसने फटाक से मुँह धोकर आधे घंटे में डायरी को स्कैन कर लिया। डायरी को पढ़कर एक बात उसे समझ में आ गई कि प्रोफ़ेसर का इस बूढ़े व्यक्ति, रहस्यमयी मणि, घोंघों, जेमस्टोन और इस उपन्यास से कोई ना कोई संबंध अवश्य है।

'क्या विज्ञान और तकनीक के इस ज़माने में भी इस तरह की कोई रहस्यमयी मणि हो सकती है! क्या कोई समुद्री जीव इस तरह स्वप्न में आकर किसी को भी रहस्यमयी मणि और जेमस्टोन जैसी क़ीमती चीज़ों के बारे में बता सकता है! प्रोफ़ेसर मात्र एक स्वप्न के सहारे रहस्यमयी मणि, सुंदर राजकुमारी और खमेर साम्राज्य के लालच में ऐसी सुरंग में उतर गया है, जिसका मुँह अँधेरे में खुलता है। जहाँ लेशमात्र भी प्रकाश नहीं, अँधेरा ही अँधेरा है। प्रोफ़ेसर की हरकतें मूर्ख व्यक्ति, मूर्ख क्या! परम मूर्ख व्यक्ति की तरह लग रही हैं। प्रोफ़ेसर व्यर्थ में अपना समय गवाँ रहा है। मुझे प्रोफ़ेसर को आगे बढ़ने से रोकना होगा। इसके लिए मुझे ही कोई उपाय ढूँढना होगा!' यही विचार करते-करते उसने डायरी को टेबल पर व्यवस्थित रखा, फिर दरवाज़ा धीरे से बंद करके अपने कमरे में नहाने चली गई।

रात को जमकर बरस रही बारिश अब शांत हो चुकी थी। होटल के बाहर खड़े पेड़ों से रह-रहकर पानी झर रहा था। वातावरण स्तब्ध था। बरगद के पेड़ के नीचे चमगादड़ों के कुछ बच्चे मरे हुए पड़े थे। शायद रात को तेज़

हवा के कारण नीचे गिर गए होंगे! होटल का सफ़ाई कर्मचारी वहाँ झाड़ू लगा रहा था। झाड़ू लगाने का मतलब वह कोई राजनीति से प्रभावित व्यक्ति नहीं था। आम व्यक्ति था। होटल का सामान्य कर्मचारी, जो वहाँ नियमित सफ़ाई करने आता था।

सुबह के सात से ऊपर बज गए थे। आसमान में बादल भी फट-फट कर बिखर रहे थे। बारिश में नहा कर खिल उठे पेड़ों पर पक्षी चहक रहे थे। प्रोफ़ेसर के कमरे की खिड़की के बाहर लगे एसी के आउटडोर यूनिट के ऊपर अपना ठिकाना जमाए बैठा कबूतर गुटर-गुटर कर रहा था। दाना-पानी के चक्कर में दो गिलहरियाँ खिड़की पर अपनी उपस्थिति दर्ज करा रही थीं।

इधर प्रोफ़ेसर स्वप्नलोक में चला गया। उसने देखा कि होटल में ठहरा हुआ बूढ़ा व्यक्ति भी मूनस्टोन नहीं मिलने के कारण बहुत व्यथित हो रहा है। बूढ़े व्यक्ति को पुरानी वह बात भी याद आ गई कि एक बार किसी एक शख़्स ने उसे महँगी इतालवी शराब का लालच देकर, उससे घोंघों से भरी टोकरी का सौदा कर लिया था।

बूढ़ा व्यक्ति सोच रहा है- 'आख़िर उस व्यक्ति ने मेरी लॉज में आकर घोंघों से भरी टोकरी का इतना महँगा सौदा क्यों किया था! कहीं उन दोनों घोंघों की ख़ातिर तो नहीं! इसका अभिप्राय यह है कि घोंघों ने उसे भी मूनस्टोन के बारे में बता दिया होगा! ख़ज़ाने के बारे में जानकर उसने वापस उन्हें पानी में छोड़ दिया होगा। तभी वे पुनः मेरे जाल में फँस गए थे। मतलब वह व्यक्ति मुझसे पहले मूनस्टोन की खोज में आ गया होगा! लेकिन घोंघों ने तो मुझे कुछ दिन पूर्व ही बताया था कि मूनस्टोन अभी भी समुद्र की अतल गहराइयों में वहीं पड़ा हुआ है। क्या मुझे यहाँ रुककर मूनस्टोन की खोज करनी चाहिए या वापस जाकर घोंघों को पकड़कर लाना चाहिए! यहाँ रुकना तो ठीक नहीं होगा। वापस जाकर उनको साथ लाना ही ठीक होगा। मुझे आज ही वापस यूनान के लिए निकलना होगा।'

प्रोफ़ेसर का स्वप्न गहरा रहा है। उसे याद आया- एलेक्स ने तो उसे कहा था कि यह बूढ़ा व्यक्ति यूनान का नहीं है। क्या नाम बताया था उसने! हाँ। याद आया, 'एल्लास' नाम बताया था उसके देश का। फिर वह वापस यूनान जाने की क्यों सोच रहा है! अगर वह चला गया, तो मुझसे पहले घोंघों

को पकड़ सकता है। अब मैं क्या करूँ! रहस्यमयी मणि की खोज में आगे बढ़ जाऊँ या वापस यूनान चला जाऊँ! नहीं-नहीं, यूनान जाने के बजाय मुझे खमेर साम्राज्य की ओर बढ़ना चाहिए। अगर यह बूढ़ा व्यक्ति यूनान वाला मछुआरा ही हुआ, तब भी इसके यूनान जाकर वापस लौटने में समय लगेगा। तब तक मैं रहस्यमयी मणि प्राप्त कर ही लूँगा। फिर मुझे मूनस्टोन की क्या आवश्यकता होगी! सम्राट बनने के बाद मेरे पास क्या कुछ नहीं होगा! सुंदर राजकुमारी। भव्य महल। शान-ओ-शौक़त। वाह! कितना ठाठ होगा फिर। राज दरबार में अपना ऊँचा सिंहासन लगवाऊँगा। वहीं बैठकर प्रजा के साथ न्याय करूँगा। मूनस्टोन तो पहले भी राजा के पास सुरक्षित नहीं रह पाया! इसलिए उसका विचार त्याग कर मुझे लक्ष्य की ओर बढ़ना चाहिए। अन्यथा लालच बुरी बला।

प्रोफ़ेसर को इस बात का डर है कि बूढ़े मछुआरे को मूनस्टोन भले ही मिल जाए, बस घोंघा रहस्यमयी मणि को लेकर अपनी ज़ुबान ना खोले। वह स्वप्न के सागर में तैरता हुआ, लालच की पोटली को पीछे छोड़कर आगे बढ़ रहा था, तभी कमरे के बाहर वेटर की आवाज़ गूँजने लगी। वह यात्रियों को ब्रेकफ़ास्ट के लिए सूचित कर रहा था।

वेटर की आवाज़ ने प्रोफ़ेसर के स्वप्न को भंग किया। न चाहते हुए भी वह उठ बैठा। पास में देखा- एलेक्स वहाँ नहीं थी। घड़ी आठ बजा रही थी। उसे याद आया, वह देर रात वेटर से मिला था। उसने फटाक से गेट खोलकर उसे अपने कमरे में बुलाया। फिर दरवाज़ा बंद कर दिया।

"गुड मॉर्निंग सर!'

"हाँ, वेरी गुड मॉर्निंग!" कहते हुए उसने पास में पड़ी कुर्सी पर उसे बैठने का इशारा किया। और ख़ुद दीवार का सहारा लेकर बिस्तर में बैठ गया।

"तुम देर रात वहाँ क्या कर रहे थे?" प्रोफ़ेसर ने पूछा।

"सर! काम से फ्री होकर मैंने सोचा कि कल अगर धूप नहीं निकली तो आपके कपड़े रह जाएँगे! इसलिए क्यों ना मैं ही धो दूँ।"

"अरे वाह! तुमने धो दिए?"

"जी सर, रात को ही धोकर पंखे में सुखा दिए थे। अभी धूप निकल रही है, छत पर डाल देता हूँ, शाम तक आपको इस्तरी होकर मिल जाएँगे।"

प्रोफ़ेसर ने ख़ुश होकर एक बड़ा गाँधी छाप उसकी ओर बढ़ा दिया।

"सर! ब्रेकफ़ास्ट लग चुका है। आप नीचे आ जाइएगा।"

"हाँ। मैं थोड़ी देर में आता हूँ। वैसे तुम यहाँ कितने साल से हो?"

"यही कोई पाँच साल हो गए हैं।"

"कहाँ से हो?"

"उड़ीसा से।"

"बहुत दूर आ गए हो! इतना दूर क्यों?"

"आर्थिक तंगी और भूख यहाँ खींच लाई सर।"

एक पल के लिए प्रोफ़ेसर को उसकी इस हालत पर दया आई। वह अपने बचपन की स्मृतियों से गुज़रते हुए, मुद्दे की बात पर आया।

"वैसे तुम यह बताओ कि होटल में खड़े इस बरगद के पेड़ के बारे में क्या जानते हो?"

"मतलब!"

"मतलब यह कि इतने बड़े होटल में यह बरगद का पेड़ क्या कर रहा है?"

"क्या होटल में पेड़ नहीं होना चाहिए?"

"नहीं-नहीं, ऐसी बात नहीं है। पेड़ तो होना ही चाहिए, लेकिन इस पर इतने सारे चमगादड़ लटकते रहते हैं, जो यहाँ ठहरने वाले यात्रियों के लिए ठीक नहीं है।"

"हाँ सर! पता नहीं रात को कहाँ से आकर यहाँ लटक जाते हैं।"

"इसीलिए तो पूछ रहा हूँ!"

"क्या?"

"अरे! इसको काट क्यों नहीं देते?"

प्रोफ़ेसर वेटर से बात कर ही रहा था कि उसके कमरे के बाहर होटल का मैनेजर चक्कर काटकर गया। वह यह देखने आया था कि प्रोफ़ेसर अभी उठा या नहीं। प्रोफ़ेसर ने सुबह उससे मिलने का वादा जो किया था।

"सर चमगादड़ की वजह से।" वेटर ने जवाब दिया।

"क्या! चमगादड़ की वजह से!" जवाब सुनकर प्रोफ़ेसर सकते में आ गया। पेड़ की वजह से चमगादड़ यहाँ हैं या चमगादड़ की वजह से पेड़!

बड़ा अजीब-सा मसला है।

"जी सर।"

"थोड़ा खुलकर बताओ कि चमगादड़ की वजह से पेड़ यहाँ पर क्यों है?"

"सर, अभी रेस्तराँ में काम बहुत पड़ा हुआ है। देर हो गई तो मैनेजर की फटकार पड़ेगी। आपको फिर बाद में बताऊँगा।"

वेटर को देर हो रही थी। इसलिए उसने अभी वहाँ रुकने में असमर्थता जताई। इधर प्रोफ़ेसर को भोलाराम का जीव याद आया। वह पेंशन की दरख़्वास्तों के बीच कई दिनों तक अटका रहा। उसे लेने आए नारद जी तक को पेंशन ऑफ़िस में बड़े साहब के सामने फ़ाइल पर वज़न के एवज़ में अपनी वीणा तक रखनी पड़ गई थी। प्रोफ़ेसर ने सोचा- 'रहे काम रावण के भी रह गए। इसलिए वज़न रखना ज़रूरी है।' उसने मौक़ा देखा। जेब से और एक कड़क नोट निकालकर वेटर की ओर बढ़ा दिया। वह स्थिर हो गया। गाँधी जी ने ख़ाली अँग्रेज़ों को ही नहीं झुकाया, उनके सत्य, अहिंसा और न्याय के सिद्धांतों ने पूरी दुनिया को प्रभावित किया। मार्टिन लूथर किंग भी उनके विचारों से प्रभावित हुए।

बापू ने आज वेटर को भी प्रभावित किया। अपने विचारों से नहीं, बल्कि अपनी छाप से। यानी गाँधी छाप से।

बापू का सहारा पाकर वेटर वहाँ जमे रहने को तैयार हो गया। उसने सोचा कि जो भी मुसीबत आएगी वह अपने सिर लेगा। वह प्रोफ़ेसर को आगे बताने को शुरू हुआ ही था कि सिर मुँडाते ही ओले पड़े। वह भी प्रोफ़ेसर के सिर पर।

बाहर से एलेक्स ने दरवाज़ा खटखटाया। वह प्रोफ़ेसर को ब्रेकफ़ास्ट के लिए बुलाने आई थी। दरवाज़ा खुला, तो वेटर खिसक लिया। उसके साथ बापू, उनकी छाप और उनके विचार भी चले गए। वहाँ अब प्रोफ़ेसर और पोलिश लेडी रह गए थे।

सामने एलेक्स को खड़ी देखकर प्रोफ़ेसर अपने सिर पर ओलों से पड़ी चोट का दर्द महसूस कर रहा था। ख़ाली बारिश होती तो वह सहन कर भी लेता, लेकिन साथ में ओले! बड़ी गंभीर चोट होती है इनकी। ओले! देखन

में छोटे लगें, घाव करें गंभीर। बाप रे बाप! ओले-ओले। प्रोफ़ेसर का दिल दीवाना होकर नहीं, दुखी होकर बोल रहा था- ओले-ओले।

इधर आसमान में बादल भी छँटने लग गए थे। पेड़ पर जमे चमगादड़ भी उड़कर जा चुके थे। सूरज दादा ने भी धूप की स्वीकृति प्रदान कर दी थी।

जैसे-जैसे धूप बढ़ रही थी, ओले भी पानी में तब्दील हो रहे थे। एलेक्स ने प्रोफ़ेसर के किए-कराए पर पानी फेर दिया। मन-ही-मन प्रोफ़ेसर को उस पर ग़ुस्सा आ रहा था, लेकिन वह क्या करे! उसने पानी जो रखा हुआ था। ऊपर से सामने ठहरी एक महिला। यत्र नार्यस्तु पूज्यंते, रमंते तत्र देवताः। इसलिए वह अपना ग़ुस्सा चबा गया।

प्रोफ़ेसर के सिर में ओले क्या गिरे, उधर ओली चीन के साथ हो लिए। ओला-ओली का यह खेल कब तक चलता रहेगा? आख़िर बकरे की अम्मा कब तक ख़ैर मनाएगी!

प्रोफ़ेसर रात भर इस इंतज़ार में था कि सुबह मैनेजर से उसे कोई रहस्य हाथ लग जाएगा और उधर मैनेजर की रात इस सोच में गुज़री कि सुबह उसके फ़ायदे की अवश्य कोई बात होगी! वह नीचे प्रोफ़ेसर का इंतज़ार कर रहा था।

प्रोफ़ेसर को तो बरगद के पेड़ का रहस्य वेटर से हाथ लगने ही वाला था कि एलेक्स ने रंग में भंग डाल दिया।

अब प्रोफ़ेसर की ब्रेकफ़ास्ट करने की इच्छा भी मर चुकी थी। उसके दाँत बज रहे थे, क्योंकि वह ग़ुस्सा चबा रहा था। उसके कट-कट बजते दाँतों और वेटर के वहाँ से अचानक चले जाने के कारण एलेक्स को भी लगा कि प्रोफ़ेसर अवश्य ऊहापोह में है। वह रंग में पड़े भंग को महसूस कर रही थी।

उसने सोचा, क्यों ना संशय के साथ शुरू हो रही प्रोफ़ेसर की सुबह को और हवा दी जाए। आग तो पहले से ही लगी हुई थी, उसने घी डालकर उसे और फैला दिया।

"प्रोफ़ेसर! मैं नीचे ब्रेकफ़ास्ट पर तुम्हारा इंतज़ार कर रही हूँ, जल्दी से तैयार होकर आ जाना।"

***

22

निमंत्रण देकर वह चली गई। लेकिन इधर निमंत्रण पाकर प्रोफ़ेसर की मरी हुई इच्छाएँ पुनः जाग्रत हो उठीं, क्योंकि जाते हुए एलेक्स ने आग में घी फेंक दिया था। यह घी ऐसे संवाद से बना हुआ था, जो हिंदी का था। आग से लपटें तो उठनी ही थीं।

प्रोफ़ेसर अपनी सुध-बुध खो बैठा। उसे विश्वास ही नहीं हो रहा था कि एलेक्स के माथे पर हिंदी की बिंदी कब लग गई! नेपथ्य में यह सब क्या चल रहा है! कहीं कोई खिचड़ी तो नहीं पक रही!

एलेक्स ने जो खेल रचा उसके आगे प्रोफ़ेसर प्रेतात्मा और रहस्यमयी मणि तक को भूल गया। एक द्वंद्व उसे घेरने लगा। उसे चाँद की सतह पर पानी की कुछ बूँदें जान पड़ीं। उन्हें साफ़ किया और उसके पीछे रेस्तराँ की ओर भागा।

लगभग सभी यात्री तैयार होकर रेस्तराँ में आ चुके थे। एलेक्स भी अपना नाश्ता लेकर बैठ गई। गाइड भी आ चुका था। वह किसी फ्रेंच युवती से बात कर रहा था। मैनेजर प्रोफ़ेसर के इंतज़ार में इधर-उधर अपनी नज़रें दौड़ा रहा था कि प्रोफ़ेसर अब तक ब्रेकफ़ास्ट के लिए क्यों नहीं आया! उसी पल प्रोफ़ेसर प्रकट हुआ।

प्रोफ़ेसर सीधा एलेक्स के सामने जाकर बैठा, फिर उससे मुख़ातिब हुआ।

"एलेक्स तुम!" प्रोफ़ेसर के चेहरे पर शंका के भाव तैर रहे थे।

"प्रोफ़ेसर यह क्या! पहले अपना नाश्ता तो लेकर आओ।"

"नहीं। रहने दो। मेरा मन नहीं है।"

"अरे! यह क्या बात हुई! आज सुबह-सुबह तुम्हारा कौन-सा ख़ज़ाना लुट गया, जो तुम्हें नाश्ता नहीं करना है?" यह कहते हुए उसने वेटर को आवाज़ लगाई।

उसकी आवाज़ सुनकर गाँधी छाप पाने वाला वेटर रेस्तराँ में दुबक

गया। उसे पता था कि अभी वहाँ गया, तो प्रोफ़ेसर चमगादड़ उड़ाने की बात करेगा। उसने दूसरे को आगे कर दिया। इधर प्रोफ़ेसर के दिमाग़ में एलेक्स का वाक्य गूँज रहा था- तुम्हारा कौन-सा ख़ज़ाना लुट गया? ख़ज़ाने से उसे याद आया कि अभी नाश्ता करना ठीक रहेगा, वरना कहीं एलेक्स मूनस्टोन और रहस्यमयी मणि तक ना पहुँच जाए। वह स्वयं उठकर गया और अपना नाश्ता लेकर आया।

वह नाश्ता लेकर बैठा ही था कि मैनेजर आ गया। आते ही उसने प्रोफ़ेसर का अभिवादन किया।

"गुड मॉर्निंग प्रोफ़ेसर बसंत!"

प्रोफ़ेसर ने नज़र उठाई। सामने मैनेजर खड़ा था।

"ओह! गुड मॉर्निंग मिस्टर वास्तव!"

"सर! वास्तव नहीं, श्रीवास्तव।"

"हाँ वही, मेरा मतलब मिस्टर श्रीवास्तव।"

प्रोफ़ेसर ने सोचा- 'नाश्ता शुरू भी नहीं किया कि यह छाती पर आकर खड़ा हो गया। एक तो पहले से ही अपने सरनेम के आगे सम्मान सूचक शब्द 'श्री' लगा रखा है, ऊपर से काम की बात करने के बजाय अपने नाम को कम-ज़्यादा कर रहा है। विजय भी इसकी, श्री भी इसकी! वास्तव हो या हथियार, मुझे क्या! अरे! हथियार नहीं, श्रीवास्तव। वास्तव-श्रीवास्तव जो भी हो! नाम में क्या रखा है! कर्म अच्छे होने चाहिए।'

उधर मैनेजर सोच रहा है- 'ख़ुद का तो सरनेम है नहीं, मेरा है, तो उसमें भी काट-छाँट कर रहा है। बसंत है या पतझड़। पता नहीं क्या है! सावन और बहार तो नहीं है। यह कैसा बसंत है जहाँ सूखा-सूखा है! मुझे क्या! जड़ हो या पतझड़, संत हो या बसंत, मुझे अपने काम से मतलब है।'

"सर! रात को आप कुछ पूछना... वो मेरा मतलब है कि कुछ जानना चाह रहे थे?"

प्रोफ़ेसर इस संबंध में पहले से ही वेटर के साथ अपना सिर मुँडा चुका था। मैनेजर है कि फिर से गड़े मुर्दे उखाड़ रहा था। प्रोफ़ेसर ने सोचा- 'वेटर मुझे सब कुछ बता ही देगा। फिर मैं इससे बात क्यों करूँ!' यही सोचकर उसने गोलमोल जवाब दिया।

"हाँ... वो इस शहर के बारे में मुझे कुछ जानकारी चाहिए थी। वह मुझे किसी से मिल गई है। थैंक यू वेरी मच!"

"घोंघा कहीं का।" मैनेजर बुदबुदाया।

"क्या! क्या कहा तुमने?" घोंघा शब्द की हल्की-सी ध्वनि प्रोफ़ेसर के कानों तक पहुँच गई थी। उसे लगा कि शायद रामबहादुर ने मैनेजर को घोंघा और रहस्यमयी मणि के बारे में बता दिया होगा। अब मैनेजर से भी दूर रहना होगा।

"जी... वेलकम सर!" जवाब देकर मैनेजर किचन की ओर बढ़ गया।

प्रोफ़ेसर का जवाब सुनकर मैनेजर के चेहरे पर उदासी छा गई। उसे अपने रिश्ते की बात नहीं होने का जितना दुख नहीं था, उतना जल्दबाज़ी में प्रोफ़ेसर को फ्रेंच कॉफ़ी पिला देने का था। उसे ग़ुस्सा आना स्वाभाविक था। ग़ुस्से को कहीं ना कहीं तो उतारना ही था। उसने एक-दो वेटरों की क्लास ले ली।

गाँधी छाप पाने वाले वेटर को तो भजन सुनना ही था। लिहाज़ा, उसने दो भजन ज़्यादा सुने। भजनों में वात्सल्य, भक्ति, करुणा या कबीर की तरह वैराग्य का भाव नहीं था। वहाँ क्रोध था। वह प्रोफ़ेसर के पास चला जाता, तो शायद बच भी जाता, लेकिन वह करता भी क्या! आसमान से गिरा और खजूर में अटका। ऐसा अटका कि फिर देर तक वहाँ अटका रहा, जैसे अभी प्रोफ़ेसर एलेक्स के सामने अटका हुआ है।

प्रोफ़ेसर खजूर में अटकता, तो वहाँ काँटे चुभते। वह काँटों से तो बच गया, लेकिन एलेक्स का बोला गया वाक्य उसे अंदर तक बेचैन कर रहा था।

इधर एलेक्स ने नाश्ता ख़त्म कर लिया, लेकिन प्रोफ़ेसर धीरे-धीरे प्लेट के किनारों पर रेंग रहा था।

"प्रोफ़ेसर! तुम अभी तक तैयार नहीं हुए! ऐसे ही घूमने चलोगे?"

"एलेक्स! पहले तुम यह बताओ कि..." प्रोफ़ेसर का वाक्य पूरा होता, उससे पहले ही एलेक्स ने उसे हाथ के इशारे से रोक दिया। बचा हुआ वाक्य वहीं बीच हवा में कुछ पल के लिए तैरता रहा।

"हाँ, मैं सब बताऊँगी। पहले जल्दी नाश्ता ख़त्म करो। कितनी देर लगाओगे। सभी यात्री आ गए हैं। बस भी तैयार है। एक तुम ही..." एलेक्स मुँह बिगाड़ते हुए, प्लेट डस्टबिन में रखने चली गई।

प्रोफ़ेसर ने सोचा- 'यह मुझे टरका क्यों रही है! कहीं इसे भी घोंघों ने रहस्यमयी मणि और मूनस्टोन के बारे में! हाँ... तभी कल समुद्र किनारे क़ीमती ख़ज़ाना-ख़ज़ाना कर रही थी। होटल में प्रेतात्माओं का वास है, यह भी मुझे इसी ने बताया था। कहीं इसका बूढ़े व्यक्ति यानी यूनान वाले बूढ़े मछुआरे से कोई संबंध तो नहीं है!'

प्रोफ़ेसर की शंका और गहरी होती जा रही थी। नाश्ते की प्लेट से हटकर उसकी नज़रें लॉन की ओर जमी हुई थीं। रात को हुई बारिश से लॉन में पानी भर गया था। वहाँ की मिट्टी में दबे पड़े शंख और बिना शंख वाले घोंघे रेंगते-रेंगते दीवार पर चढ़ रहे थे।

घोंघों को देखकर प्रोफ़ेसर के इर्द-गिर्द विचारों का जाल फैलने लगा। उसे याद आया कि एलेक्स ने ही उसे बताया था कि बूढ़ा व्यक्ति एल्लास का रहने वाला है, जबकि उसके स्वप्न और घोंघे से उसे यही संकेत मिल रहे हैं कि बूढ़ा व्यक्ति यूनान का वही लॉज वाला बूढ़ा मछुआरा है और वह यहाँ घोंघों के कहने पर ही मूनस्टोन की खोज में आया है।

'यह एल्लास देश कहाँ है! यहाँ से निकलने से पहले मुझे इस देश का पता लगाना ही होगा। अगर बूढ़ा व्यक्ति यूनान का निकला, तो एलेक्स के रंगमंच से पर्दा उठ ही जाएगा। फिर यह भी पता चल जाएगा कि पर्दे के पीछे इस खेल में और कितने पात्र हैं।'

प्रोफ़ेसर रंगमंच पर अब तक घटित हुए खेल में आए पात्रों को घोंघों और रहस्यमयी मणि के संदर्भ में जोड़कर देख रहा था। रहस्य गहराता जा रहा था। उसकी आँखों से रहस्यमयी दुनिया की कई सारी तस्वीरें एक साथ झाँक रही थीं। उनके कई सारे पहलू भी नुमाया होते दिख रहे थे। वह बावरा हुआ जा रहा था, हर तस्वीर पर जमी धुंध को साफ़ करने के लिए।

उसके सामने नई चुनौतियाँ दस्तक दे रही थीं। लेकिन, निरुद्देश्य और लक्ष्यहीन जीवन उसे क़तई स्वीकार नहीं। उलझन भरे सपनों की एक गहरी कसक उसके भीतर कुलबुला रही थी। उसे विश्वास है कि वह इस दौर से निकल कर अपने प्रस्थान बिंदु तक पहुँच ही जाएगा। खमेर साम्राज्य... रहस्यमयी मणि... सुंदर राजकुमारी... यही उसका स्वप्न है और लक्ष्य भी।

अब उसे 'सुमन' ने और साहस बँधाया- 'तूफ़ानों की ओर घुमा दो

नाविक निज पतवार।'

हाँ, अब नाव को तूफ़ानों की ओर घुमाना ही पड़ेगा।

'एल्लास! किससे पूछूँ इस देश के बारे में! क्या बूढ़े व्यक्ति से ही पूछना ठीक रहेगा! नहीं-नहीं, कहीं उसे शक हो गया तो! अरे हाँ! वेटर से बात करता हूँ, वही उससे पूछ लेगा। फिर दूध का दूध और पानी का पानी हो जाएगा। लेकिन, अभी वेटर तो मैनेजर की नज़र में है। मौक़ा मिलते ही उससे बात कर लूँगा। वैसे भी वह मेरी जेब हल्की करा चुका है, बरगद के पेड़ के राज़ के बारे में बताने तो आएगा ही, तब फिर से जेब हल्की कर दूँगा। कुछ भी हो, मालूमात करके ही रहूँगा।'

प्रोफ़ेसर गहन विचारों में डूबा हुआ था, तभी एलेक्स दो कप कॉफ़ी लेकर आ गई।

"प्रोफ़ेसर! अब तक नाश्ता ख़त्म नहीं किया! क्या घूमने नहीं चलना है?" कहते हुए उसने एक कप कॉफ़ी का प्रोफ़ेसर के सामने रख दिया।

'एलेक्स! नाश्ते की किसे पड़ी है! अब तुम्हारा फैलाया जाल मैं काटकर ही दम लूँगा।' प्रोफ़ेसर मन-ही-मन बड़बड़ाया।

एलेक्स प्रोफ़ेसर के भीतर से उठ रही बेचैन करने वाली आवाज़ें सुन रही थी। उसके द्वारा बोला जा रहा हिंदी का हर एक वाक्य प्रोफ़ेसर को कितना विचलित कर रहा है, यह वह साफ़ महसूस कर रही थी।

"प्रोफ़ेसर! मन-ही-मन क्या सोच रहे हो? गाइड आवाज़ लगा रहा है। जल्दी से तैयार हो जाओ।"

"एलेक्स! पहले तुम यह बताओ कि तुमने हिंदी भाषा जानने वाली बात मुझसे क्यों छुपाई?"

"प्रोफ़ेसर! आज यहाँ के ख़ास जनजाति समुदाय के क़बीले देखने जा रहे हैं। तुम साथ चलो, वहाँ सब बता दूँगी।"

इधर प्रोफ़ेसर के मन में अलग ही विचार चल रहे थे- 'अरे! ये तो वही ख़तरनाक क़बीलाई लोग हैं, जिन्होंने राजा से मूनस्टोन लूट लिया था और जिसका कॉलिंस महोदय ने भी ज़िक्र किया था। क्या मुझे उन्हें देखने के लिए जाना चाहिए! नहीं-नहीं, बरसों पुरानी बातें हैं। क्या अब वैसे वीर-साहसी क़बीलाई लोग बचे होंगे! इधर आज होटल में मेरा आख़िरी दिन है। अगर मैं

घूमने चला गया, तो वेटर से बात कब करूँगा। वेटर ही बरगद के पेड़ का राज़ खोलेगा। घर आए नाग न पूजै, बाँबी पूजन जाए। इसलिए आज मुझे यहीं ठहर कर, मौक़े का फ़ायदा उठाना चाहिए।

'वैसे भी एलेक्स कौन-सी मेरे साथ कंबोडिया आ रही है! इसका राज़ तो यह जब शाम को यात्रा से लौटकर आएगी, तब बता ही देगी। लेकिन, अभी इसे मना कैसे करूँ! कोई बहाना तो बनाना पड़ेगा।'

"एलेक्स! तुम घूम कर आओ। कल मुझे आगे के लिए निकलना है, इसलिए आज मैं होटल में ही ठहरना चाहता हूँ। अगर घूमने गया तो थकान ज़्यादा हो जाएगी।"

एलेक्स ने सोचा- 'प्रोफ़ेसर! तुम यहीं काठ बनकर बैठ गए हो, इसकी वजह मैं जानती हूँ। फिर ठीक है। तुम डाल-डाल, मैं पात-पात।'

"प्रोफ़ेसर! आज यहाँ तुम्हारा आख़िरी दिन है। मैं सोच रही हूँ कि क्यों ना आज का दिन तुम्हारे साथ ही बिताऊँ! यहीं गपशप करेंगे।"

"नहीं-नहीं, मेरी वजह से तुम अपनी यात्रा का आनंद ख़त्म मत करो। तुम्हें जाना चाहिए। इस तरह के अवसर बार-बार नहीं आते हैं।"

यह ख़ासा बहसतलब आदमी है! हरि अनंत, हरि कथा अनंता।

"प्रोफ़ेसर! तुम मेरी चिंता मत करो। मैं कुछ दिन यहीं हूँ, आराम से घूम-फिर लूँगी।"

"अरे! लेकिन इसकी क्या आवश्यकता है! तुम शाम को वापस आ ही रही हो!"

"शाम को आते-आते देर हो जाती है। फिर मैं थकी-हारी भी होऊँगी। तुम्हें समय नहीं दे पाऊँगी।"

एलेक्स टस से मस नहीं हो रही थी। इधर प्रोफ़ेसर को सब गुड़-गोबर होता दिख रहा था। वह बग़लें झाँकने लगा। यह कैसी बला है! गले पड़ रही है। मुझे क्या पता था कि इसे स्पेस देना भारी पड़ जाएगा। वह मन-ही-मन आठ-आठ आँसू गिराने लगा।

उधर बाहर से गाइड ने अंतिम आवाज़ लगाई। एलेक्स उठकर बाहर गई और गाइड को मना कर दिया कि आज वे दोनों घूमने नहीं आ रहे हैं। वह वापस प्रोफ़ेसर के पास आकर बैठ गई। ड्राइवर ने एक लंबा हॉर्न मारा और

बस होटल से बाहर निकल गई।

इधर प्रोफ़ेसर को वहीं बैठा देखकर वेटर सोचने लगा कि यदि प्रोफ़ेसर के सामने जाऊँगा, तो वह बरगद के पेड़ और चमगादड़ को लेकर मेरा दिमाग़ खाएगा। अगर प्रोफ़ेसर से सामना हुआ, तो क्या बताऊँगा पेड़ और चमगादड़ों के बारे में! कोई रहस्य हो तो बताऊँ! लेकिन, शाम को कपड़े देने तो जाना ही पड़ेगा! अब प्रोफ़ेसर के सिर में उस्तरा घुमाया है, तो कोई ना कोई कथा तो गढ़नी ही पड़ेगी!

एलेक्स की नज़र दीवार पर रेंग रहे घोंघों पर पड़ी। उन्हें देखकर उसने प्रोफ़ेसर से मज़ाक़ करने की सोची। लेकिन, उसने यह सोचकर अपने आप को रोक लिया कि प्रोफ़ेसर पहले से ही उससे दूर भाग रहा है।

प्रोफ़ेसर ने भी सोचा कि चलो यहाँ रुकी है, तो हिंदी जानने वाली बात तो बता ही देगी। और वेटर दिन में नहीं मिला, तो शाम को कपड़े देने तो आएगा ही! मेरे सिर पर उस्तरा चलाया है बेटा! मैं भी ऐसे ही छोड़ने वाला नहीं। लेकिन, इस रहस्य को जानने के लिए मैंने उसे गाँधी छाप देकर ठीक किया? अगर बापू उस नोट से बाहर निकल आते और मुझसे कहते कि प्रोफ़ेसर! तुम यह क्या कर रहे हो? साहित्य के अध्येता होकर मेरे सिद्धांतों और विचारों के ख़िलाफ़ कार्य कर रहे हो! क्या इसी दिन के लिए मैंने लाठियाँ खाई थीं? ग़रीब, असहाय और हरिजनों के उद्धार के लिए मैंने कितने ताने सुने! अगर मैं भी लालच पाल लेता, तो अँग्रेज़ मुझे क्या कुछ नहीं देते! प्रोफ़ेसर! किसी के लालच में आना और किसी को लालच देना, दोनों अन्याय हैं। हमेशा सत्य, अहिंसा और न्याय के पैरोकार बनो। क्या साहित्य ने तुम्हें यह सब नहीं सिखाता? एक संवेदनशील साहित्यकार बनो, दुनिया तुमसे यही उम्मीद करती है!

यकायक बापू प्रोफ़ेसर के हृदय पटल पर अवतरित हुए, तो उसका हृदय परिवर्तन हुआ। उसने सोचा, वेटर रहस्य बताएगा तो ठीक, वरना वह आगे से उसे नहीं पूछेगा। गाँधी छाप गया, कोई बात नहीं। किसी ग़रीब के चेहरे पर ख़ुशी नज़र आई, इससे बड़ी ख़ुशी और क्या हो सकती है! क्षमा करें बापू! क्षमा करें!

रहीम पहले से ही प्रोफ़ेसर के सामने दीवार बनकर खड़े थे, अब बापू भी साथ हो लिए। प्रोफ़ेसर करे तो क्या करे!

"प्रोफ़ेसर! कहाँ खो गए? चलो, ऊपर चलते हैं।"

"रुको! एक-एक कॉफ़ी और हो जाए। जब यहाँ रुक ही गए हैं, तो कॉफ़ी के साथ तुम मुझे हिंदी जानने वाली बात भी बता दो।" यह कहते हुए प्रोफ़ेसर उठकर गया और दो कप कॉफ़ी के भरकर ले आया।

कॉफ़ी का पहला घूँट लेते हुए प्रोफ़ेसर ने कहा, "हाँ तो एलेक्स! अब बताओ, क्या रहस्य है, तुमने मुझसे यह बात क्यों छुपाई?"

अपनी बात शुरू करने से पहले एलेक्स की आँखें कुछ नम हो गई थीं। प्रोफ़ेसर को भी उसके उसके चेहरे पर थोड़ी उदासी नज़र आई।

"प्रोफ़ेसर! ऐसी कोई बात नहीं है। बस तुम मेरे लिए अनजान थे। एकदम किसी अजनबी के साथ खुल जाना उचित भी नहीं है, यही सोचकर मैंने इस राज़ को अपने अंदर दफ़्न रखा। सोचा कि यात्रा के अंतिम दिन वापसी में तुम्हें बता दूँगी।"

"ख़ैर, यह तो ठीक बात है। लेकिन तुमने हिंदी कब, कहाँ सीखी?"

"घटना बहुत पुरानी है। जब हिटलर ने पोलैंड पर आक्रमण किया तब वहाँ ख़ूब क़त्लेआम हुआ था। हमारे सैनिकों ने कई बच्चों और महिलाओं को जहाज़ में बिठाकर सुरक्षित स्थान के लिए रवाना कर दिया। जहाज़ कई देशों के समुद्री तटों पर घूमता रहा। लेकिन, हिटलर के डर से किसी ने भी जहाज़ और शरणार्थियों को ठहरने की अनुमति नहीं दी। मेरे पूर्वज भी उसी जहाज़ में थे।"

कुछ पल के लिए टेबल पर सन्नाटा पसर गया। एलेक्स की आँखों में वह ख़ूनी मंज़र तैरने लगा।

"फिर क्या हुआ? वह जहाज़ बच गया या डूब गया?"

"नहीं, जहाज़ और शरणार्थी बच गए। जहाज़ अंत में भटकते हुए गुजरात के जामनगर तट पर आया। वहाँ के तत्कालीन महाराजा जाम साहब ने महिलाओं और बच्चों को अपने महल में शरण दी। वहाँ बच्चों की परवरिश भी हुई और पढ़ाई भी। नौ साल तक शरणार्थी वहाँ रहे। जब युद्ध ख़त्म हुआ और हालात सामान्य हुए, तब सभी वापस पोलैंड लौट गए।"

महाराजा जाम साहब की दयालुता, साहस और सेवाभाव के बारे में सुनकर प्रोफ़ेसर का मन गदगद हो गया। उनकी कीर्ति के बारे में सुनकर,

प्रोफ़ेसर का सीना फ़ख्र से चौड़ा होने लगा। छप्पन इंच से थोड़ा कम। उसे भारत की संस्कृति 'अतिथि देवो भव' पर गर्व महसूस होने लगा।

"लेकिन एलेक्स! तुमने हिंदी के बारे में कुछ नहीं बताया?"

"महाराजा जाम साहब का हमारे पोलैंड में आज भी बड़ा सम्मान है। वहाँ उनका नाम बड़े अदब के साथ लिया जाता है। उनके यहाँ ठहरे शरणार्थी जो वापस लौटकर गए, बाद में उन्हीं में से एक व्यक्ति पोलैंड का प्रधानमंत्री बना।"

"अरे वाह! यह तो बहुत ही ख़ुशी की बात है।"

"हाँ... पोलैंड वासी आज भी जामनगर आते-जाते रहते हैं।"

"यह तो ठीक बात है। लेकिन हिंदी!"

"महाराजा जाम साहब के नाम पर हमारे वहाँ कई सड़कें हैं, स्कूल और कॉलेज बने हुए हैं। वहाँ पर आज भी हिंदी पढ़ाई और सिखाई जाती है। मैंने वहीं पर हिंदी पढ़ना-लिखना सीखा।"

"अच्छा! तो यह बात है!"

"हाँ, और नहीं तो क्या! चलो, अब ऊपर चलते हैं।"

प्रोफ़ेसर ने सोचा कि एलेक्स का राज़ तो मालूम चल ही गया। मैं बेवजह इस पर शक कर रहा था। शाम को वेटर अगर बरगद के पेड़ का रहस्य बता दे, तो शायद प्रेतात्माओं के बारे में भी जानकारी मिल ही जाएगी।

***

23

वे दोनों ऊपर कमरे में जाने के लिए सीढ़ियाँ चढ़ ही रहे थे, तभी प्रोफ़ेसर की नज़र बूढ़े व्यक्ति पर पड़ी। वह लॉन में खड़ा होकर दीवार पर रेंग रहे घोंघों को देख रहा था। उसे देखकर प्रोफ़ेसर ने सोचा- 'आज यह घूमने नहीं गया! यहाँ क्यों रुक गया!' फिर उसे वह स्वप्न याद आया, जिसमें उसने देखा था कि बूढ़ा व्यक्ति मूनस्टोन नहीं मिल पाने के कारण व्यथित है और घोंघों को पकड़ने के लिए वापस यूनान जाना चाहता है। 'शायद यह आज वापस निकलने की फ़िराक़ में होगा! इसके लौटने तक तो मैं भी खमेर साम्राज्य पहुँच ही जाऊँगा।'

बूढ़े व्यक्ति को लेकर प्रोफ़ेसर विचारमग्न हो गया- 'लेकिन यह एल्लास जाने के बजाय यूनान क्यों जा रहा है! घोंघा और स्वप्न इसे यूनान का बताते हैं और एलेक्स इसे एल्लास का! कहीं एलेक्स इसमें भी कोई राज़ छुपा तो नहीं रही! किस से पूछूँ! एलेक्स से पूछना तो ठीक नहीं होगा। ठीक क्या नहीं होगा, यह तो पहले ही मना कर चुकी है कि ऐसे किसी देश के बारे में वह कुछ नहीं जानती है। मैनेजर का तो वैसे भी मुँह चढ़ा हुआ है। अब बचा वेटर। नहीं-नहीं, वेटर को अब ज़्यादा कुछ कहना-पूछना ठीक नहीं। और ना ही अब मैं जेब हल्की करना चाहता हूँ। बापू मुझे पहले ही रोक देते, तो कम-से-कम सिर पर ओले तो नहीं पड़ते।'

प्रोफ़ेसर विचारों में इतना डूब गया था कि उसका एक पैर सीढ़ी को आधा खा गया। वह मुँह के बल गिरते-गिरते बचा। वह गिरने से तो बच गया, लेकिन यूनान और एल्लास उसके हाथ से छूटकर सीढ़ियों से लुढ़कते हुए फ़र्श तक पहुँच गए। प्रोफ़ेसर अर्श से फ़र्श तक जाने का आदी नहीं था। अगर वह ऐसा करता, तो उसके लिए फ़र्श-ए-ज़मीं होना था। इसलिए उसने वापस उन्हें उठाने की कोशिश नहीं की। एलेक्स ने प्रोफ़ेसर को सँभाला और कमरे में ले गई।

"प्रोफ़ेसर! वैसे तुमने बताया नहीं कि कल कहाँ जाने वाले हो?"

"कहीं नहीं। यहीं पास में एक छोटा-सा द्वीप है। वहाँ मेरे एक मित्र रहते हैं। सोचा कि यहाँ आया हूँ तो उनसे भी भेंट कर ही लूँ।"

'प्रोफ़ेसर! कब तक इन बातों को मुझसे छुपाते रहोगे। ये बातें तो इश्क़ की तरह हैं, जो छुपता नहीं छुपाने से। ख़ैर, कोई बात नहीं। जब घड़ा भर जाएगा, तो फूट ही जाएगा।' एलेक्स ने सोचा।

वह बोली, "वैसे प्रोफ़ेसर! यहाँ से कंबोडिया भी ज़्यादा दूर नहीं है। अगर समय होता तो भगवान विष्णु का मंदिर देखने की प्रबल इच्छा थी मेरी। कितना भव्य और विशाल मंदिर! वास्तुशास्त्र का क्या नमूना है- अंकोरवाट। वाह! क्या अद्‌भुत!"

एलेक्स की बात सुनकर प्रोफ़ेसर के चेहरे पर कई रंग एक साथ आने-जाने लगे। वह जल्द से जल्द उससे पीछा छुड़ाकर आगे निकल जाना चाहता था।

"हाँ ठीक है। अब समय नहीं है तो क्या करें! फिर कभी।"

"प्रोफ़ेसर! आजकल मुझे बड़े विचित्र सपने आते हैं। रात को ठीक से सो भी नहीं पाती हूँ।"

"सपने! कैसे सपने?"

"बड़े अजीब क़िस्म के सपने! जैसे मैं किसी बड़े साम्राज्य की सुंदर राजकुमारी बन गई हूँ। अप्सराओं की तरह वस्त्र धारण किए हुए हैं। पता नहीं क्यों, बार-बार इसी तरह का स्वप्न आता है!"

'राजकुमारी! और एलेक्स! नहीं-नहीं। राजकुमारी तो नर्तकी यानी मादा घोंघा बनेगी। लेकिन इस तरह के स्वप्न इसे क्यों आ रहे हैं!'

"एलेक्स! साम्राज्य कहाँ का था?" प्रोफ़ेसर को चिंता हुई कि स्वप्न में कहीं खमेर साम्राज्य तो नज़र नहीं आ गया!

"साम्राज्य तो पता नहीं कहाँ का था! लेकिन हाँ, वहाँ एक बड़ा शहर बसा हुआ था। उसके पास एक नदी बह रही थी। वहीं राजा का भव्य महल बना हुआ था।"

'ओह! मीकांग नदी। सिमरिप शहर! अवश्य खमेर साम्राज्य नज़र आया होगा! एलेक्स ज़रूर मुझसे कुछ छुपा रही है।'

"एलेक्स! दिमाग़ पर थोड़ा और ज़ोर डालो। साम्राज्य का हुलिया थोड़ा

साफ़ बताओ।"

"प्रोफ़ेसर! क्या करना साम्राज्य के हुलिए का? बात तो इस तरह के स्वप्न की है! तुम कहाँ साम्राज्य में उलझ गए।"

"नहीं-नहीं, ऐसी कोई बात नहीं है। तुमने बात छेड़ी तो मैंने बस यूँ ही पूछ लिया।"

"वैसे भी प्रोफ़ेसर! ये साम्राज्य-वाम्राज्य वाली बातें अब कहाँ रहीं!"

"कहाँ रहीं मतलब?"

"मतलब यह कि आधुनिक युग में राजा-महाराजा, उनका विशाल साम्राज्य और सेना अब कहाँ बचे हैं! कुछ नाममात्र के रह गए हैं। लेकिन, सालों पहले जैसा वैभव, कीर्ति अब कहाँ! फिर इस तरह के स्वप्न का क्या औचित्य है? बस रात को नींद ख़राब करना मात्र है।"

एलेक्स ने अपने जवाब के साथ ही प्रोफ़ेसर की दुखती रग पर हाथ रख दिया। उसे भी अपना बना-बनाया क़िला ढहता हुआ नज़र आया। एक ऐसा क़िला जो स्वप्न की नींव पर खड़ा था, जिसमें पानी, सीमेंट, पत्थर कुछ भी नहीं डाला गया था। सिर्फ़ दो चीज़ें डाली गई थीं- घोंघा और बसंत!

एलेक्स की बात सुनकर प्रोफ़ेसर का मन डाँवाडोल हो गया। वह दो चट्टानों के बीच से निकलती धार के इधर-उधर होने लगा। इन क्षणों में बड़े बच्चन साहब उसकी दुखती नसों के क़रीब से गुज़रे...

इस तट, उस तट,
पनघट, मरघट,
बानी अटपट,
हाय! किसी ने कभी न जानी माँझी- मन की पीर,
डोंगा डोले...
नित गंग जमुन के तीर, डोंगा डोले...

प्रोफ़ेसर को लगा जैसे वह भी डोंगे की तरह डोल रहा है। डोल क्या रहा है! ऐसा लग रहा है जैसे डोंगे को सीधे आँच पर चढ़ा दिया गया हो। जगह-जगह उसके डाम लगाया हो, ऐसे निशान पड़ गए हैं। वह कैसा सुंदर काँच के डोंगे की तरह चमकता हुआ था, लेकिन अब चीनी मिट्टी का डोंगा बनकर

रह गया है। आज पहली बार वह भी गंग-जमुन के तीर पर राह भटके डोंगों की तरह हो गया है। इन घोंघों की वजह से वह भी डोंगा हो गया है। भटक-सा गया है, अपनी राह से।

स्वप्न क़िलों की भाँति आज प्रोफ़ेसर भी स्वयं को ढहता हुआ महसूस कर रहा था- 'कितने पहले खमेर साम्राज्य हुआ करता था। कई शताब्दियाँ बीत गई हैं। दुनिया ने कई रंग बदले हैं। कई सभ्यताएँ आई-गई होंगी! खमेर साम्राज्य ने भी कई युद्धों के दंश झेले होंगे! अब कहाँ खमेर साम्राज्य का भव्य महल बचा होगा! अब कहाँ ढूँढूँगा वह रहस्यमयी मणि! फिर कैसे मिलेगी सुंदर राजकुमारी! मैं ऊँचे सपनों को पूरा करने के लिए सावित्री से भी झूठ बोल कर निकला, लेकिन हर सपना मुट्ठी से फिसलती रेत की मानिंद आज मेरे हाथ से फिसलता दिख रहा है। काश! सावित्री को भी यात्रा पर साथ ले आता! इन घोंघों ने मेरे साथ ठीक नहीं किया। एक तरह से एलेक्स ठीक ही कह रही है।'

प्रोफ़ेसर ने लगभग अपने हथियार डाल ही दिए थे कि पाश ने एक बार फिर अपना समाँ बाँधा। उसे फिर अपने पाश में जकड़ा- प्रोफ़ेसर! यह क्या कर रहे हो? जेल की कोठरी में भगत सिंह के पास रखी लेनिन की वह किताब याद करो, जिसका एक पन्ना मुड़ा हुआ था। उस मुड़े हुए पन्ने से तुम्हें बढ़ना है आगे, चलना है आगे। जो राह तुम बदलने जा रहे हो, उसे वापस उन सपनों की ऊँची उड़ान की ओर मोड़ो, जो तुमने शुरू की थी। प्रोफ़ेसर! सपनों के लिए लाज़मी है, झेलने वाले दिलों का होना। और नींद की नज़र होनी लाज़मी है, सपने इसलिए हर किसी को नहीं आते।

प्रोफ़ेसर! एलेक्स भगवान विष्णु का मंदिर देखने जा सकती है, तुम खमेर साम्राज्य देखने नहीं! तुम्हें इशारा भर काफ़ी है, आगे बढ़ने के लिए। अंधे को क्या चाहिए! दो आँख। राय पिथौरा के पास तो दो आँखें भी नहीं थीं। उन्हें मात्र शब्दों का इशारा भर था और तीर अपने निशाने पर लगा। अब तुम ही बताओ, अक़्ल बड़ी कि भैंस? प्रोफ़ेसर! कितना ख़तरनाक होता है, हमारे सपनों का मर जाना।

पाश ने प्रोफ़ेसर की राह बदली, तो उसने अपनी अक़्ल को बड़ा किया और भैंस को छोटा ही रहने दिया। भैंस का काला रंग उसके सपनों को गर्द

की भाँति ढक रहा था। पाश ने वह आवरण हटा दिया।

प्रोफ़ेसर के सपनों की रंगीन संध्या पर पड़ी गर्द का आवरण हटा, तो उसे होश आया-कंबूजा में बना अंकोरवाट का विशाल मंदिर भी तो खमेर साम्राज्य के काल में ही बना था। अंकोरवाट... विशाल मंदिर अगर आज तक सही-सलामत है, तो खमेर साम्राज्य का भव्य महल भी किसी न किसी हालत में, चाहे जर्जर अवस्था में ही सही, मौजूद अवश्य होगा। एलेक्स मेरी राह में मात्र रोड़ा अटका रही है। इस रोग को मैं जड़-मूल से ही नष्ट कर दूँगा। बस आज का दिन और। एलेक्स! मारेसि मोहिं कुठाँव। मैं राजा दशरथ नहीं हूँ।

"एलेक्स! तुम ठीक ही कह रही हो। इस तरह के सपनों का वास्तविकता से कोई संबंध नहीं है। वास्तविकता यही है कि तुम एक सामान्य महिला हो, किसी साम्राज्य की राजकुमारी नहीं।"

"लेकिन जो सपने में देख रही हूँ उनका क्या?"

"सपनों का क्या! अगर आते हैं तो ठीक है। तुम्हें सपनों में ही सही, कम-से-कम राजकुमारी बनने का सौभाग्य तो मिल रहा है।"

'प्रोफ़ेसर! ख़ुद खमेर साम्राज्य का सम्राट बनने के स्वप्न क़िले बना रहे हो और मैं राजकुमारी बनने का ख़्वाब देख रही हूँ, तो उसका वास्तविकता से कोई संबंध नहीं! वाह! प्रोफ़ेसर वाह! अजब-गजब की दुनिया!' एलेक्स ने सोचा।

प्रोफ़ेसर के चेहरे पर कुछ उथला, कुछ गहरा जर्द रंग जम रहा था। उसे देखकर एलेक्स ने कहा, "प्रोफ़ेसर! आज थोड़े आहत लग रहे हो?"

"दुखवा मैं कासे कहूँ मोरी सजनी।" प्रोफ़ेसर दबे होंठों से बड़बड़ाया।

"क्या! क्या कहा तुमने? सजनी? तुमने मुझे सजनी कहा? आख़िर दिल की बात ज़ुबाँ पर आ ही गई।"

"नहीं-नहीं, मैं कह रहा हूँ कि साहित्यकार कब आहत नहीं होता, लेकिन आज वैसी कोई बात नहीं है, जैसा तुम सोच रही हो।"

'ओह! मैं तो भूल ही गई थी कि इन जनाब के अंदर एक कीड़ा यह भी कुलबुला रहा है, एक साहित्यकार! चलो, आज महाशय फ्री हैं, तो काव्य पाठ का आनंद लिया जाए। प्रोफ़ेसर कुछ तो सुनाएगा। साहित्यकार जो ठहरा।' यह विचार आते ही एलेक्स ने पूछा, "प्रोफ़ेसर! आगे दिन में क्या प्रोग्राम है?"

"कुछ नहीं, लंच के बाद थोड़ी देर सोऊँगा। फिर उठकर बिखरा हुआ सामान पैक करूँगा।"

"प्रोफ़ेसर! साहित्यकार से मुझे याद आया, कभी कविता-कहानी वग़ैरह कुछ लिखी है?"

प्रोफ़ेसर ने सोचा- 'लगता है आज यह रस निचोड़ने के चक्कर में है। अगर यहाँ डेरा जमाकर बैठ गई और वेटर मिलने आ गया, तो उससे बात कैसे करूँगा! मैंने क्या सोचकर डेक पर इससे मुलाक़ात की थी!'

"प्रोफ़ेसर! कहाँ खो गए? प्रेतात्माओं के बारे में सोच रहे हो?"

***

24

प्रोफ़ेसर ने सोचा- 'वैसे भी साहित्यकारों के पास इस भाग-दौड़ भरी ज़िंदगी में पाठक बचे कहाँ हैं! जो पाठक बचे हैं, उनके अपने लेखक हैं और पाठकों की भी अपनी सीमाएँ हैं। इधर मुझे आज एक पाठक मिला है, तो सुनाने में क्या हर्ज है! रचना का महत्त्व ही तब है जब वह पाठकों तक पहुँचे। लेकिन सुनाऊँ क्या! कहानी तो बहुत लंबी हो जाएगी। कविता में अब छंद बचा नहीं! निराला जी उसे कहीं रखवाकर आ गए थे। उन्होंने मनुष्य की मुक्ति की तरह कविता की भी मुक्ति कर दी और वे स्वयं स्वच्छंदतावादी हो गए।

'ख़ैर, छंद गया कोई बात नहीं, मनुष्यता बची रहे। विधवा को पति, भिक्षुक को भोजन और इलाहाबाद के पथ पर भीषण गर्मी में पसीना बहाती, पत्थर तोड़ती ग़रीब महिला को छायादार वृक्ष मिले, यही सबसे बड़ा छंद है।'

उसने एलेक्स के सवाल का जवाब दिया, "नहीं-नहीं, प्रेतात्माओं के बारे में नहीं सोच रहा हूँ।"

"फिर क्या सोच रहे हो?"

"यही जो तुम पूछ रही हो। कविता-कहानी के बारे में।"

"अरे वाह! फिर सुनाओ कुछ!"

"कविता सुना देता हूँ। किस तरह की सुनना पसंद करोगी- राजनीति, अलगाव, प्रेम... और भी बहुत सारे तीर हैं निषंग में।"

"प्रोफ़ेसर! राजनीति में क्या धरा है! हाथा-जोड़ी और भागा-दौड़ी। हमें लगाव पसंद है, अलगाव नहीं। बाक़ी सारे तीर-तूर निषंग में ही पड़े रहने दीजिए। उचित समय पर काम में लीजिएगा। फ़िलहाल प्रेम पर कुछ हो, तो सुना दीजिए। तुम्हारे दौर का प्रेम।"

'वाह! एलेक्स ने मेरे मन की बात छीन ली। मेरी ज़िंदगी की राहों में उगे पद्य के फूल बरास्ते प्रेम से ही आए हैं। कितना छोटा शब्द है प्रेम, लेकिन इसे जीने में सदियाँ बीत जाती हैं।'

प्रोफ़ेसर ने कमरे की खिड़की से बाहर देखा, बोहिनिया वैरीगेटा प्रजाति का कचनार बाँहें फैलाए खड़ा था। मंद सौरभ लिए श्वेत, गुलाबी और नीलारुण वर्ण के पुष्प अपनी छटा बिखेर रहे थे। पूरा पेड़ मानो कविता गा रहा था और पुष्पों की मादकता जैसे संगीत की धुन छेड़ रही थी।

प्रोफ़ेसर ने उस संगीत को महसूस किया। उसके हृदय पटल पर प्रेम के तार झंकृत हुए, तो उसे पलाश के फूल याद आए। वे पलाश के फूल, जिनसे कभी भरता था उसकी आँखों का सूनापन।

कचनार को देखते-देखते प्रोफ़ेसर अपने अतीत में चला गया। उसे नहीं पता कि पलाश का पेड़ अब किस अवस्था में होगा, लेकिन उसे उम्मीद है कि उस पर खिलते फूल अब भी अपनी चमक बिखेर रहे होंगे, पहले की भाँति। प्रोफ़ेसर की आँखों में पलाश के फूल तैरने लगे।

"प्रोफ़ेसर! वहाँ क्या देख रहे हो? क्या कविता याद नहीं आ रही?"

"ओह! सॉरी एलेक्स। मैं कचनार देखने लग गया था। एक पुरानी कविता है- 'पलाश के फूल'। वही सुना देता हूँ।"

कभी सोचता हूँ
क्यों नहीं हैं आज वे दिन
जब क्लास में आगे की पंक्ति में बैठी वह लड़की
जिसके कजरारे नैनों पर लटकती
अधरों को सहलाती रेशमी बालों की लड़ी
उसके गालों पर ढहक जाया करती थी
और फिर उसके चेहरे पर
खिल-खिल आते थे पलाश के फूल
हिंदी के बिंब की मानिंद
और मैं इस नयनाभिराम दृश्य की ख़ातिर
विज्ञान के पीरियड में भी
जुड़ता था बिहारी की नायिका से
भूल जाता था हीरे की संरचना
फिर कर दिया जाता था खड़ा

पीछे की अंतिम पंक्ति में
ख़बर आग की तरह पहुँचती थी
घर-आँगन तक फिर पिता की डाँट-फटकार
और बीच बहस में बेसाख़्ता माँ की रहमत
जो बचा लेती थी मुझे हर बार
देखने के लिए
गुलाबी होते पलाश के फूलों को
काश! केदार की तरह
महसूस कर पाता उनकी गर्माहट अपने हाथों में
बता सकता दुनिया-जहान को
कि कितने ख़ूबसूरत होते हैं पलाश के फूल...

कविता सुनकर एलेक्स पोलैंड पहुँच गई। इधर प्रोफ़ेसर ने उसके चेहरे पर कचनार और पलाश के फूलों को एक साथ खिलते हुए देखा।

"वाह! प्रोफ़ेसर। तुम भी बिहारी से कोई कम नहीं हो।"

'ओह! इसे बिहारी के बारे में भी जानकारी है। इसे किस बात की जानकारी नहीं है! यह तो निर्झरा, चाँदनी और कहूँ तो प्रेतात्माओं से भी दो क़दम आगे है।'

"अरे नहीं-नहीं। उनकी भाषा की व्यंजना और उनकी-सी कल्पना शक्ति की ऊँची उड़ान मुझमें कहाँ? उनके पास नावक के तीर हैं, जो घाव करें गंभीर।"

"वैसे प्रोफ़ेसर! मुहब्बत की टीस तो ख़ूब भरी पड़ी है तुम्हारे अंदर।"

"अरे नहीं। ऐसी कोई बात नहीं है। सारी दुनिया मुहब्बत से लबरेज़ जज़्बात में सिमटी हुई कायनात ही तो है। फिर तुम्हारी ही माँग थी- प्रेम। वरना मैंने तो कहा था कि निषंग भरा पड़ा है अलग-अलग अस्त्रों से। सामने जैसा योद्धा होगा, वैसा अस्त्र काम में लिया जाएगा। और जब विषय कामिनी से जुड़ा हो, तब वहाँ ब्रह्मास्त्र की क्या आवश्यकता है?"

"वैसे तुम्हारी भाषा और कल्पना भी इतनी कमज़ोर नहीं है।" एलेक्स ने प्रोफ़ेसर को हिमालय पर चढ़ाने की कोशिश की।

"मेरे लिए भाषा मनुष्यता से बढ़कर नहीं है। इसलिए मैं प्रेम में मनुष्यता देखता हूँ। मुझे चाणक्य की बात हमेशा याद रहती है- मेरे पास पाणिनी में सिर खपाने का समय नहीं है। भाषा ठीक करने से पहले, मैं मनुष्यों को ठीक करना चाहता हूँ।"

"अपने भीतर और कुछ बेशक़ीमती ख़ज़ाना गढ़ा हुआ हो, तो हाज़िर कीजिए। जैसा भी तीर हो, चलाओ। बस, घाव होना चाहिए।"

"नहीं-नहीं। अभी नहीं। रात के लिए भी कुछ बचा रहने दो।"

"प्रोफ़ेसर! अगर बुरा ना मानो तो एक बात पूछूँ?"

'अरे! इतने सारे पहाड़ तो इसने ध्वस्त कर दिए। अब कौन-सा नया पहाड़ खड़ा करना चाहती है! बस, रहस्यमयी मणि के बारे में कुछ ना पूछे तो ठीक है।' प्रोफ़ेसर ने सोचा। फिर उसने कहा, "अरे! इसमें बुरा क्या मानना! ऐसी क्या बात है? नज़र कीजिए।"

"क्या मैं तुम्हें सुंदर नहीं लगती?"

"ओह! लो कर लो बात! बिहारी इसे सब कुछ समझा गए, लेव तोलस्तोय ने इसे कुछ नहीं बताया- कितना अजीब भ्रम है ये मानना कि सुंदरता अच्छाई है। एलेक्स! सुंदरता तो अच्छाई में है। सुंदरता में सुंदरता हो, यह क़तई ज़रूरी नहीं है।"

एलेक्स के प्रश्न ने प्रोफ़ेसर को धर्मसंकट में डाल दिया। अब वह चाणक्य की बात मान कर सुंदरता और अच्छाई की व्याख्या करे या उसके रूप सौंदर्य को देखकर उसके प्रश्न का जवाब दे। सुंदर लगना और प्रेम करना दोनों का भिन्न अभिप्राय होता है। प्रोफ़ेसर इस उलझन में है कि वह एलेक्स के सुंदरता शब्द का क्या अर्थ निकाले, यानी कि वह यह जानना चाह रहा है कि वह मात्र उसके रूप सौंदर्य के बारे में उसे बताए कि वह कैसी दिखती है या यह बताए कि वह उसे प्रेम करता है या नहीं?

"एलेक्स! मैं समझा नहीं। तुम क्या कहना चाह रही हो?"

"अब ज़्यादा बनो मत। मैंने कोई पोलिश भाषा नहीं बोली कि तुम्हें मेरी बात समझ में न आए। इधर-उधर मत झाँको। मेरी ओर देखकर जवाब दो।"

"देखो एलेक्स, अगर बात सिर्फ़ सुंदरता की है, तो मैं चाणक्य के साथ हूँ और बात अगर प्रेम की कर रही हो, तो मैं जायसी के मुख से तुम्हें बता देता

हूँ- मानुष प्रेम भयउ बैकुंठी, नाहि तो काह छार एक मूठी।"

"क्या चाणक्य-जायसी की रट लगा रहे हो! बात को जलेबी की तरह घुमाओ मत। फाफड़े की तरह रखो और सीधा जवाब दो। कहाँ बात को बैकुंठ तक लेकर चले गए। अभी पृथ्वी पर ही रहो। चाणक्य और जायसी से आगे बढ़कर मुझे साफ़-साफ़ जवाब दो। हाँ या ना में।"

"क्या?"

"यही कि मैं तुम्हें सुंदर लगती हूँ या नहीं?"

'एलेक्स! अब तुम सुंदरता का अभिप्राय यदि चाहने या प्रेम करने से लगा रही हो, तो रूप सौंदर्य का मोह प्रेम नहीं है। प्रेम एक अलग विषय है। प्रेम हृदय की अतल गहराइयों से होता है और वहाँ रूप-रंग के लिए कोई जगह नहीं होती है। ऐसा नहीं कि मैं तुम्हें नहीं चाहता, लेकिन इस वक़्त मैं जीवन के किसी अलग ही मोड़ पर खड़ा हूँ, जहाँ सिर्फ़ मौत दस्तक दे रही है। उम्मीद है कि तुम मुझे माफ़ करोगी।' प्रोफ़ेसर मन-ही-मन जवाब दे रहा था, लेकिन कह कुछ नहीं रहा था।

प्रोफ़ेसर ने देर तक एलेक्स के प्रश्न का जवाब नहीं दिया, तो उसने सोचा कि एक ओर तो यह सुंदर राजकुमारी के चक्कर में भाग रहा है, दूसरी ओर मेरे प्रस्ताव पर जवाब देने के बजाय अच्छाई और सुंदरता की व्याख्या कर रहा है। उपमेय की कोई क़ीमत नहीं समझ रहा और उपमान के सपने देख रहा है। बड़ा ढीठ आदमी है। आज घर की मुर्ग़ी दाल बराबर! कोई बात नहीं प्रोफ़ेसर, लौटकर यहीं आओगे।

एलेक्स ने प्रोफ़ेसर के मन की थाह ले ली और वह यह समझ गई कि इस वक़्त वह हाँ नहीं भरेगा, लेकिन उसने एक बार फिर उसे कुरेदने की कोशिश की।

"प्रोफ़ेसर! तुमने अब तक मेरे प्रश्न का जवाब नहीं दिया?"

एलेक्स की हठधर्मिता को देखकर प्रोफ़ेसर को लगा कि यह तो हाथ धो कर पीछे ही पड़ गई है। लेकिन, अब ज़्यादा बहाना भी नहीं बना सकता। सुबह तक के लिए टाल भी नहीं सकता। इसके प्रश्न का कुछ तो जवाब देना ही पड़ेगा। ऐसा क्या जवाब दूँ कि साँप भी मर जाए और लाठी भी ना टूटे!

प्रोफ़ेसर एलेक्स के प्रश्न का उत्तर ढूँढ ही रहा था, तभी कुछ ऐसी घटना

घटी कि उसे ना तो लाठी ढूँढने की ज़रूरत पड़ी, ना साँप को मारने की। इस घटना के फेर में साँप अवश्य सुरक्षित बच निकला।

हुआ यूँ कि जो यात्री होटल से बाहर घूमने गए थे, उनकी बस वापस लौट आई। होटल का मैनेजर भी होटल में पीछे ठहरे हुए बाक़ी यात्रियों को भी घटना के बारे में अवगत करा रहा था। वह सभी से कह रहा था कि सभी यात्रियों को तुरंत प्रभाव से अपने-अपने घरों को लौटना होगा।

धीरे-धीरे सभी यात्री होटल की लॉबी में आकर इकट्ठे होने लगे। टीवी पर सभी चैनलों पर एक ही ख़बर प्रसारित हो रही थी कि चीन के वुहान शहर से विश्व भर में कोरोना नाम का एक ऐसा वायरस फैल गया है, जिससे लोग तड़प-तड़प कर मर रहे हैं। इसलिए सभी देश अपने-अपने हिसाब से अपने यहाँ लॉकडाउन लगा रहे हैं। लॉकडाउन यानी कि लोगों को अनिश्चित समय के लिए अपने घरों में ही बंद रहना पड़ेगा।

यह ख़बर सुनकर होटल में ठहरे यात्रियों में हड़कंप मच गया। आपाधापी में सभी यात्री अपने-अपने हिसाब से घर लौटने का बंदोबस्त करने लगे।

इधर प्रोफ़ेसर तो सुबह आगे की यात्रा पर निकलने वाला था, लेकिन इस ख़बर से उसकी तो पूरी रियासत ही लुट गई। उसका सपना चूर-चूर होता दिख रहा था। उसकी आँखों में रहस्यमयी मणि... सुंदर राजकुमारी और खमेर साम्राज्य घूमने लगा। उसे विश्वास ही नहीं हो रहा था कि यकायक यह सब कैसे हो गया! वह मन-ही-मन छोटी आँखों वालों को कोसने लगा। लेकिन अभी समय उन्हें कोसने के बजाय धैर्य से काम लेने का था।

वह तुरंत होश में आया। उसने होटल के मैनेजर को बापू का अतिरिक्त सहारा देकर फ़्लाइट के दो टिकट बुक करवा लिए। एक स्वयं के लिए और एक एलेक्स के लिए। इस बार उसने इस बात की चिंता नहीं की, कि बापू क्या सोचेंगे। अभी अवसर कुछ और था।

होटल में गहमा-गहमी का माहौल बन गया था। धीरे-धीरे सभी यात्रियों को अपने गंतव्य तक जाने के लिए रात बारह बजे तक की फ़्लाइट्स उपलब्ध हो गई थीं। इसके लिए उन्हें एयरलाइंस को कुछ अतिरिक्त भुगतान भी करना पड़ा। यही समय की माँग थी।

प्रोफ़ेसर ने एक टिकट एलेक्स को ले जाकर दिया। एलेक्स ने तुरंत अपने

पर्स से पंद्रह सौ डॉलर और कुछ पोलिश ज्लॉटी निकालकर प्रोफ़ेसर को थमाए। उन दोनों की रात को दस बजे की फ़्लाइट थी। वे दोनों भी कमरे में अपना बिखरा हुआ सामान समेटने लगे।

प्रोफ़ेसर ने कभी सोचा भी नहीं था कि यात्रा का ऐसा परिणाम निकलेगा! एक ओर उसके दिमाग़ में रह-रहकर उसके सपने कौंध रहे थे, तो दूसरी ओर वह जल्द से जल्द एयरपोर्ट पहुँच जाना चाहता था। उसका मन भीतर तक पछाड़ खा रहा था। लेकिन लौट जाने के सिवाय अब उसके पास कोई चारा भी नहीं था। उसने अपने मन को समझाया कि जब हालात सामान्य होंगे, तब वह फिर से रहस्यमयी मणि की खोज में निकल पड़ेगा। तब तक यह राज़ उसके भीतर ही दफ़्न रहेगा। एक न एक दिन वह खमेर साम्राज्य का महल और रहस्यमयी मणि ढूँढ ही लेगा।

अपने कपड़े बैग में भरते समय प्रोफ़ेसर को याद आया कि कुछ कपड़े वेटर के पास ही रखे हैं। उसने देर शाम तक देने का कहा है, लेकिन मुझे पाँच बजे ही होटल छोड़ना होगा, इसलिए अभी वेटर को सूचित करना पड़ेगा।

वेटर को याद दिलाने के लिए वह सीढ़ियाँ उतर ही रहा था कि सामने से वेटर आता हुआ दिखाई दिया। उसने सीढ़ियों पर ही खड़े-खड़े उसे कपड़ों के लिए आवाज़ लगाई। वेटर ने भी दूर से ही प्रोफ़ेसर को आश्वस्त किया कि पाँच बजे पहले ही वह उसे कपड़े दे देगा।

प्रोफ़ेसर का एक बार मन हुआ कि उसे बुलाकर बरगद के पेड़ के बारे में पूछे, लेकिन हालात ही कुछ ऐसे बने कि जब रहस्यमयी मणि का ही कोई ठिकाना नहीं, ऊपर से सभी को अपने घरों में ही क़ैद होकर रहना है, तो अभी प्रेतात्माएँ पेड़ पर और पेड़ होटल में ही खड़ा रहे, यही ठीक है।

सीढ़ियों पर से प्रोफ़ेसर ने देखा कि बूढ़ा व्यक्ति भी अपना बैग उठाकर लॉबी में आकर बैठ गया था। उसे देखकर एक बार फिर प्रोफ़ेसर के अंत:स्थल पर घोंघा, रहस्यमयी मणि, सुंदर राजकुमारी, खमेर साम्राज्य, मूनस्टोन, समुद्र तट, यूनान, बूढ़ा मछुआरा, एल्लास, सब एक साथ रिवाइंड हो आए। ये सब चीज़ें उसे एक साथ आहत कर रही थीं। इनके बारे में सोचते-सोचते वह दबे क़दमों से अपने कमरे में जाकर बैठ गया।

***

25

दिन बहुत चढ़ गया था। सूर्य की तेज़ रोशनी चमक रही थी। कुछ यात्री एयरपोर्ट की ओर प्रस्थान कर रहे थे। एलेक्स भी अपना लगेज लेकर प्रोफ़ेसर के कमरे में आ गई।

"प्रोफ़ेसर! मुझे अपना रेजिडेंशियल एड्रेस दे दो। उचित समय आने पर पोलैंड से तुम्हें कुछ भेजूँगी।"

"हाँ, क्यों नहीं! और तुम भी अपना एड्रेस..." कहते हुए प्रोफ़ेसर ने उसे अपना एड्रेस दे दिया और उसका एड्रेस भी ले लिया।

अब धीरे-धीरे उनके भी होटल छोड़ने का वक़्त हो रहा था। वे दोनों भी अपना सामान लेकर लॉबी में आकर बैठ गए। वहीं वेटर ने प्रोफ़ेसर को उसके कपड़े लाकर दिए और उनका सामान कार तक रखवाने भी गया।

"क्या तुम घर नहीं जाओगे?" प्रोफ़ेसर ने वेटर से पूछा।

"नहीं सर। मुझे यहीं रुककर काम करना होगा। आना-जाना बहुत महँगा पड़ता है।"

उसका जवाब सुनकर प्रोफ़ेसर ने जेब से गुलाबी रंग का नोट निकालकर बख़्शीश के तौर पर उसके हाथ में थमा दिया।

होटल से निकलते वक़्त प्रोफ़ेसर ने एक बार फिर बरगद के पेड़ को क़रीब से देखा। लेकिन इस बार वेटर से कुछ पूछे बिना ही उसकी गाड़ी एयरपोर्ट की ओर बढ़ गई।

वेटर वहीं खड़े-खड़े देर तक जाती हुई गाड़ी को देखता रहा।

पोर्ट ब्लेयर एयरपोर्ट पर रेलमपेल मची हुई थी। प्रोफ़ेसर और एलेक्स का साथ दिल्ली तक था। पोर्ट ब्लेयर से उड़कर रात दो बजे उनकी फ़्लाइट दिल्ली पहुँच गई थी। दिल्ली से एलेक्स की वॉरसॉ के लिए फ़्लाइट चार बजे यानी कि इस फ़्लाइट के लैंड होने के दो घंटे बाद ही थी। प्रोफ़ेसर एलेक्स की आगे की फ़्लाइट के टेक ऑफ़ होने तक उसके साथ ही रुका रहा। उसके

चले जाने के बाद वह भी अपने घर लौट आया।

इस तरह यकायक लॉकडाउन लगने से जन-जीवन ठहर-सा गया था। लेकिन वैश्विक महामारी और उसके प्रकोप को देखते हुए गवर्नमेंट को तुरंत लॉकडाउन लगाना ही उचित लगा।

व्यवस्था-अव्यवस्था के बीच लोग कई महीनों तक घरों में दुबके पड़े रहे। बिस्तर में पड़े-पड़े उनके बदन भी कतराने लगे थे। इस वायरस ने एक ओर लोगों में आपसी दूरियाँ बढ़ा दी, तो दूसरी ओर कई ने मानवता की मिसाल भी पेश की। पुलिस-प्रशासन लोगों की सुरक्षा के लिए जान हथेली पर लेकर दिन-रात डटे रहे, तो डॉक्टर भी कोरोना वायरस से संक्रमित लोगों के लिए भगवान बनकर आए।

बुख़ार के साथ सूखी खाँसी और थकान इस वायरस के आम लक्षण थे। इस वायरस के कारण कई लोग अस्पताल में वेंटिलेटर पर पहुँच गए। कई वहाँ से ठीक होकर घर लौट आए, तो कई ने वहीं से अपनों को अलविदा कह दिया।

इस वायरस को तत्काल जड़ से ख़त्म कर देने के लिए कोई वैक्सीन उपलब्ध नहीं थी। इसलिए बचाव का एक ही उपाय था, लोग स्वयं सावधानी बरतें यानी कि गवर्नमेंट की ओर से बचाव का एकमात्र नारा था- एक-दूसरे के बीच दो गज़ की दूरी रखना और चेहरे पर मास्क पहनना। दुनिया भर में लोगों ने बचाव के इन उपायों की सतर्कता से पालना भी की और कई लोगों ने इन नियमों की धज्जियाँ भी उड़ाईं।

संकट के इस दौर में आम आदमी ही नहीं, बल्कि बुराई और अन्याय के ख़िलाफ़ लड़ने वाले टीनू आनंद के 'शहंशाह' यानी कि 'बड़े मियाँ' भी इस वायरस की चपेट में आए, लेकिन वे ठहरे 'डॉन'। ईश्वर की नेमत उन पर थी और हमेशा रहे। लिहाज़ा, वे नॉट आउट रहे और शान के साथ वायरस को मात देकर घर लौट आए।

वज़ीर कभी बाज़ी हार नहीं सकते। अपने दर्शकों से और चाहने वालों से उन्हें बेतहाशा मोहब्बत होती है। फिर 'सरकार' पल-पल लोगों को इस वायरस के ख़िलाफ़ लड़ने के लिए जागरूक करती रही- दो गज़ की दूरी, मास्क है ज़रूरी।

जिन लोगों ने डॉन की बात मानी, वे लोग जीवन के इस बाग़ में महकते रहे और उनका मुक़द्दर आगे भी लिखा गया। जिन्होंने डॉन की बात को नज़रअंदाज़ किया, उनके शोले गर्म होने से पहले ही बुझ गए।

कोरोना के कारण विश्व भर में लोगों को ख़ासी तकलीफ़ें उठानी पड़ीं। कई लोग भूख से बेहाल होकर आत्महत्या तक कर बैठे। वाइट हाउस ही नहीं, विश्व भर के लोगों का ग़ुस्सा चपटी नाक और छोटी आँखों वालों पर फूटा। सच कहूँ तो दुनिया भर में जितने भी प्रेमी-युगल थे और हैं भी, उन्होंने सारा ठीकरा शी के माथे पर फोड़ा। लेकिन, उसके जीन को कोई फ़र्क़ नहीं पड़ा, क्योंकि उसकी पिंग मज़बूत थी, भूरापन लिए, लाल तामड़े जैसी।

होनी को कौन टाल सकता है? समय की चौखट पर कोराना रूपी महामारी से विश्व भर में जो त्राहि-त्राहि मची, दुनिया ने उसे अपनी आँखों से देखा। ऐसे हालात में भी ड्रैगन कहाँ बाज़ आने वाला था! उसने पैंगोंग में तंबू गाड़ने की कोशिश की। लेकिन उसके मंसूबों पर पानी फिर गया। नाथों के नाथ वहाँ खड़े रहे। जय हिंद का नारा गूँजा। तिरंगा लहराया और ड्रैगन को मुँह की खानी पड़ी। अब वहाँ से कैलाश मानसरोवर ज़्यादा दूर नहीं, तो आगे बढ़ चलिए और बोलिए- जय बम भोले!

ख़ैर, यह सब दुनियादारी के पैंतरे हैं। चलते रहेंगे। मैं अब गाड़ी को फिर से पटरी पर लाता हूँ और असल मुद्दे पर आता हूँ।

कोरोना काल के इस विकट समय में, लोगों को उन पशु-पक्षियों की पीड़ा अवश्य समझ में आ गई, जिन्हें सालों-साल पिंजरे में क़ैद करके रखा जाता रहा है। प्रोफ़ेसर भी कई दफ़ा कुंठा से भरा रहा, लेकिन इस दर्द से उबरने के लिए, उसने पठन-पाठन को अपना हथियार बनाया।

इस दरमियान उसने कई उपन्यासों का अध्ययन किया। उपन्यासों से गुज़रते हुए, कई दफ़ा ऐसे प्रसंग भी आए, जिन्होंने उसका ध्यान रहस्यमयी मणि, मूनस्टोन और प्रेतात्माओं की ओर भी खींचा।

धीरे-धीरे हालात सामान्य होने लगे। महामारी के कारण बेचैन, हताश और हार चुकी ज़िंदगी एक नए हौसले के साथ फिर से पटरी पर आने लगी।

एक दिन प्रोफ़ेसर के आश्चर्य का ठिकाना नहीं रहा। एलेक्स से विदा लेने के क़रीब आठ माह बाद उसे एक कूरियर प्राप्त हुआ, जो पोलैंड से

आया था। उसने खोलकर देखा, उसमें एक किताब थी। किताब का नाम था- 'द अल्टीमेट फ़ूलिश मैन'। यह अँग्रेज़ी में लिखा एक उपन्यास था। उसके लेखक का नाम देखकर प्रोफ़ेसर को अब कोई नया रहस्य उजागर होता दिख रहा था। लेखक का नाम था- एलेक्जेंड्रा।

प्रोफ़ेसर ने सोचा, अंडमान-निकोबार की यात्रा में जबरदस्ती अँग्रेज़ी में सिर खपाना पड़ा। खाया-पिया कुछ नहीं, गिलास तोड़ा बारह आना। छोटी-मोटी बातें ठीक हैं। अब इतना बड़ा उपन्यास, कौन माथापच्ची करे! क्यों न इसे हिंदी अनुवाद के लिए दे दूँ। अनुवाद आ जाएगा, फिर शांति से पढ़ लूँगा। किसी मित्र को बोल देता हूँ। अगर अच्छा अनुवाद हो गया तो अकादमी से अनुवाद का पुरस्कार भी उसे मिल सकता है। एक पंथ दो काज।

अनुवाद का सोचकर प्रोफ़ेसर वह किताब अपने एक मित्र और शहर के नामचीन अनुवादक प्रोफ़ेसर मोहन बसेरा के पास लेकर गया। प्रोफ़ेसर बसेरा दिल्ली के एक बड़े विश्वविद्यालय के भाषा एवं अनुवाद विभाग से रिटायरमेंट के बाद घर पर ही अनुवाद का काम देख रहे थे। जब प्रोफ़ेसर उनसे मिलने गया, तब वे ज्ञान सिंह शातिर के किसी उपन्यास का अनुवाद कर रहे थे।

"कहाँ गूलर के फूल हो गए प्रोफ़ेसर बसंत?"

"कहीं नहीं यार। रिटायरमेंट के बाद बाहर घूमने गया था, लेकिन कोरोना महामारी के कारण वापस भागकर आना पड़ा। तब से घर में ही दुबका हुआ था। अब मौक़ा मिला, तो तुमसे मिलने आ गया।"

"और यह किताब क्या लाए हो साथ में?"

"अपने पास है ही क्या किताबों के सिवाय? वैसे मैं तुम्हारे पास इसी किताब के अनुवाद के सिलसिले में आया था। कुछ दिनों में अच्छा-सा नामकरण और हिंदी अनुवाद करके दे दो।"

"अच्छा! तभी मैं सोच रहा था कि प्रोफ़ेसर बसंत बिना काम के मिलने कैसे आ गए! वरना यह तो संभव ही नहीं है।"

"अरे भाई ऐसी बात नहीं है। वैसे भी कोरोना ने ज़िंदगी को ख़ूब छकाया है। अब तुम क्यों जले पर नमक छिड़क रहे हो? तुम्हारा जो भी मानदेय बनेगा, मैं दे दूँगा। कुछ एडवांस भी रख लो।" यह कहते हुए प्रोफ़ेसर ने पाँच हज़ार रुपये और किताब अपने सामने रखे टी-टेबल पर रख दी।

प्रोफ़ेसर बसेरा ने किताब को हाथ में लेकर देखा- 'द अल्टीमेट फ़ूलिश मैन' बाय (By)- एलेक्जेंड्रा। फिर पहला पेज पलटकर प्रकाशन भी देखा।

"बड़े रसिक मिज़ाज आदमी हो प्रोफ़ेसर। बहुत दूर तक पहुँच गए। यूरोप तक तो मैं भी नहीं गया। माजरा क्या है?"

"अरे यार! तुम यह सब छोड़ो। यह बताओ कि किताब कब तक मिल जाएगी?"

"अनुवाद, प्रूफ़ रीडिंग, फिर प्रकाशन। साथ में कुछ दूसरा काम भी पड़ा हुआ है। तुम तीन महीने बाद आकर किताब ले जाना।"

प्रोफ़ेसर किताब और पैसा देकर वहाँ से लौट आया। घर आने के बाद उसने सोचा कि किताब आने तक कोरोना की वैक्सीन भी आ ही जाएगी, जिससे हालात और बेहतर हो जाएँगे।

वक़्त गुज़रते देर कहाँ लगती है! धीरे-धीरे तीन माह बीत गए। एक दिन प्रोफ़ेसर बसेरा ने किताब छपकर आ जाने की सूचना प्रोफ़ेसर बसंत को दी। किताब की सूचना पाकर वह बड़े उत्साह के साथ प्रोफ़ेसर बसेरा के घर पहुँचा। लेकिन किताब का नामकरण देखकर उसका उत्साह पल भर में ठंडा हो गया। उसके चेहरे पर आश्चर्यमिश्रित शंका की रेखाएँ तैरने लगीं।

"घोंघा बसंत! यह कैसा नामकरण है प्रोफ़ेसर बसेरा?"

"मुझे तुम्हारे हिंदी का प्रोफ़ेसर होने पर भी शंका हो रही है प्रोफ़ेसर बसंत।"

"ऐसा क्यों?"

"अरे! 'द अल्टीमेट फ़ूलिश मैन' का हिंदी अर्थ तो परम मूर्ख व्यक्ति होता है। लेकिन सीधा-सीधा नाम रखने से पाठकों के बीच किताब का वैसा आकर्षण नहीं आता, जैसा यह नाम रखने से आएगा- घोंघा बसंत।"

"सच-सच बताओ, किसने सुझाव दिया तुम्हें यह नाम रखने का?"

"अरे! मुझे कौन सुझाव देगा? मैं अनुवादक हूँ। मानक हिंदी शब्दकोश में परम मूर्ख व्यक्ति का अर्थ ही 'घोंघा बसंत' होता है। इसलिए मैंने यह नाम रख दिया।"

प्रोफ़ेसर बसेरा का जवाब सुनकर उसे गहरा सदमा लगा। वह फ़्लैश बैक में चला गया। अब उसे कॉलेज की वह क्लास याद आई। वसंत पंचमी याद

आई। कविता पाठ के बीच में धीमे से 'घोंघा बसंत' बुदबुदाती चाँदनी की सहेली निर्झरा याद आई। इसके बाद वह सारे के सारे घटनाक्रम से गुज़र गया।

प्रोफ़ेसर सुस्त क़दमों से किताब लेकर अपने घर लौट आया। लेकिन, क्या होगा उसके स्वप्न का जिसे वह पूरा करना चाहता है? यानी रहस्यमयी मणि... सुंदर राजकुमारी... और खमेर साम्राज्य! क्योंकि- सबसे ख़तरनाक होता है, हमारे सपनों का मर जाना!

क्या वह फिर से रहस्यमयी मणि की खोज में जाएगा? इसका निर्णय वह किताब पढ़ने के बाद ही करेगा। इधर आप क्या सोचते हैं? आप भी सोचिए, मैं भी सोचता हूँ।

बहरहाल, अब किताब जब बाज़ार में आ ही गई, तो पाठकों के हाथों में तो पहुँचनी ही थी। लिहाज़ा, किताब प्रोफ़ेसर के कई विद्यार्थियों के हाथों में भी पहुँची। किताब पढ़कर एक बार फिर सभी ठहाके पर ठहाके मार रहे हैं- घोंघा बसंत! घोंघा बसंत! घोंघा बसंत!